温暖记忆

——林西县精准扶贫工作纪实

WENNUAN JIYI

LINXIXIAN JINGZHUN FUPIN GONGZUO JISHI

陈秀民 著

内蒙古科学技术出版社

图书在版编目（CIP）数据

温暖记忆：林西县精准扶贫工作纪实 / 陈秀民著 . ——
赤峰：内蒙古科学技术出版社，2019.3（2020.2重印）
ISBN 978-7-5380-3066-2

Ⅰ.①温… Ⅱ.①陈… Ⅲ.①纪实文学—中国—当代
Ⅳ.①I25

中国版本图书馆CIP数据核字（2019）第043517号

温暖记忆——林西县精准扶贫工作纪实

作　　者：陈秀民
责任编辑：巴图巴雅尔　孙　虎　季文波
封面设计：永　胜
出版发行：内蒙古科学技术出版社
地　　址：赤峰市红山区哈达街南一段4号
网　　址：www.nm-kj.cn
邮购电话：0476-5888903
排　　版：赤峰市阿金奈图文制作有限责任公司
印　　刷：天津兴湘印务有限公司
字　　数：247千
开　　本：710mm×1010mm　1/16
印　　张：13.5
版　　次：2019年3月第1版
印　　次：2020年2月第2次印刷
书　　号：ISBN 978-7-5380-3066-2
定　　价：58.00元

诗外诗内下功夫

刘　琼

　　到2020年实现全面脱贫，是党和政府现阶段重要目标，也是摆在党和政府面前的一场艰苦卓绝的战役。扶贫攻坚是改造环境，改造社会，也是改造自己。在这场扶贫攻坚战中，政府、团体、行业、个体等都发挥了作用，付出了努力。记录人类阶段性的伟大实践，总结人与自然环境斗争的经验，传播人类各个历史时期的创造和智慧，是时代赋予文学书写的现实责任，同时也是广大作家面临的历史机遇。近年来，文学写作包括虚构和非虚构，在扶贫题材书写方面均有活跃表现。大家反应快，视力好，脚力到了，笔力也不错。作家光有文化自觉还不行，还要脚头、口头和笔头都有功夫。也就是说，关于扶贫，能够写出深意，写出行动和实践，还要写出历史和背景，对现实有体察，对致贫原因有了解和思考，对贫穷人群有关怀和帮助，对脱贫经验有提炼和辨析，并不是很容易。功夫要从诗外得，是跑得下去，问得出来，还要想得明白，写得高明。从这个层面上，我要特别推荐作家陈秀民的长篇报告文学《温暖记忆》。

　　为什么取名《温暖记忆》呢？书名，是这部报告文学的文眼。

　　我国幅员辽阔，生存条件差异显著，要实现"老有所养，幼有所学"这一理想状态还需付出艰苦努力。造成贫困的具体原因很多，比如环境恶劣、资源匮乏、人心涣散，等等。针对这些困难，各地脱贫攻坚的手段是多样的，效果其实也千差万别。作为作家的陈秀民到了第一现场，用自己的脚丈量这块已经发生变化的土地，弄清楚历史和现状，但他没有停留在对历史的描述和对变化了的现状的歌颂层面，也就避免了报告文学写作可能滑入的轻浅陷阱。林西县的致贫与其他贫困地区有什么异同，自然和人的因素谁占的比率大，林西县的脱贫经验有没有共享性，为什么贫困，好说；怎么做，也有实例。但经验的提炼和分析要下功夫，这才是报告文学要阐述的重点。

　　报告文学写作与小说不一样，奉行逆推原则。依据群众满意度和专家考察意见，

2018年8月10日林西县正式宣布退出国家级贫困县。陈秀民要从这一结果，逆推林西县老百姓为什么能够从不愿脱贫、不敢脱贫以及"不能"脱贫、"不会"脱贫这一过去常态，转变为全民努力脱贫并收效显著的原因。现实丰富、复杂、碎片、多维，要找出变化的真相和事态的真理，既需要大量的交谈和采访，又需要选取有效的案例和丰富的标本，尤其需要作家对整个社会发展现状、趋势、态势具有较高的判断能力。

基于深入的采访、考察和思考，作家抓住了"温暖记忆"这四个字。

林西县为什么会脱贫？首先解决观念问题，改变观念，调动主观能动性，变消极受贫为主动脱贫。这是精神交流的过程，细致，具体，不易，但效果很好，是彻底性的精神脱贫。其次解决生产能力，变无能为力为创新有为。在解决生产能力方面，林西县的"生态脱贫"做法，既有效又有科学性，符合历史发展规律，这也是重点经验。基于判断，作家面对客观书写对象，描写了贫穷和苦难，但这些占的篇幅很小，笔墨重点是写脱贫过程中人的情感交流、观念想法和行为动机，是写出包括自然生态在内的大的人文生态的营建。文学是人学，把人写好、写活，才能产生动人的力量。"温暖记忆"，既是关于林西县人脱贫的记忆，也是林西县人对于脱贫的记忆，它让大家看到了在人类社会发展中人力的独特性和伟大。政策的制定和执行，个体的觉悟和努力，人群的关怀和支持，等等，最后都是一个"人"字，人是一切生产活动的主体。把人唤醒，使人自强，用国家政策来保障，用战略措施来改变，才能真正脱贫。过程和目标富有浓郁的人文关怀，才形成"温暖记忆"。

经验的总结，在写作之前都已客观存在，是"诗外功夫"。写得好不好，首先是想得明白不明白。然后才是"做诗"的功夫要到家。文字方面，陈秀民作为一个成熟作家，具有明显优势。在我看来，好的叙事文字应该是干净、准确、有温度三位一体，《温暖记忆》做到了。干净和准确基于观察和描写的到位，有温度基于作家的价值立场。观察有多深，文字就有多深。血有多热，文字就有多深。理论是这么说，事实上未必如此，许多报告文学之所以流传不广，也跟文本书写不讲究有关。文字是形式，也是内容，作家的文字自觉最终决定他能走多远。

陈秀民为人谦虚，嘱我为文。我其实想向他致敬，致敬他为祖国的今天写作。中国的作家要有能力为中国的今天写作。

（刘琼，女，高级编辑。《人民日报》海外版文艺部主任，中国传媒大学兼职教授，中国作协小说委员会委员）

目　录

第一章　大幕开启 ………………………………………… 1

第二章　聚力领航 ………………………………………… 7

第三章　林西模式 ………………………………………… 15

第四章　风生水起 ………………………………………… 21

第五章　保驾护航 ………………………………………… 31

第六章　动感时刻 ………………………………………… 38

第七章　第一书记 ………………………………………… 47

第八章　"五龙"在行动 ………………………………… 57

第九章　统部人的智慧 …………………………………… 65

第十章　队长，你辛苦了 ………………………………… 72

第十一章　一个人改变一个村 …………………………… 84

第十二章　河沿村的"五小" …………………………… 91

第十三章　西部在移民 …………………………………… 98

第十四章　官地的脚步 …………………………………… 103

第十五章　追梦的人 ……………………………………… 111

第十六章　"五一"工程 ………………………………… 117

第十七章　"今生今柿" …………………………………… 123

第十八章　润物细无声 …………………………………… 134

第十九章　九佛山不会忘记 ……………………………… 150

第二十章　现在进行时 …………………………………… 155

第二十一章　巾帼不让须眉 ……………………………… 167

第二十二章　爱的琴声 ································· 177

第二十三章　霜重色愈浓 ······························ 184

第二十四章　灿烂千阳 ································· 199

后　记 ·· 208

言为心之声，行为心之迹。善待，原谅，援助弱者，正是这种言和行最完美的统一结合——题记

第一章　大幕开启

岁月流淌在记忆的长河里，当一团团浪花溅碎后，裸露出的便是难以忘却的回忆。回忆并不轻松，尤其是回首过往。时光倒流到1986年，林西县被划入国家贫困县。三十二年了行走，回望走过的路，希望在汗水中升腾，执着的林西人一刻也没停止追求与赶超的脚步。历经时光的洗礼，那些刻印在河道里的履痕，渐渐清晰起来。

南方雨汛不断，洪水暴涨使江南深陷泽国。而在塞北，依然是滴雨贵如油，六月的草原还是初春的模样。2018年林西遭遇罕有的干旱，整个山川田野蒸腾着一个放大的"渴"字，祈雨是林西人普遍的心声。直至小暑，才断断续续降雨。七月中旬，终于盼来一场透雨，尽管来得晚了一些，但足以慰藉一下焦躁的心灵，绿油油的大田立即抖擞起精神，按捺不住的庄户人立即抢种晚田。与透雨一并降临的是一个颇具震撼力的消息：

2018年7月25日，国务院扶贫开发领导小组第三次全体会议审议并原则同意第三方评估机构对林西县的专项评估检查结果，并于7月26日向自治区扶贫开发领导小组发函，反馈了内蒙古自治区2017年贫困县退出专项评估检查结果，林西县综合贫困发生率1.64%，错退、漏评问题不显著，群众认可度94.94%。经专家评估检查，林西县符合贫困县退出条件，要求自治区扶贫开发领导小组于8月10日前完成退出批准程序并向社会公布。此后不久自治区政府正式宣布，林西县退出贫困县行列。

这无疑是权威性的结论，标志着林西县已经实现了靓丽转身，开启了新的目标追求。听到这一消息，林西人表现出的是一种冷静和淡定的态度。2018年4月至6月，国家、自治区、赤峰市组成联合验收考核评估组，深入林西各地进行了缜密核对，事无巨细地查看了每一个细节，林西县的各项经济社会发展指标，全面超过国家制定的脱贫线标准是不容否认的事实，国务院发此重磅信息，已在林西人的意料之中，全国有36个县与林西县一样率先退出贫困县行列。

摘掉贫困县的帽子，在内蒙古31个国贫县市中，林西县是唯一的一个。

贫困，这个幽灵一样的怪物，困扰林西人三十多年，一旦卸掉它，一股难以言状的滋味涌上心头，记忆里写满了拼搏和汗水蒸腾，回忆竟是如此的沉重。走进三十二年的时光隧道里，好像一直在爬坡，气喘吁吁，汗流浃背。集体的智慧和聚合的力量是无限的，众志成城，推动林西县这艘舰船破浪前行。退出，对群众来说是生活的敞亮，而对干部来说则是一种责任与担当的考验。历史的烟云稀薄在古巷里，倏然嗅到的是古老土地的淳朴与新生活丝丝缕缕的气息，九佛山裸露的峻崖该是时间的证明。

林西——林稀，不就是十里一棵树嘛，携带着这个不吉的谐音走过了百年沧桑，如今的林西已是绿满山川。回望来时路，林西人无限感慨，每前进一步，都与艰苦拼搏和热汗熏蒸同步，与求变与赶超同行。每一次起舞，都不负此生。

林西清朝末年建县，此前这里是巴林旗的牧地。光绪三十一年，热河都统廷杰为推行清政府"移民实边"政策，上奏清廷"仿移民实边政策放垦两巴林地"，次年清廷派肃亲王善耆和理藩部左承姚锡光到内蒙古东北部调查蒙情，筹划移民垦荒办法，并专程到巴林旗实地考察，遂向朝廷陈奏巴林旗放垦的八条经营之策。不久，清廷喻巴林王扎葛尔"报效荒地"。至光绪三十三年，在清廷"叠经开导"下，巴林王贝"遵旨报效"巴林西部南北长200余里，东西宽60余里荒地。先有河北围场、赤峰、乌丹、克旗，后有山东、山西等地农民纷纷涌入，初步奠定了以移民为主的县域。同年12月底，热河都统廷杰正式上奏朝廷，在放垦之地新建一县，拟定县名"巴西"。朝廷核准时，弃"巴西"而定名为"林西"。于是，林西县成立了，那一年是1908年。

林西县尽管仅有百年建县史，可这里孕育着8000年的悠久历史和灿烂文化。白音长汗、锅撑子山是我国著名的新石器时代遗址，闪耀着远古华夏文明的光辉。春秋、秦汉至魏晋南北朝时期，这里曾是东胡、匈奴、鲜卑、契丹等少数民族重要活动区域。尤其锅撑子山新石器时代文化遗址，印记着先人们在石器制作上已经达到精细与艺术的较高层次，佐证石器文化在北方得到广泛应用和蔓延。林西镇西门外汉代砖瓦窑遗址出土的石雕女神像，体现了人类追求美的向往。林西是草原青铜文明的发祥地，位于林西城东20公里处的大井子古铜矿遗址，驰名中外，是国家级重点文物保护单位，距今有2700多年历史，是迄今我国发现最早的一处集采矿、冶炼、铸造为一体的古铜矿遗址，也使林西有了"中国北方古铜之都"的美誉。在新城子镇樱桃沟村境内，存有唐松漠都督府遗址和辽代饶州遗址，是贞观年间唐代中央政权在现林西南部西拉沐沦河北岸设置松漠都督府的见证。金代边墙界壕蜿蜒穿越林西北境，东西全长100多公里。这些文物古迹凝聚着先民们的勤劳和智慧，闪烁着璀璨的远古文明之光。

岁月如歌，光阴如梭，以移民为主的林西，脚踏远古文化底蕴，穿越时空，一路风雨兼程。自建县开始，天南地北移民的迁入，给北方民族地区注入活跃元素，尤以商贸活跃为特征，一些店铺和作坊兴盛起来，渐渐商贾云集，一度成为赤峰北部商贸重镇。历经政权更迭，林西向来为各方瞩目。民国元年（1012年）至民国22年（1933年），林西县隶属热河省。日本侵占东北，林西县属伪满洲国兴安西省。1942年撤销兴安西省建兴安总省，林西县隶属兴安总省兴西地区行署管辖。1945年抗战胜利，中共热北地委、热河省第五行政督察专员公署、热河省军区第二十军分区同时在林西成立。此时的林西，已成为热北地区党政军的领导核心，为开辟热北地区革命根据地，领导和指挥热北地区政治、军事斗争发挥了极其重要的作用。1946年，中共冀热辽中央分局、冀热辽军区、热河省政府等党政军领导机关途经围场、赤峰、乌丹转移到林西，一度成为冀热辽地区的军事要地和指挥中心，被党史专家誉为"热北小延安"。冀热辽中央分局驻地旧址就在西街今红旗建材商店东一带。1947年3月，由于解放区的扩大，冀热辽中央分局改称冀察热辽中央分局。是年4月2日至5月14日，中国共产党冀察热辽第一次代表大会在林西召开。这一时期，林西人民在生活极端困难的情况下，节衣缩食，艰苦奋斗，从人力、财力、物力等方面全力支持红色政权和人民解放事业。当时，仅有9万人口的林西县就有8000余名优秀儿女踊跃参军，在解放战争的战场上，他们不怕牺牲，英勇杀敌，屡建战功，为夺取人民解放战争的最后胜利和新中国的成立，做出了不可磨灭的贡献。林西人民在血与火的艰苦岁月中，谱写了波澜壮阔的华美乐章。

新中国成立后，在党的领导下，荟萃各地移民智慧的林西各族儿女，自力更生，发奋图强，逐步摆脱单一农耕的产业格局，工商业并举，产业门类齐全，文化教育科技进步，林西县经济社会发展节奏逐年加快。尤其改革开放以后，林西县砥砺前行，激发灵性，深入落实家庭联产承包责任制，贯彻落实经济体制改革与发展的若干规定，城乡经济长足发展，不断书写经济社会发展传奇。可让林西人不能释怀的是贫富不同调的问题，特别是落实家庭联产承包责任制以后，一部分农民率先富裕起来，而另一部分农民却在温饱线上徘徊不前。扶贫是历届政府不敢懈怠的重要使命，一任接着一任干，常抓不懈，也切实收到了效果。但不容否认的是扶贫成果不稳定的现象比较突出，扶贫工作年年干，可扶来扶去，总是不能彻底根除"穷根"。最纠结的是返贫，稍有挫折或遇自然灾害，马上就再度贫困，进二退一，摇摇摆摆，飘忽不定，使多年的努力付诸东流。无奈，1986年林西县戴上了"国贫县"的帽子，这一戴就是三十多年。

"三十多年的扶贫工作实践锻炼了干部,也积累了工作经验,为最后脱贫攻坚奠定了坚实的基础。"

县政协主席王春艳对此感慨颇深。党和国家的扶贫政策向来是恒定的,且投入的力度逐年加大,这些惠民政策对绝大多数贫困户收效明显,纷纷走上脱贫致富的道路,而对那些老弱病残丧失劳动力的贫困户,就不能照搬一个模式,头痛医头脚痛医脚,只能缓解一时,不能惠及长远,要实现根本上脱贫,关键是扶志扶本,站稳脚跟,恢复他们的造血功能,强壮筋骨,建立健全保障机制和长效机制。

王春艳土生土长,她亲历了三十多年扶贫的艰辛过程。当年林西县戴上国贫县帽子,一并获此"待遇"的两个国贫乡镇,一个是新城子镇,另一个是双井店乡,王春艳就在新城子镇担任镇长。二十几岁尚是芳华,拉起这架贫困的"老车"执着前行,时常体力透支,有一种高原缺氧的感觉,县委、县政府一贯的支持与倾注,党的政策始终是前进的动力。与北京丰台区结成帮扶关系,使新城子镇平添助力。王春艳去丰台区花乡挂职,花乡乡长王春兰,俩人一见如故,很快由工作关系亲密成姐妹。挂职结束,大姐王春兰所在的花乡政府一次性帮扶新城子镇50万元,须知新城子镇全年的财政收入才15万元,连县领导都高兴得咋舌。有了这批资金的援助,新城子镇修建了两所学校,村民破天荒地用上了自来水。北京大姐每年都来看望,每次来都不空手。王春艳担任镇长,次年转任镇党委书记,而后相继担任发改委主任、副县长、副书记、政协主席,职务的变化和岗位的调整,都没有离开过对扶贫的倾注。多年在扶贫工作一线奔波,对一个女人的精力和体力是个考验,接受采访只能斜靠在座椅上或是站着,并排坐着她的腰椎和颈椎受不了,可她的工作热情未衰,乐观的工作态度和饱满的工作激情让人肃然起敬。担任县政协主席,县委推行四大班子领导联系包片责任制,她先是联系十二吐乡,后又联系新城子镇。几年下来,这两个国贫乡镇发展势头强劲,示范带动作用明显。

"这届县委、县政府班子很有魄力,把全县方方面面的力量都凝聚起来了,做出的决策和推进措施很有开拓性,全县脱贫攻坚扎实推进,精准识别,精准施策,精准退出,与县委、县政府正确把关定向并亲力亲为密不可分。"王春艳接着又补充一句,"他们在用心用情推进脱贫攻坚,通过强有力的组织发动,真正实现了'要我干'到'我要干'的转变,这是很关键的。"

金秋是收获的季节,林西县退出贫困县后,依然是紧张忙碌的工作业态,工作热度未减。林西县脱贫攻坚成果是全县干部群众凝心聚力的结晶,是用汗水浇注的。

精准扶贫、扶贫攻坚是党中央的战略举措。自2012年起到十九大召开,习近平总书记深入全国各地做了三十多次调研，有一半涉及扶贫开发。从云贵川到东三省，从提出"看真贫、扶真贫、真扶贫"到"找对'穷根'，明确靶向"，他的扶贫脚步遍布各地，扶贫思路清晰可辨。于是，一个令国人振奋的战略目标破题了，"十三五"期间，我国农村牧区全面进入小康社会，由此确立了扶贫开发工作的落脚点和主攻方向。2015年6月18日，在部分省区市扶贫攻坚与"十三五"时期经济社会发展座谈会上，习近平总书记说："我们不能一边宣布实现了全面建成小康社会目标，另一边还有几千万人口生活在扶贫标准线以下。如果是那样，就既影响人民群众对全面建成小康社会的满意度，也影响国际社会对全面建成小康社会的认可度。所以，'十三五'时期经济社会发展，关键在于补齐'短板'，其中必须补好补齐扶贫开发这块'短板'"。

目标明确，政策导向清晰，关键是把党的政策落实在实实在在的实践中。落实的强度和力度，是考验各级党委、政府政策执行力和各级干部实干精神的标杆，态度决定高度。这其中，创造性开展工作是扶贫攻坚取得实效的重要环节。

2017年春节刚过，一场春雪洋洋洒洒飘落下来。雪后的林西大地纯净淡雅，可敏锐的林西人隐隐约约地感觉到，白雪下面蛰伏着一股蓬勃的萌动，预感到2017年会是不同以往的一年。新春的祥瑞气息还没有散去，县委全委扩大会议召开了，县委书记田向存代表县委，向全县作出庄严承诺，两年之内励志脱贫攻坚，彻底摘到贫困县的帽子。县委书记的声音铿锵有力，这是集体的决策，是县委、县政府向全县发出的最强音。坐在台下的近千名副科级以上干部，表情严肃，他们感觉到了县委、县政府的决心，也体味到了这一决策的分量。细心的干部已听出端倪，自十八大以来，扶贫攻坚力度年年加大，不同以往的是田书记报告中的提法与历次有所不同，扶贫攻坚换成脱贫攻坚，"扶"与"脱"，仅仅一字之差却是力拔千钧，彰显任务的艰巨性和紧迫性，说明林西县脱贫摘帽已进入倒计时状态。随即在县人代会上，县长付守利作《政府工作报告》，向全县人民宣告，脱贫攻坚将是本届政府的头等大事和第一民生工程，坚持以脱贫攻坚统揽经济社会发展全局。而后，又召开脱贫攻坚动员大会，县长主持大会，县委书记作动员报告，要求各级干部，要以高度的责任感和饱满的工作热情，全力以赴投入到脱贫攻坚战的实践中，心无旁骛，聚精会神，敢于担当，把县委、县政府的决策转化成干部群众的自觉行动，以誓拔"穷根"的决心和干劲，力求到2018年，全县"不少一户，不落一人"，退出国贫县。

积雪还没有融尽，阳光在雪面上折射出晶莹的光芒，林西县脱贫攻坚的大幕在复苏的大地上开启了，伴着春潮涌动，全县九个乡镇一百多个行政村的上空传来布谷的叫声，盎然的春意在沸腾。

　　在林西采访二十余天，是一次挑动激情之旅，是一次难以忘怀的采摘经历，耳边似乎一直摇荡着"长江号子"的高亢，火热的攻坚场景高潮迭起，感人的场面，感人的故事，沉淀成温暖的记忆。许多年后打开，又将是令人感奋的历史。

　　贫困户对脱贫攻坚的认可，无需用语言赘述，从一张张毫无掩饰的笑脸就能看出来。在阳光里穿梭采访，每天都感受到一股潮涨般的汹涌，思绪的潮水放纵奔流在林西的各个角落。7月18日，我受邀在县政府大楼前的广场上观看农民及社区广场舞大赛，宽阔的舞台，多彩的灯光，立体的交响，表演人员一招一式很认真，动作整齐划一，颇有些专业舞蹈的味道。我曾在国家大剧院观看国内一流文艺团体的演出，那一年恰遇俄罗斯芭蕾舞剧团表演《马刀舞》，那绝对是世界上无与伦比的艺术美。尽管如此，我并未过分激动。可是，当我看着那些从田野走来的农民演员，他们当中或许就有贫困户，这些摘掉草帽放下锄头浑身散发着土腥的农家女，和着乐曲舞姿翩翩，我竟然莫名其妙地热泪盈眶。劳动美是最诚实的艺术，他们用内生动力展示的是对美好生活的憧憬和渴望，当物质上的满足上升到精神层面，沉淀在心头的梦想就从虚幻转为现实。

　　"退出"的林西真的变了，变得让人感动。

第二章　聚力领航

　　十二吐乡西山根村党总支书记刘占林刚从中央党校学习归来，就赶上一波接一波的参观考察，把考察人员送走，他的头都大了。在全国少数民族地区党支部书记培训班上，他围绕如何当好一个党支部书记和党组织在脱贫攻坚工作中如何发挥引领作用，做了五十分钟的专题演讲，聆听者报以热烈的掌声，这是来自塞北的声音，是一个基层实践者的感言。回到西山根村，他又有了一个新的职务，十二吐乡达康产业园区联合党委副书记，这可不是徒有虚名的空衔，实际上是把他推到脱贫攻坚的风口浪尖上，他肩上的担子更重了。

　　党建融合，组建脱贫攻坚联合党委，党组织的凝聚力和引领作用进一步加强。

　　"我们必须紧紧依靠党组织坚强有力的领导和引领作用，推动脱贫攻坚，深度落实。"

　　县委书记田向存在党建工作会议上，把脱贫攻坚提升到政治高度，要求各级党组织和广大党员，在脱贫攻坚推进过程中，全力以赴，亲力亲为，形成合力，砥砺攻坚，使党的引领作用贯穿脱贫攻坚工作始终，形成强有力的推动。县委向全县发出一级动员令，一场以"拔根摘帽"的特殊战役在林西大地激情唱响了。

　　党建融合，是新时期党建工作的开拓性尝试，当移植到脱贫攻坚工作上来，所焕发的活力和收到的效果非常直观。以党组织为核心，将扶贫开发相关单位和相关元素融合在一起，并以此为前置，使各方力量在扶贫开发上凝聚，最终实现全面发力，产业融合，这便是林西县党建融合的精要所在。

　　"党建引领，实际上是要形成一种机制，体现县委在民生上的高度重视。党建融合的目的是凝聚成强大合力，由党建链引导产业链，进而转化成富民链、帮扶链、企业链，环环相扣，链链衔接，形成一个互促互补的工作流程，在产业发展的同时，贫困户实现脱贫，这样双赢状态下的脱贫才是稳固的。"

　　县委组织部长程延锋回顾林西县两年来脱贫攻坚工作实践，对党组织和广大党员发挥的作用予以肯定,他认为在脱贫攻坚工作中,县委、县政府的高度重视和正确领导是取得实效的关键。自年初以来,按照"组织相加、工作相融、党建引领、发展共赢"的原则,全县共组建各类党建联合体44个,其中,围绕脱贫攻坚建立非建制性乡镇脱贫攻坚联合党委9个,围绕野果、甜菜、中草药、蔬菜、肉牛等特色产业以及"庭院经济"组建党建联合体15个,围绕社区服务、企业服务和行业共建组建党建联合体20个,为脱贫攻坚凝聚起强大合力。通过联席会议、双向沟通、区域轮值、责任考核等制度机制,引导各成员党组织建立"服务项目"、"需求意向"、"共享资源"三个清单,形成全方位、多层次、宽领域的大党建格局。

44个联合党委,犹如44辆加足马力的战车或是九方面集团军,搅动林西大地一派升腾,隆隆作响。

走进新城子镇七合堂村,如同走进花果山。牛角状的山坳生意葱茏,满坡满谷的果树挂满了果实,果实红透的时候,城里人自发结对,七合堂采摘节向来最具吸引力。几百户人家沿狭长的山谷靠山而居,炊烟袅袅升起,蓝天、绿树、白云,大自然美妙风景一脉天成,起伏的山脉托举着七合堂人的绿色之梦。刚刚下过一场新雨,清洗过的果树硕叶衔着水珠,氤氲着股股清新馥郁的果香。七合堂人知道,等待他们的又是一个收获颇丰的秋季。

七合堂已是林西县绿色品牌的象征,是林西县野果扶贫的龙头产业。追溯七合堂的历史要回到清朝末年,七户从山东逃荒至此的农民,行至九佛山北面的一道山口就不想走了,他们认定这里就是落脚地。安营扎寨,取薪生火,集资购买了这条郁郁葱葱的山谷,按出资额划分面积,股份制的山村由此诞生了。七户持原始股的村民,边姓、周姓、邓姓是大股东,其余四户是小股东,林西的股份制从那时就开始萌芽,以至于改革开放后他们第一个成立专业合作社,大概是基因的影响。七户落脚的山民使这趟山川聚拢生气,于是就有了七合堂。岁月如流水,历经几辈的耕耘,七合堂膨胀般拓展成三百多户的条状山村。然而,生态意识的淡化使七合堂的发展扭曲了,七合堂丰裕的生活随着生态环境的恶化而走下坡路,无节制地养山羊进一步加剧了生态恶化,贫困就像一个驱赶不走的幽灵,幽浮在七合堂上空,三分之一的农户搬走了,那是无以言状的无奈选择,留下来的每天驱赶着山羊在山沟里来回"扫荡"几遍。山羊采食能力极强,连草根树叶都吃,基本上是寸草不留,斩草除根,七合堂愈加光秃了,手持原始股的村民由牛市转入熊市,且熊得一塌糊涂。十年九旱成了七合堂的常态,要么无雨,要么有雨就发洪水,让人无所适从。以牺牲生态为代价的发展受到大自然报复性惩罚,最直接的后果就是村民年收入不足300元,人均持有粮不足300斤，一段顺口溜形象地描绘了当年的七合堂窘状，"山秃草木稀，耕地效益低，沙飞石乱滚，人穷向外移"。这样诙谐的描述未免过于悲观，可那些年七合堂人的确迷茫，七合堂的出路在哪里，归宿又在何方？村民潘树华举家迁走了，离开前沮丧地撂下一句话："以后撒尿都不冲着七合堂的方向。"

九十年代初，边振庭当选村党支部书记，面对日渐荒芜的家园，看在眼里，急在心上。他目睹了七合堂的风风雨雨，对七合堂的衰落根源心明如镜，与村两委班子多次讨论后达成共识：要想让七合堂摆脱贫穷，过上富裕的日子，必须改变当下穷山恶水的生存环境，向荒地、荒山、荒坡、荒滩"四荒"宣战，走封山禁牧、植树造林、恢复植被、生态建设之路，唤回青山绿水。村两委决定改弦易张，另辟发展新路，走林果致富的路子，并对全村林果业发展作出分步走的规划，第一步"管死"——砍山羊，在全县率先封山禁牧，将3000多只山羊全部砍掉。第二步"放活"——栽种果树，把土地、荒山、林地经营权放活，全部栽上果树。第三步"调优"——重建庄园，因地制宜，调整结构，把七合堂建成花果山，发展生态型庄园经济。

七合堂的筑梦工程启动了，而圆梦过程却遇到超乎想象的阻力。新官上任，第一件事就是砍山羊，如同引爆了火药库，老百姓"炸锅"了，为此遭到群众的围攻。山上没有树，坡地不打粮，把唯一能赚钱的山羊砍了，让我们喝西北风去？互相撕扯时，边振庭被打得鼻子蹿血，时任新城子镇党委书记王春艳给予大力支持，亲自到七合堂协助边振庭做群众工作，个别老百姓把一肚子火撒在王书记身上，气急败坏地把王书记的车胎割破了，可这些丝毫没有动摇他们砍掉山羊，恢复青山绿水的决心。可冷静下来，觉得"喊破嗓子，不如做个样子"。王春艳和边振庭他们意识到这样生硬做工作群众的确难以接受，她鼓励边振庭和村干部带头把自家山羊砍了，栽植果树。群众冷眼旁观，跟进者寥寥，有的纷纷举家外迁投亲靠友，边振庭却不顾家里人的反对，毅然把家从沟外搬到山里，建起七合堂第一个果园。有的群众代表眼热了，跃跃欲试，这样以边振庭为首的村干部发展林果业的信心更加坚定了。当时边振庭的家境条件并不好，几名党员联合担保借贷款买树苗，栽上果树。接着以村干部和党员为主体，发展果园一百亩，老边将它命名为"百亩党员示范果树林"。1996年老边家的果树和"百亩示范果树林"进入初果期，收获的水果装进背篓到集市上卖，每棵树净赚40多元。老百姓最注重眼前利益，他们掰着指头一算，种果树比养山羊实惠，无需再动员主动放弃了养山羊，跟着边振庭等党员干部种起果树。可是，群众蜂拥而上，面临树苗短缺的困扰，本地解决不了，只能去乌兰察布市商都县购买树苗。家家户户把压箱底的钱都拿出来，面值五元、十元算是大额面钞了，还有些毛票，把各户集资款拢在一起，整整塞满两个纤维袋子。老边雇用一辆前四后八的卡车，几个村干部轮流抱着钱袋子来到商都。春天的乌兰察布有些"倒冷"，颠颠嗒嗒一夜后个个瑟瑟发抖，脸色发灰，饥寒交加，到达目的地，互相对视尴尬地笑了，像是在土地上打了个滚儿。

果树之乡从此起步，生命中摇曳出幸福的色彩。到本世纪初，七合堂果树种植已初具规模。又经过十几年的发展，野果成为七合堂主导产业已不可动摇。可老边真的老了，精力和体力跟不上节奏。1997年，老书记边振庭来到周瑞春开办的加工厂，通知他经民主选举，群众选他当村主任。周瑞春有些始料不及，在他不知情的情况下选他当村主任，理应事先征求一下他本人的意见。那时的村主任工资待遇微乎其微，与他开加工厂日日进钱无法相提并论。他以加工厂放不下为由向老书记请辞，不想干费力不讨好的差事。边振庭说这是民意，村主任非你莫属，将来我干不动了，你还得接我的班。周瑞春推脱不掉，关掉加工厂，当上村主任。

驱车从省际通道转向林西县一级公路，公路旁伫立一超大的红苹果模型，这便是七合堂村的地标。七合堂村在这一带名声太响亮了，家家栽树，树树结果，花果飘香，荫郁葱茏的绿色山野充满生机，茁壮的果树掩盖了这个朴素的山村，产自七合堂的"九佛山"水果远销北京、上海、广东等地，是林西县一个耀眼的品牌，七合堂成了远近闻名的野果专业村，幸福指数陡生。如今，七合堂从沟外到沟里，凡能栽植的地方都栽上了果树，这里盛产的"九佛山"水果闻名十里八乡，由群众自发组建的七合堂野果专业合作社颇具活力，是新常态下凝聚人心、资源利益整合的新型农村专业合作组织。

经历十几年"炼狱"般的图腾，七合堂变了，变得让人安心，变得让人心醉，变得日子殷实。村口的山门做成仿木雕状，走进山门有一种说不出的惬意，玉带一样的水泥路蜿蜒到沟谷的深处。2016年，路两侧过去是风景树，现在也改种果树了，须知这才是最美的风景。老边已经退居二线，他不但栽果树，而且还圈养狍子，这种动物形似斑羚。儿女们已经在城里买了房子，可老边住不习惯，呼吸七合堂氧吧一样的空气，感到发自肺腑的清爽。望着老边圈里十几只活蹦乱跳的"斑羚"，我倏然想起中学课本里那篇《斑羚飞渡》的故事。一群斑羚被猎人赶到绝境，面对万丈深渊，它们已经无路可逃。纵使它们有跳跃本领，可沟壑太宽无论如何也是跳不过去的，生死存亡之际老斑羚想出了一个主意，两只斑羚结成对子一起跳，年轻的斑羚先跳，年老的跟在后面，当前面的跳到中间下落时正好落在后面老斑羚的脊背上，然后再二次起跳到达对面的崖边，而充当踏板的老斑羚却像流星一样坠落谷底。其余斑羚也学着它俩的样子一前一后进行生命的传递，最后只剩下一只斑羚了，再也没有伙伴儿为它做空中接力，它从容地走向悬崖边，身体融进天上绚丽的彩虹。斑羚这种牺牲一半换取另一半求生机会的壮举，给人以震撼般的启迪。七合堂，正是经历前仆后继不懈的交接，才变成现在的样子。那个发过誓的村民潘树华回来了，赌气时发出的诺言在生机勃勃的七合堂面前变得苍白无力，他在自家弃耕的土地上，一口气栽植果树1000多棵，每年收入8万多元。另一位赌气出走的边振生也回到七合堂，成了果树种植大户。外迁的村民纷纷归队，搭车回来的还有女婿儿媳。九月是七合堂采摘季节，城里人全家出游，兴致勃勃来到七合堂，采摘最心仪的水果，在村里农家乐饱餐一顿后回城。

七合堂的嬗变都是从注重生态保护开始的，如今的七合堂人出行走宽广的水泥路，举目青山绿水，鸟语花香，偶有獐子探头，山鸡成群结队，成了最宜居的绿色家园。2010年村党支部牵头，注册成立"九佛山"野果种植专业合作社，同步组建了党总支，支部下设6个党小组，31名能人党员在产业链上发挥骨干带动作用，吸引周边果农入社，社员已有226户，注册的"九佛山"商标通过了国家有机食品认证。七合堂村党总支依托生态建设成果，成功打造出"野果富民"模式响亮林西，全村现有收益山杏林1.2万亩，红皮提子大棚50亩，人工草地4000亩，果树7300亩，森林覆盖率86.1%。2017年从生态建设成果中创造产值2660万元，人均收入突破1.5万元。七合堂村被自治区林业厅确定为"新农村建设村屯绿化示范村"，先后荣获"国家农业资源持续高效利用实验区"、"全国国土绿化突出贡献单位"、"全国绿色小康村"、"全国生态文化村"等称号。

生态文明成了七合堂村致富的动力之源，在小康的道路上行进的脚步越来越快了。"九佛山"野果进入北京、广州、深圳等地超市，并远销东南亚。每到金秋时节，慕名而来的果商总是提前排队，等待装货的卡车排列在村中的路两侧，一直蜿蜒到村东的山门。七合堂村的水果清脆可口，含糖量高，远近闻名，外地客商由此趋之若鹜。镇村两级党组织牵头引进赤峰天拜山饮品有限责任公司，形成了种植、研发、加工、销售一体化格局，延伸林果产业链条，提高了产品附加值，推动了产业升级。

七合堂富了，七合堂美了。每到五月，漫山遍野的山花色彩缤纷。盛夏，葱绿的山坳成了城里人避暑之地。金秋，熟透的水果香飘十里，色彩纷呈。冬季，白雪覆盖山川，蓄积后劲。春季赏花，夏季踏青，秋季采摘，使这里的生态旅游独具魅力。仲秋时节，随同县林业局长刘建华走进七合堂，恰遇外地客商装运水果，与村民闲聊觉得他们各个无愧是林果抚育专家。"基部三主枝，邻近半圆形。"说话的村民邢利民，脸色黝黑，身穿迷彩服，手里拿着账本，每装完一车对张三、李四家出售的水果登记清楚，当面结清，概不赊账。当年他对种果树不屑，举家迁走去外地打工五年，回来后也跟着大伙种果树。他家有果树30亩，摇身一变成富裕户。

"野果富民是林西县脱贫攻坚五大产业工程之一，我们的目标是复制七合堂模式，辐射带动周边地区，自2016年开始启动了再造七合堂工程。"

县林业局长刁建华对野果富民信心很足，林西县逐年加大全县经济林建设，每年投入不低于5000万元，打造让贫困户脱贫致富的绿色银行。

站在海棠湖最高处的"月坛"上，蓝天与白云相依，微风习习扑面，满眼绿色沸腾。刁建华手指绿树成荫的山峦说："两年前野果富民还是七合堂一枝独秀，可与七合堂地理位置相邻、地形相似、生态条件相同的海棠湖、老虎石沟、大金沟、小城子、枕头沟等，还在为退化的生态环境和困窘的生活发愁。"海棠湖人不服气，七合堂能栽果树，我们为啥不能？跟进的欲望已经按捺不住了，村民自发栽植果树，可栽来栽去他们觉得不对劲儿，不仅成活率低，而且结出的野果也没有七合堂硕大饱满。

"帮把手呗。"

海棠湖村干部找上门来，他们需要七合堂伸出援手，可部分七合堂群众意识上的褊狭使他们不愿与周边村合作共享，就像保护"知识产权"一样珍惜多年用汗水浇灌的果实，这么多年我们容易吗？说到底是一种朴实的保守意识作怪。县长付守利和四大班子领导多次到七合堂调研，开导村民，鼓励七合堂走联合发展规模化经营的路子。政协主席王春艳三十年前任镇党委书记时就力推产业结构大调整，把山羊换成果树，尝到甜头后七合堂人没有忘记雷厉风行、立行立果的王书记，当年有几户带头闹事的老农民如今已是果树大户，是最大的受益者，每次见到王书记都不好意思，王春艳哈哈大笑："算了，那一页翻篇儿了，当时砍山羊是断后路的做法，可栽果树八字还没一撇，换是我也难免想不通。"七合堂人从不把王春艳当外人，面对海棠湖大张旗鼓营造经济林面临的技术瓶颈，她和蔼地坐在炕头上与党员们促膝交谈，一村富不算富，只有大家都富了，有了规模，才能满足大市场的需求，都是乡里乡亲，互相帮衬一下，何必藏着掖着。县林业局刁建华局长当场拍板，七合堂人为海棠湖提供技术服务，服务费由林业局支付。新城子镇党委结合党建融合，牵头成立了"九佛山野果富民联合党委"，将七合堂村、海棠湖村、小城子村、大金沟村和十二吐乡的枕头沟以及各村帮扶单位、野果加工企业和相关涉农部门纳入联合党委，以党组织的名义把各方分散力量凝聚在一起，通过队伍联管、发展联姻、服务联创、活动联办，形成"雁阵效应"、"均衡效应"、"连锁效应"和"集合效应"。

海棠湖村成了联合党委的一个成员党支部，扶持和做大海棠湖林果产业已成为九佛山野果富民联合党委义不容辞的责任和义务，海棠湖的发展自然成为联合党委分内的事儿。联合党委书记由镇党委书记兼任，七合堂党总支书记周瑞春兼任联合党委常务委员，他主持召开了联席会议，动员七合堂支援海棠湖野果基地建设。他说："联合党委成员党组织之间要双向体验，互利互助，立体成长。"会后，联合党委作出第一个重大决议，复制七合堂模式，以党建融合为引擎的帮扶活动由此拉开了帷幕。海棠湖人在前面栽树，七合堂人在后面剪枝，七合堂村培育香蕉李子用了四年时间，培植锦绣海棠耗时三年之久，联合党委成立后，海棠湖、小城子、十二吐乡枕头沟直接从七合堂村引进了这两个品种，少走了弯路。七合堂村还派出优秀党员宋占武、王儒和、边向华等种植能手提供技术指导、跟踪服务、定期培训，手把手指导海棠湖人果树栽培和抚育，如今海棠湖果树栽植面积达到1.2万亩，果树种植规模已经超过七合堂。

海棠湖，实现了靓丽转身。

截至目前，联合党委涵盖的五个村党组织，经济林总面积近4万亩，其中果树面积1.42万亩，辐射带动受益人口9800余人。同时建农家乐12家，采摘园23处，自驾游营地1处，综合展厅2处，生态旅游产业前景广阔。脱贫攻坚联合党委通过定期联席会议、观摩交流等，把过去"自家事自家办"变成"自家事大家办"，彻底解决了单个党组织解决乏力、引领无力的问题，真正形成了"以强带弱、抱团发展、资源共享、合作共赢"的融合发展局面，为脱贫攻坚和乡村振兴提供了坚强的组织保障。

"海棠湖与七合堂就像新城和老城的关系，七合堂的无私帮助让海棠湖少走了弯路，不久的将来可能超越七合堂。"驻村扶贫的第一书记马超说得很自信，前不久曾跟着他走进海棠湖腹地，已是艳阳高照的正午，乡俗气息浓郁的农家乐分布在路两侧，绿荫把院落包裹起来，从山里曲折过来的小河已干涸多年，今年破天荒地流淌着溪水，村里在下游修建水塘，当水塘蓄满清水时，海棠湖也就名副其实了。据马超介绍，未来海棠湖将以林果产业为支撑，结合采摘和观光，打造成颇有桃园特色的观光旅游村，新修的环形公路把海棠湖贯穿得满盘皆活，与山北的七合堂连通后，就结成了同频共振的孪生兄弟。此时正是花季，路旁的格桑花、黄菊、串红团团簇簇，扮靓海棠湖，得知全村仅剩四户尚未脱贫时，顿有一种释重的超然，就像酷暑的艳阳下清风习习一样。

青山绿水的回归，生态富民竟是如此直观。刁建华局长介绍，林西县对新城子海棠湖、老虎石沟、十二吐乡枕头沟、统部镇西营子、官地镇两棵树等五个流域的经济林建设，实行"大苗滴灌、集中连片、整流域推进、高标准建设、集约化经营"的建设管理模式，使用4~5年生优质大苗栽植和节水滴灌方式，引进业主大户集约规模化经营，新建果树经济林除国家、市级配套资金外，县级再配套资金每亩200元，还有县级"5531"产业政策基金每亩奖补300元。截至2018年，林西县果树经济林以金红123、黄太平等为主栽树种的内蒙古野果基地已达15万亩，进入盛果期的已达3.5万亩，亩产2吨，销售收入达1.1亿元。顺着刁建华的语序，涌动的绿波把目光引向更远，重做系统的山村回旋着绿色的交响，林间似有天鹅在飞。

从七合堂采访归来，我体会到党建融合的力量，这种融合宛若配套组装，优化的积极元素形成一个高效运转的机器。蓝天透明，云卷云舒，跃动的林西生机勃勃，钟灵毓秀，眼前似有44条舰船在航行，须知这些舰船是由无数舢板组装而成的，前冲力剧增，而舵手就是县委。脱贫攻坚，凝心聚力，淬火成钢，党心所依，民心所向。以七合堂为轴心形成山区特色的产业园区，联合党委便是发动的引擎，运行的节奏好快呵，九佛山一带的山峦，真的变成了花果山的模样，"钱"景广阔。

第三章　林西模式

　　著名设计大师刚特蓝堡认为，美好的生活始于设计。林西县脱贫攻坚，起点也在顶层设计上。

　　来到林西，我用一天的时间，躲在宾馆一头扎进文山里，静心翻阅大量资料，这些都是他们实践的总结，从中寻找采访的切入点。资料太多，有一种潜入深海的感觉，当感到缺氧不得不浮出水面缓口气时，眼前渐渐畅朗起来。林西人的务实和创造性思维是他们从贫困大盘中退市的关键，他们科学、理性、超前、机智、务实地把设计理念移植到扶贫攻坚工作中，而在实施过程中释放的是集体的智慧和能量。林西县委、县政府善于集思广益，从规划入手，客观评估多年来取得的扶贫开发工作成果，他们睿智地认为，多年未能拔掉"穷根"的掣肘因素是产业拉动力乏力和贫困户本身内生动力不足，贫在产业，困在发展，贫困户在脱贫意愿上缺乏主观能动性，任何帮扶措施都无济于事。通过广泛深入调查走访发现，在部分贫困户中存在着狭隘意识或偏见，习惯于躺在政策的温床上享受，而不想靠自身的努力去改变生活，本质上缺乏创业增收的内生动力，不想脱贫的观念导致一部分人的惰性思想尤为突出。在穿梭采访时，曾听到过去扶贫工作中出现的令人啼笑皆非的事情。几年前下乡干部给贫困户送去几只羊，还没等下乡干部离开，贫困户竟然麻利地在院里宰了一只，招待干部，气得下乡干部直想撞墙。已下派大营子乡前进村扶贫六年的民政局干部王海涛深有感触："有的群众把贫穷当做一种习惯，主观上或不具备脱贫摘帽的心理准备，说穿了就是缺少主动脱贫的意识，随着医疗救助、危房改造、易地搬迁、产业扶贫等各种扶贫政策的落实，部分'等、靠、要'思想严重的群众尝到政策甜头后，行为也越来越跑偏，坐等帮扶，等着慰问，甚至有的装病、装穷，理直气壮向镇、村干部及帮扶干部索要项目，要资金，要低保。"这种惰性思维直白地反映在农村部分贫困户的依赖思想比较顽固。当然，也有部分贫困户缺乏信心，"不敢"脱贫。统部镇甘珠庙村驻村第一书记胡景龙介绍说："受条件限制，部分群众发展信心不足，不敢突破自身局限脱贫致富，守旧心理，求稳怕变，故步自封，排斥变革，过惯了有吃有喝的小农生活，不思进取,对生活简单理解为能活着就行,一定程度上抑制了主动脱贫致富的自觉性。"在五十家子镇,竟然有的贫困户活到五六十岁还没到过林西镇,长期与外界隔绝感知不到外面世界的精彩,日升日落,满足于三个饱一个倒,信马由缰,生活没有波澜。

"不愿"脱贫与"不敢"脱贫说明贫困户的消极心理,而"不能"脱贫与"不会"脱贫则是不容忽视的现实存在。由于生产要素短缺,虽然有脱贫致富的想法,但心有余而力不足,缺资金、缺劳力、缺土地,要啥没啥,加上居住偏僻,交通不便,形成了难以摆脱的瓶颈因素,在发展上表现得非常弱势。另一方面是一些贫困户不会脱贫,属于不会干的那种。新时期扶贫开发也要与时俱进,需要改变的不仅是生产生活方式,还要与现代种植业与养殖业的科技推广紧密结合,传统粗放的生产方式非但不能增收,客观上也会造成扶贫开发资源的浪费。部分群众在脱贫工作中找不到切入点和突破口,有劲不会使,在老套低效的种田养畜模式中打转,靠天吃饭,种一坡收一锅,种一亩收一斗,这种现象在偏远落后的农村是存在的。而且贫困户多数文化水平低,接受新事物能力不强,因循守旧,在飞速发展的现代农业进程中跟不上节奏,生活陷入贫困也就不足为奇。

凡此种种,成为推进扶贫攻坚不能回避的问题。县委、县政府意识到,两年内能否完成扶贫攻坚目标,首要的是解决思想观念问题。谋定而行,林西县扶贫攻坚规划堪称大手笔,凝聚了各方智慧和力量,可操作性强,彰显林西县委、县政府动真情、下真功、真扶贫、扶真贫的气魄和决心,创造了林西理念和林西模式。一位外地来林西考察取经的领导感叹:"工作做到这份儿上,哪有不脱贫的道理!"

我们先概念性见识一下林西理念和林西模式。十几天在林西穿梭走访,见证了林西模式与林西特色,事半功倍的效果使我发自肺腑地感叹,直观感觉林西模式大体由十个板块组成:即"1+4+5"产业脱贫模式、"1351"健康扶贫模式、"易地搬迁+"模式、"四轮驱动"金融扶贫模式、扶贫+养老模式、资产收益模式、"234"党建促脱贫模式、"党建+"模式、电商扶贫模式、就业扶贫模式。

十个板块涵盖了林西模式的全部,这是骨架部分,每一板块都细化了目标、措施、责任、考核及实现路径后,就构成了林西模式的全部,诠释了林西人的创造精神和脚踏实地的作为。

写在纸面上的文字是苍白的,但舒展在大地上,便是风生水起,色彩绚丽。顺着林西扶贫攻坚的进程深入,沿横贯东西、覆盖南北的轴线徐徐打开,攻关的脚步坚实有力,众志成城,遍布城乡,他们绘就了一幅感天动地的杰作。

扭住龙头,综合造血,强壮贫困户筋骨,是产业扶贫的核心。总结以往扶贫工作经验，产业支撑的缺失和乏力，是贫困地区和贫困群众难以脱贫致富的功能性障碍，也是造成年年扶贫年年贫的主要原因，不解决"造血"，单凭"输血"不能从根本上解决问题。因此，林西县把发展产业作为扶贫攻坚的核心措施，主推"1+4+5"产业脱贫模式。"1"是依托一个企业，"4"是贫困户获得生产性收入、财政性收入、劳务性收入和资产性收入等四个方面收入，"5"是五个成熟的产业模式。

依托佰惠生公司打造"甜菜富民"模式。

依托正邦集团打造"生猪富民"模式。

依托德青源公司打造"金鸡富民"模式。

依托恒光大公司打造"中药富民"模式。

依托天拜山公司打造"野果富民"模式。

"1+4+5"构成林西县产业扶贫的基本框架，五大产业挺起扶贫攻坚的脊梁，共带动建档立卡贫困人口8687户16573人，占贫困总人口的82.6%。五大产业身兼使命，在播种的季节启动，收获季节收官，龙头扭动，龙身起舞，龙尾呼应，林西县扶贫攻坚在全县各个角落激情唱响了。

"把贫困户绑定在产业链上，只要企业不倒，产业不衰，贫困户的生活就有了基本保障。"县人大主任赵锐久如是说，道出林西模式最闪亮的一面。

在县扶贫办主任赵光明的办公桌上，摆放着2017年收益账单，生产性收入方面，全县订单种植甜菜10万亩，其中建档立卡贫困户2040户4100人，种植9180亩，人均增收2795元。资产性收入方面，往年把扶贫资金直接发给贫困户，收效甚微，推行产业扶贫后，政府把相关扶贫产业基金整合，按建档立卡贫困人口每人1万元投给产业化龙头企业，要求企业连续三年为贫困户返利，每人从中获利1000元，直接打入贫困户个人"一卡通"，不仅提高了扶贫基金使用效率，而且为贫困户开辟了稳定的收入来源，企业和贫困户同频共振，实现双赢。劳务性收入方面，2017年佰惠生公司和德青源公司聘用建档立卡贫困户372人，人均增收2.5万元，一人就业，全家脱贫。财政性收入方面，集中体现在贫困户土地流转上，一些老弱病残的贫困户基本丧失劳动力，由政府引导把贫困户土地流转到合作社和种植大户，平均月增收720元。

从西拉沐沦河畔到大冷山下，我感受到了林西人的实干精神和咬定青山不放松的执着，到处都奔涌着一股蓬勃的力量。五个龙头企业，形成五条产业链，睿智的林西人顺势开工各种类型脱贫产业园区12处，推行"合作社+企业+农户+贫困户"经营模式，扶持贫困户发展肉牛、肉驴、设施农业等产业，实现了村村有主导产业、户户有扶持项目、人人有脱贫门路，真正做到了宜户宜人施策，通过产业扶贫年人均增收1500元以上。

20世纪80年代初分田到户轰轰烈烈，而如今似乎又走回头路，从分到合不可逆转，但现在的合与计划经济年代的"一大二公"是两码事儿，是市场经济条件下农民利益关系的重新调整，是土地资源整合后实现规模经营产能效益最大化的有效途径，林西县合作经济因此呈现方兴未艾的发展势头。截至采访结束时，林西县已发展农民专业合作社977个，辐射农户3.1万户，土地流转24.3万亩，带动2486户5469人稳定脱贫。同时，合作社还带动1.3万非入社农户增收。

健康扶贫凸显林西人的创造性。连日来，听到最多的是"1351"，像银联卡密码一样牢牢记在心里，"1351"打开了健康之门。而在林西，这一健康密码在贫困户中几乎是家喻户晓的。客观而论，历经三十多年不懈扶持，多数贫困户得到政策的惠泽后，走上了脱贫致富的阳光大道，可仍有少部分深陷贫困的泥淖不能自拔，疾病是致穷致贫的直接原因。林西县为根除"因病致贫、因病返贫"这一老大难问题，实施了"精准筛查、精准治疗、慢病补偿、大病兜底"的"1351"健康扶贫工程。看似是一串数码，可展开"1351"的扉页，一股股温馨情愫便扑面而来。"1"和"3"意指建档立卡的贫困人口，因病住院由脱贫医疗保障兜底基金救助，个人自付不超过政策内合规费用的10%，自付单次或年累计费用不超过3000元。似乎这样解释还有些笼统，直白地讲，就是生大病发生的几万、十几万的治疗费，自己就支付3000元，其余全是政府兜底报销。"5"是把建档立卡贫困人口五种疾病列入报销补偿范围，42种慢性病纳入门诊补偿，符合医保政策报销的门诊慢性病24种疾病中，属于住院管理的报销比例提高10%，属于定额管理的报销比例提高20%，个人自付5%，其余由脱贫医疗保障基金补足。不在医保政策报销范围内的18种慢性病，由医疗保障基金直接报销95%，个人自付5%。最后一个"1"就是实行"一站式"服务。四个项目单元组合在一起，就形成"1351"温情扶助方程。得到救助的贫困户，多数都恢复了劳动创收能力。

这是不好懂的，看不懂可以翻过去，用实例说明。

新林镇五星村村民赵青云老伴鞠桂芝，如果没有健康扶贫政策，她做梦也不会想到还能站起来。鞠桂芝老人中年双膝关节坏死，她爬行了16年，即便是门槛都迈不过去，儿童学步车是走步的依赖。2017年11月，她在林西县医院做了膝关节置换手术，两次手术入院医药费159654.15元，报销153963.95元，个人自费5690.2元。

阳光普照的下午，我来到鞠桂芝老人家。院子收拾很干净，菜园里的豆角挂在藤架上，果树上的沙果一半柚红。

"吃营养药花了2000多元，不吃这些3000元就够了。"这位身体已给康复的老人说话时脸上洋溢着幸福。

"过去砖头一样高的台阶都上不去，都得爬。"她从箱子里把她过去的老照片拿出来，站立需要两人扶着，两只腿弯曲，合在一起恰是一个"O"型。如今她双腿伸直，走路稳健，若不是我们来访，她正准备去地里帮老伴干活。那架伴随她十几年的儿童学步车被冷落在墙角，十几只芦花鸡见到主人"咕咕咕"地叫着，撒一把玉米，争相啄食。她由衷地感谢共产党，感谢扶贫政策，执意把我们送到街口，回头看时，老人果然向村外的玉米地走去。

走进统部镇甘珠庙村一位农民之家，男主人在地里干活，他的妻子正做午饭。她说，过去他们家日子比较富裕，自从她男人患上肝硬化，日子急转直下，花光所有积蓄，还欠下10多万元外债，女儿本打算辍学了。靠"1351"报销了大部分医疗费后，家里的负担骤然减轻，女儿也以656分的成绩考入中央财经大学。身材纤巧的女主人见到下乡扶贫干部，极端热情，室内收拾得很干净，面板上包好的水饺还没下锅，诚心诚意留我们吃饭。引领采访的县文联秘书长胡振东开玩笑说："这点饺子也不够吃呀。"女主人急忙回应，我可以再包。她感激扶贫政策，是政府救了他们一家，如果不赶上扶贫好政策，这个家就散架了。说话间男人从地里回来，阳光把他的肌肉晒得黝黑。

全县得到"1351"救助的贫困户，在全县100多个行政村中，几乎村村都有。据统计，全县建档立卡贫困人口中享受"1351"健康扶贫政策的15107人，低保、五保等其他困难群体享受"1351"健康扶贫政策的17839人。其中，2017年救治各类贫困人口住院患者9459人次，发生医疗费用8069万元，其中大病统筹支付4787万元，医保支付256万元。个人支付1173万元，基金兜底支付1853万元，政策范围内报销比例达90%以上。救治慢性病患者9169人次，发生医疗费用144万元，医保加兜底报销136万余元，实际报销比例达95%，那些得到救助的贫困户终于摆脱了疾病的困扰，体能的恢复使他们走在脱贫致富的路上。全县制定实施162种临床路径（住院132种、慢病30种），避免了过度治疗，形成了"小病在乡村，大病不出县，康复回基层"的健康扶贫格局，县内就诊率达到95%以上。

在林西县医院里，一名男子手上捧着医生从手术室递出的一节骨头流下了眼泪："我要将这块骨头带回去，将来父亲百年后将这块本属于他的骨头放进棺材里。"说话的人是林西县大营子乡月亮沟村黎占武的儿子。

"本以为就得在家等死了呢，真是没钱呀，有钱能看着他站不起来在地上爬还不去做手术吗？"黎占武的妻子张玉芬说的是大实话。

　　黎占武，2013年发现患有单侧股骨头坏死，但由于换股骨头费用昂贵，一直没有去治疗。从最初拄着双拐，到后来在地上爬，回想起这些，张玉芬依旧止不住抹眼泪："我永远都忘不了那一天，2018年4月25日，占武刷了身份证就住院，做了置换股骨头的手术。"

　　黎占武年轻时当过村长，黝黑的脸上掩饰不住喜悦和沧桑，70年代就入党的老党员，如今赶上了精准扶贫的好时代。术后两个多月的恢复，他的腿已经逐渐可以用得上力气，倔强的黎占武执意拄着拐杖送客，我们谢绝了他的好意，祝愿他早日健步如飞。

　　从五十家子镇采访归来已近黄昏，我们沿查干沐沦河西岸行走，此时夕阳把云彩染得通红。我最喜欢看晚霞落在河面上的情景，河水变成赤水河，河水汤汤流淌，仿佛有红色的巨龙在水中腾跃。林西模式焕发出的林西效应，几大龙头企业舞动脱贫攻坚，功不可没，当获得的实效被受益贫困户分享时，那种幸福感从贫困户的脸上流露出来，变得可触可摸。

第四章 风生水起

县委书记田向存日程安排得很满,即便是正在中央党校学习期间,专门请假参加了自治区脱贫攻坚专题培训班,并在会上介绍了林西县精准脱贫经验,与会者听得很认真,感悟林西县在谋篇布局时精准到位,工作扎实而坚定。回到北京,他去顺义县调研金鸡扶贫产业项目,这是他心里一直惦记的事。看完后他在想,能不能把德青源金鸡扶贫项目引到林西?终于联系上了,老总答应去林西县实地考察再定。近几年,林西县委带领全县干部群众主打三大攻坚战役,使全县走上加快发展之路。"郡县治,天下安",作为全县经济社会发展的主心骨,田向存牢记习近平总书记"心中有党、心中有民、心中有责、心中有戒"的要求,在岗位上默默奉献,不遗余力。他统领全局的发展思路,敢于担当的精神风范,一心为民的公仆情怀,深得百姓爱戴。县域经济发展如何谋篇布局?田向存心里有一盘棋:打好三大攻坚战是全面建成小康社会的底线,在此基础上,还要开创高质量发展的新局面。他首先为全县乡村振兴设计制定了一个详细的产业支撑体系,这个包括菜、果、草、药、牛、驴、禽的农牧业主导产业工程,实施两年来效果显著。仅设施农业一项,由原来不足千亩发展到近2万亩,建成百亩以上设施农业园区21个,使大棚蔬菜真正成为农民致富的金钥匙。多年在基层担任领导职务使他深深懂得,无工不富,无商不活,建设"五大基地"和"两个中心",是田向存为林西县工商业发展定下的目标。县里力争"十三五"期末建成赤峰重要的有色及稀贵金属材料产出基地、绿色农畜产品生产加工基地、清洁能源输出基地、重要氟化工生产加工基地和规模化、特色化、高品质农畜产品品牌示范基地,建成赤北锡南重要的区域性商贸物流中心和草原自驾游服务中心。为让蓝图变为现实,田向存尽心竭力,谋划推动了东台子水库、4C级支线机场、高等级公路等一批打基础、利长远的项目,他还亲自带队赴珠三角、长三角、京津冀等地招商,先后引进香港茂荣、广东温氏、上海红星美凯龙等众多企业入驻林西。

发展思路有了,蓝图已经绘就,但要变成现实,需要扎实的工作态度和工作上的担当。田向存一向作风硬朗,只要是县委集体决策定下来的事情,马上落实,说干就干。他一直对干部不作为、不担当的行为深恶痛绝。农家子弟出身的他，一心想着为群众多办实实在在的事。脱贫攻坚无疑是一场硬仗，在整合涉农资金实施扶贫项目过程中，一些部门顾虑重重，有的怕得罪上级主管部门不敢整合，有的为了部门利益不愿整合。

"整合资金上级有政策咱怕啥？怎么也比把钱撒了芝麻盐要好吧！大家想想看，这些年我们在扶贫开发上投入了多少，效果怎样？不能使扶贫项目资金发挥出应有的效益，是对国家政策资金的不负责任。"

田向存顶着各方压力，力推涉农资金整合，大胆采用政府先行投资建厂、企业后续租赁经营的方式，终于使德青源金鸡产业扶贫项目落户林西。当然，德青源在林西县落户，最初还是有些议论的。

"田书记推动涉农资金整合，结果就盖了个大鸡窝！"

在金鸡扶贫项目建设中，不少干部担心项目能否成功。可田向存深信这种新型扶贫模式的潜力，他亲自协调解决项目推进中的各项难题。结果项目仅用201天就投产运营，在全国22个金鸡扶贫项目中建设速度最快，当年便投产达效。这个项目流转了贫困人口的土地，带动他们发展养鸡、饲料种植等产业，还有一部分贫困群众变成养鸡场的产业工人，而项目租金则壮大了村级集体经济，使村里有钱来设立公益岗位，让贫困人口有活干、有钱赚，活得更有尊严。

田向存刚到林西担任县委书记，下乡调研时有两件事记忆深刻：一个是贫困户的房子，一个是留守儿童的眼神。看到偏远山区一农户家徒四壁，四处透风，炕上还有正在抱窝的母鸡，他吃惊又自责，改革开放这么多年了，还有这么穷的地方，看来我们工作还得加把劲，这些贫困户虽然占少数，可脱贫的难度不小。看到学校留守儿童，因父母外出长期打工无法得到关爱时，他心里直发酸。孩子们那孤独无助的眼神深深地刺痛了他，要把脱贫攻坚放在经济发展的全局进行谋划，地方经济发展好了，百姓能在家门口就业了，留守儿童的问题就能迎刃而解。这是一个掌舵者的高度与胸怀。

为了让贫困人口早日脱贫，作为主要决策者，田向存用心、用情、用力，思索脱贫攻坚的有效途径，创造性地设计了"1+4+5"产业扶贫模式，将贫困人口紧紧地嵌入产业链条当中，使全县八成以上贫困人口实现了产业脱贫，推动了具有林西特色的健康扶贫，真正让困难群众看得起病，看得好病，兜住了贫困百姓因病返贫的底线。脱贫攻坚战役打响，"八抓八送"奏响了推进的主旋律，体现了县委、县政府在脱贫攻坚方面的整体布局和着力点。

"抓宣传，把决心送给群众，让全县人民都知道，脱贫攻坚是头等大事，借此换来群众的信心。"

以县委为中心，分工协作，各司其职，是林西县脱贫攻坚整体运作的重要一环。而县委把宣传工作摆在重要位置，着力要解决的还是思想认识问题。

县委常委、宣传部长汪丽娜就如何做好脱贫攻坚战略决策宣传发动进行了解读。县委对贫困的原因透视的精准，而在脱贫攻坚工作中，宣传部门扮演的角色向来是鼓舞斗志，振作精神。舆论疏导与直接投入相比，两者虽然不能替代，但常常起到事半功倍的效果。通过广泛深入的宣传，把信心送给群众，提振他们主动脱贫的内生动力。

自2017年以来，林西县委宣传部围绕"广播有声、电视有影、报纸有字、网络有言、户外有势"的宣传要求，用好用足宣传手段，大造声势，对脱贫攻坚过程中涌现出的脱贫致富先进典型，及时总结，扩大宣传，用身边的事教育身边的人，提高典型的影响力和示范效应，让群众学有榜样、干有方向，树立脱贫致富的决心和信心。

宣传部门的主动介入，立体式全方位宣传如春潮一样漫卷，让县委、县政府脱贫攻坚政策深入人心，家喻户晓。民心沸腾了，在全县上下便形成了全力攻坚的舆论氛围，进而转化为想脱贫要致富的紧迫感和精神动力。

宣传部把办公室主任、业务骨干派到乡村担任驻村第一书记，从部长到职员，也都在脱贫攻坚的一线上结对扶贫，尽职尽责。为充分发挥舆论宣传正面引导和鼓舞作用，林西县委宣传部围绕脱贫攻坚工作相关政策、攻坚措施和成效，作为宣传工作的重点和责任，并侧重把握"现在进行时"，对脱贫攻坚进行中涌现出的先进典型和先进经验进行深度采访报道，先后在人民日报、新华社、光明日报、内蒙古日报、内蒙古电视台、赤峰日报、赤峰广播电视台等市级以上媒体刊（播）发稿件600多篇，在网络多媒体发送信息1000多条。《林西时讯》、林西广播电视台是自己办的媒体平台，与林西最近，群众关注度高，每期都有脱贫攻坚的动态信息和政策宣传。

"小喇叭开始广播了。"

这谙熟的波段曾经是20世纪七八十年代主流媒体百听不厌的声音，可随着媒体向平面化、影视化方向发展，小喇叭一度萎缩绝迹。几年前林西县借助美丽乡村建设，恢复了"村村响"，小喇叭的声音又回到百姓中间。广电部门每天不同时段播放脱贫攻坚信息，节目内容以通俗易懂的大众化形式，讲百姓故事，讲身边的事，向群众宣传脱贫攻坚的各项政策，寓教于乐，有效地提高了群众对扶贫政策的知晓率。在林西县的城市和乡村，到处都有党和政府的声音，到处都有干部群众挥汗如雨的动人画面。

在大营子乡土庙子村，恰遇县乌兰牧骑在为农民演出，他们以歌舞的形式宣传脱贫攻坚。演出结束，群众不让走。土庙子有八个自然村，其他七个村也恳请林西自己的"文工团"去他们村演出。县文体局领导满足了群众要求，每个村巡演一遍。乌兰牧骑走了，群众余兴未消，土庙子党支部顺势组建了自己文艺宣传队。文艺宣传下乡进村入户，也是林西县配合脱贫攻坚举措，通过农民喜闻乐见的形式，让农民既富了"口袋"又富了"脑袋"，县文体局和县文联联手，每年组织专业文艺团体到贫困地区演出50场次以上，每场乡村大舞台都组织编排2个反映脱贫攻坚的文艺节目，并指导群众自编自演，各村的文化广场热闹起来了。新林镇五星村素有皮影戏的传统，他们老戏新唱，老百姓更容易接受。

从巴林桥下高速，就是林西的地界了。一脚踏上这片土地，我就感受到浓烈的脱贫攻坚气息，路边的巨型广告牌上，在目及所触的山坡上，在村庄的墙壁上，有关脱贫攻坚的宣传语非常醒目，想不看都躲不过。

"用简要的文字和形象生动的画面，把政策信息传播到百姓中间，是最简洁、最方便的宣传方式。"宣传部副部长屈向东介绍，"广告宣传也是脱贫攻坚的一部分，县里要求，在每个街道拉横幅，架设宣传牌，每个行政村村委会办公室、村文化室、村民集中活动中心广场等地采用横幅、光荣榜等形式，真正形成了脱贫攻坚宣传全覆盖。"

为充分激发贫困群众发展动力，林西县在11个乡镇、街道共建立了"爱心超市"15个，"爱心超市"的运营采取"物资捐助、超市运作、积分兑换"的运行模式，通过"多劳多得、少劳少得、不劳不得"的形式，促使困难群众摒弃"等、靠、要"的思想，真正从精神上立起来，生活上富起来，不断促进乡村文明。

"抓培训，把技术送给群众，解决贫困户想干而不会干的问题。"

显然，这"一抓一送"意有所指，是针对职能部门的。

2009年吉林大学出版社出版的新书《只有想不到 没有做不到》，书中详述"三思而后行，想好了再去做"。生活在这个适者生存的世界里，既要敢想还得敢做，要做就做得最好。

思考不仅是做事的前提，也是改变人生的"方向盘"。可摆在脱贫攻坚面前现实的情况是，部分贫困户既做不到又想不到。田书记说："群众想不到我们就帮他们想，他们做不到我们就指导他们怎么做。"在推进脱贫攻坚过程中，林西县在对群众精准识别的基础上，通过量身定制"一村一案、一户一策"扶智扶志方案，发动农技人员献智献力，对贫困人口进行技术指导和技能培训，帮助贫困人口找到打开脱贫致富之门的钥匙。发展理念变了，紧跟着的就是发展思维的创新和发展思路的拓宽，最终解决"谁来种地"和"怎样种地"的问题。在技能培训过程中，实行"一点两线，全程分段"培训，以产业发展为立足点，以生产技能和经营管理水平提升为主线，按照不少于一个生产周期进行培训，且本着"按需培训"的原则，群众需要什么就"培送"什么。为精准把握群众之需，制定精准之策，需要经常性深入群众中进行调研，按群众意愿在全国师资库中筛选顶级授课教师，选聘自治区农广校季广德校长、自治区农广校体系科虞飞主任、通辽市农广校宋德泉校长等7位专家教授，分别讲授现代农业经营管理、农民素养与现代生活、现代农业创业、农产品电子商务等十余门课程，实惠实用。听课的已不局限贫困户了，下乡驻村干部和村干部也成了忠实的学生。截至目前，林西县共培训农牧业新型经营主体带头人167人，其中，种植业新型经营主体带头人56人，养殖业新型经营主体带头人56人，合作社新型经营主体带头人55人。

随县扶贫办主任赵光明参观了扶贫开发培训中心，现代化的培训设施和培训内容的实用性、超前性让我眼前一亮，在这里可以分期分批培训技术管理骨干，也可以面对面远程教学。赵主任说，前来接受培训的不仅是本县的，友邻旗县和外盟市也来这里培训。

"抓教育，把希望送给群众，目光放得更远。"

再穷不能穷教育，这个命题流淌多少年了，可真正实施起来并不平衡，尤其在偏远的贫困地区。贫困人口的素质不高，很大程度上是受教育程度先天不足。为了阻断贫困代际传递，让贫苦家庭彻底摘掉"贫帽"，林西县教育扶贫工程与脱贫攻坚同步进行，让贫苦地区的孩子共享教育资源，把"治贫先治愚，扶贫必扶智"演绎在脱贫攻坚的实践中。采访中直观地感到，林西县寄宿制教育已经普及，从根本上改变了贫困地区学校过于分散、规模过小的问题。县里实施乡村教师专项支持计划，吸引优秀毕业生到农村学校任教，优化教师队伍结构，缓解农村教师资源不足，已先后补充农村专任教师42人，全部为高等师范院校本、专科毕业生。

"贫困户子女住宿交不起费用咋办？"

"只要精准识别是贫困户，不但减免住宿费，其他学杂费也予以减免，这些费用多数都是帮扶单位出的。"赵光明主任肯定地说，"与基础教育相配套的还有'雨露计划'，主要是针对职业技术教育这块。"

林西县有效整合全县职业高中教育资源，开办一批特色优势专业，为就业提供一技之长。全县职业教育毕业生就业率一直保持在96%以上，"订单式"培养的比例占职业教育学生40%以上，向高等职业院校输送2617人，向对口企业输送4000多人。

"雨露"的滋润，惠泽贫困户的子女。林西县通过"雨露计划"的实施，对建档立卡贫困户中接受中等和高等职业教育的贫困家庭子女进行扶贫助学补助，引导和鼓励贫困家庭子女在完成九年义务教育和普通高中教育后，继续接受中、高等职业教育和中长期技能培训，每人补助1500元，一律通过支农"一卡通"直接补给贫困家庭。同时，建立贫困学生信息库，对贫困学生、留守儿童、残疾学生开展"一帮一、多帮一"结对扶贫，共资（补）助贫困学生1万名。2016年，由县政府主导，爱心企业、社会组织共同出资100万元，设立教育脱贫救助基金，对贫困家庭高中生和大学生进行资助，现已资助140人。2017年教育脱贫救助基金扩大到200万元。聆听着他们的经验介绍，倏然想起在乌兰沟、巴吉沟、小河沿、鹿山、东升等村采访时，确有很多贫困户子女都上了职业技术学校，他们享受到了"雨露的阳光"，亲眼目睹了贫困家庭的家长对"雨露"的感激之情，有的还热泪盈眶。不久的将来，这些学成归来的孩子，将成为农村产业链上新一代农民。

"抓就业，把机会送给群众，让贫困户自立自强。"

雨过天晴，我走进县政府综合大楼，这里是全县脱贫攻坚指挥调度中心，所有脱贫攻坚决策都在这里作出，各地进展情况又在这里汇聚，而县扶贫办是政策推进部门，在这里可获得脱贫攻坚进程中的综合信息。赵光明主任与我交流了贫困户就业问题，这是建立脱贫长效机制的关键环节。几年来，县里不遗余力地抓五大产业，抓扶贫产业园建设，其目的在于为贫困户打造就业的平台，提供创收脱贫的机会。当然，条条大路通广州，贫困户就业不仅仅局限在"五大产业"上。县扶贫办对全县4840名符合条件的扶贫对象全部建档立卡，建立信息台账和跟踪台账，分类制定帮扶措施。

"抓就业就是给贫困户送机会。"

在这方面林西县可谓办法送出，他们积极搭建就业服务平台，充分发挥基层劳动保障平台作用，在每个行政村设立劳动保障协理员公益岗，加强就业扶贫的基础性工作，一些尚有部分劳动能力的贫困户做些力所能及的工作，获得相应的工资性收入，鼓励他们自主创收。

"企业才是就业的主渠道。"

赵主任所说的企业除涉农龙头企业外，还包括合作社和种养大户，就业范围比较广泛。几年来，政府为贫困对象和企业搭建平台，牵线搭桥，促进就近就地转移就业和劳务输出。每年邀请县内外企业开展现场招聘会，提供就业岗位3200多个，仅2017年9月召开的"京蒙劳务对接扶贫招聘会"上就有67家来自区内外的企业，面向广大贫困户提供2500多个就业岗位。以就业援助、就业培训、产业促进、创业带动为手段，对贫困家庭有就业创业意愿和能力的劳动力，实施"一对一"精准化服务，基本实现了"就业一人，脱贫一户"的目标。林西县投资1447.3万元，建成贫困人口就业创业服务中心，共对2221名贫困劳动人口实施了就业帮扶，其中转移就业297人。同时，积极引导和帮助贫困家庭大学生和外出打工农民返乡创业，变"输血"为造血，建设电商创业孵化基地，引导农民开展电商就业。结合美丽乡村建设，制定出台了《林西县农村环境保洁管理办法（试行）》，县财政投入100万元，为每个行政村设置3个以上保洁员岗位，全县共355个，从业者70%为建档立卡贫困户。

"靠救济只能解决缺襟短袖的一时困难，要长久脱贫，还得有活干，自己能挣钱。"

县人大主任赵锐久说得实在，自食其力，方得安心。

"抓帮带，把信心送给群众，让他们腰杆直起来。"

1992年采写的报告文学《天边的绿飘带》刊登在《人民文学》上，以牧区扶贫开发为背景，当年的采访经历记忆犹新，那时农村牧区的贫困面比现在要大，有一乡镇也试图用扶贫资金建育肥牛产业园区，房子和圈舍盖好了，鼓励贫困户进入搞肉牛育肥。贫困户入驻后马上把牛棚改成猪圈，可常规性饲养终归效益低下，一年后改种玉米。贫困户说，搞育肥咱不行，就会种大棒子，说到底是不自信。类似的情况在各地均有发生，有的扶贫产业园区根本就废弃了，破落得像个失宠的孩子，黯然无语。不自信，几乎是所有贫困户的通病，时间过去二十多年，这种状况依然没能根除。有些贫困家庭对于自家贫困的生活，本着一种信马由缰、漠然应对的态度，整天瞅着脚尖走路，中气不足，精神上萎靡不振。当然，以往的扶贫在机制上确有欠缺，过去对这些户也采取了结对帮扶的措施，可帮扶单位逢年过节送去米面给俩钱了事，权当是慰问一下。多年过去了，这种消极懒怠的现象痼疾一样未能根除。令人欣慰的是，这种现象在林西不存在了，他们在脱贫攻坚工作中，将干部帮扶作为激发群众内生动力的重要抓手，建立县常委包联乡镇、处级领导包村、机关单位与贫困户结对共建、党员干部与群众结对帮扶，且要求一帮到底，直至脱贫。全县共组建103个驻村工作队，2314名党员干部下到基层，干在一线，形成了全社会共同参与、与贫困户并肩作战的脱贫攻坚联动局面。下乡扶贫干部在驻村帮扶过程中，每天都对群众细心地进行宣传说服，讲清讲透扶贫政策的利好，一次讲不清就反复讲，在村里大喇叭讲不清，就到炕头上或田间地头讲，用文件讲不清就用脱贫致富的实例讲。用一位下乡扶贫干部的话说，反正跟贫困户杠上了，只要贫困户不振作起来，我就不厌其烦地讲下去。群众信服了，自信心膨胀了，脱贫攻坚有了立地基础。

"抓示范，把动力送给群众，真正动起来。"

在采访中有这样的感受，凡是群众生活比较富裕的村子，都有一个坚强的两委班子，有一个好的带头人，这几乎成了铁律。十二吐乡党委书记谢艳丽对我说，村级两委班子三年换届，老百姓千万不要不珍惜手中的一票，选好了就能带领大伙猛干三年，选错了就不作为或折腾三年，一反一正距离就拉开了。个别驻村干部反映，他们进村时两委班子几乎瘫痪，推进脱贫攻坚显得乏力。县委下派的第一书记和驻村工作队，首先从强化基层组织建设入手，实施"能人强村"工程，着力打造一支有思路、敢担当、善作为，能够引领、推动脱贫攻坚和乡村振兴的基层组织带头人队伍，深入开展"三培两带"行动，把1362名群众培养成了致富能人，把820名群众培养成党员，把122名党员致富能人、合作社负责人、复员军人、大学生培养成村干部。林西县先后组织600余名乡镇干部、驻村干部、村两委班子成员、群众代表到外地"取经"，到县内几个发展较好的村学习参观，让群众"看一看、学一学"，同样的村，人家为啥发展得那么快？一样的贫困户，人家为啥富了？以此激发群众"想干事、敢干事"的热情。各村都成立扶贫理事会，成员包括村干部、产业大户和致富能手，在理事会的促进和推动下，给贫困户注入发展动力。在提振精神层面，开展孝老爱亲模范、励志自强模范、文明卫生模范、团结和睦模范、扶贫带贫模范等评选活动，培树典型，以践行家庭美德、自强不息、勤劳向上、卫生整洁、团结风尚为标准，利用德青源金鸡扶贫项目租金，奖励促进乡风文明的先进群众，奖励扶贫带贫减贫先进个人、先进企业及合作社，倡导群众在现代文明理念和生活方式引领下，改变落后风俗习惯，焕发"主动脱贫"热情，在文明健康向上的环境里和氛围下，群众有了精气神，干着就有劲。

"抓建设，把保障送给群众，软硬兼施，为脱贫攻坚夯实基础。"

农村"双基"向来是经济社会发展的重要依托，在脱贫攻坚工作中更是不能回避。一方面农村人口住房安全、饮水安全、交通条件等关乎民生，对乡村振兴也形成掣肘。另一方面农村公共基础服务水平不高，已成为农村发展过程中亟待提高的薄弱环节。新林镇温家营子村王林家，如果没有脱贫攻坚，他做梦也想不到会住上现在这样的房子。新房红砖红瓦，地面铺着彩砖，电视播放中央八套节目，而新房东边的老房并没扒掉，这幢三间茅草房大概从住进来就没咋维修过，山墙之间的裂缝能伸进一个拳头，不堪的样子活脱一个衣衫褴褛的老人，不停地嘟嘟囔囔，诉说着昔日贫困日子的艰辛。十二吐乡扣肯乌苏村翻译过来就是缺水，村民每逢下雨就盼着发水，这样村里坡底的水窖就蓄满了，村民们肩挑手拎，备足一天的生活用水。脱贫攻坚开始后，驻村工作队在扣肯乌苏村东山坡打了一口深水井，铺设管道，家家用上自来水，结束了毛驴车拉水吃的历史。王林和是县里完善"双基"建设的受益户，他不能自己担水，每天都靠好心人帮忙，用上自来水，问题解决了。截至2018年6月，林西县脱贫攻坚已近尾声，确保群众安全住房、安全饮水比率达到100%，各行政村主干道通畅，连接村委会、学校和自然村组的道路全部硬化，便于出行。村级集体经济薄弱是明显的缺项，也是教育、卫生、文化等基础公共服务得不到保障的直接因素，县里突出支持重点，安排项目资金向贫困乡镇倾斜，确保每个行政村都有集体经济，都有村级特色产业，收入来源持续稳定，村级集体经济覆盖率100%，保证基层党组织有资源、有能力为群众提供公益服务。农村"双基"的加强，为我采访也提供了方便，一个月时间，我走访了近百个村，有时上午在南端的樱桃漠河，晚上在最北端的响水沟，来去自如。

"抓实际，把支撑送给群众，切身感受到政策的温暖。"

群众是最讲实际的，扶贫开发政策措施能否给群众带来实实在在的利益，是群众能否积极参与脱贫攻坚的主要因素。田书记说："我们下乡组织推动脱贫攻坚，就要为群众办实事，让群众真正感受到脱贫攻坚带来的变化，让'看得见、摸得着'的脱贫成果转化成幸福感。"林西县将每一项扶贫政策措施不折不扣落实在群众身上，项目申报根据贫困户自己的实际和能力，充分体现群众的意愿，以此制定帮扶项目清单，变"政府端菜"为"群众点菜"，切实提高扶贫项目的实施效率。通过龙头企业和合作社带动，建立"1＋4"利益联动机制，帮助群众实现生产性、财产性、资产性、劳务性四方面收益。政府与企业合作，设立2.05亿元脱贫产业基金，为建档立卡系统内2万多名贫困人口每人提供1万元产业基金支持。通过政府引导，贫困人口将产业基金注入实力强、效益好的龙头企业或合作社，连续三年每人每年获得1000元产业基金分红稳定收益。在金融扶贫方面，与农行、信用社、邮储银行等金融部门合作，2014—2017年累计发放扶贫贷款21.3亿元，受益贫困人口49216人次，形成了户户参与、人人共享的利益共同体，群众在参与中增加了经济收入，稳定脱贫。在这一政策阳光普照下，新城子镇老虎石沟村建起1万余亩经济林，北部的新林镇完成五个1万亩的种植项目，十二吐乡西山根村6000余亩设施农业产业园应运而生。大营子乡大坝村的一个贫困户有了自己的产业，他对我说："脱贫实际上不难，只要肯干实干，脚底坚实，干着就有劲。"大井镇大榆树村刘振云，办起林西县第一个养驴合作社，带领140户贫困户养驴500多头，一举脱贫致富。

"八抓八送"看似是县委、县政府的推动措施，实际上蕴含着倾情元素，抓得到位，送得及时，是林西县各级党委、政府和广大干部群众践行脱贫攻坚的生动体现。田向存书记说："群众在看着我们，检验的标准只有一个，那就是脱贫。这次国家三级评估，群众认可度达到94.94%，说明贫困户以外的致富人口也对脱贫攻坚工作表示满意。当然，还有5%左右不甚满意，需要今后做得更好。"

　　走出县政府综合大楼，好像有一种力量在催促。林西镇是全县政治经济文化中心，随着社会的发展也在日新月异，面对这个充满活力的县城，明显感到老街老路有些窄了，因而今年林西县修路项目较重，东西一级路已经贯通，新修的一级路南与高速公路对接，北与锡林郭勒相连，火车每天都从这里穿越几次，撞击铁轨的声音演绎着繁忙的节奏。在林西镇郊，新开辟的东山生态园十几处喷泉开始喷水了，很多人在这里释放休闲，我扶着廊道木质栏杆，望着花红柳绿的东山风景，回味连日来耳闻目睹的生动，感觉到一股图腾的力量一鼓一鼓的，林西县脱贫攻坚不局限于贫困户，带动的是整个民生，收获的是全部林西人的福祉。

　　难怪群众认可度那么高。

第五章　保驾护航

进入九月，林西基本告别了燥热天气，秋天来得悄然，走得迅速，来不及道别，天气明显微凉了。在乡间路上行驶的多是重载卡车，车上装载的水果、蔬菜把这个秋天渲染得一派忙碌。2018年9月4日，风和日丽，赤峰市召开全市纪检监察工作助推脱贫攻坚（林西）现场会，来自全市纪检监察系统的领导观摩林西县脱贫攻坚工作成果，他们更多的关注点聚焦在脱贫攻坚过程中，纪检监察机关如何发挥职能作用，如何扮演好助推的角色。县委常委、纪委书记、监委主任李占勇作了《立足全局，精准聚焦，为决胜脱贫攻坚保驾护航》的主题发言，作出值得借鉴的诠释。

"找准站位，立足急重难点扛起政治担当。"

这话听起来提气，令人鼓舞，这种责任意识和政治担当融合在脱贫攻坚的实践中，就汇集成一股强大的助力和推力，保证规模宏大的脱贫攻坚工程始终在正确的航道上运行。

脱贫攻坚起步伊始，林西县纪委监委按照习近平总书记关于"要把脱贫攻坚作为'十三五'期间头等大事和第一民生工程来抓，一切工作都要落实到为贫困群众解决实际问题上，不能搞花拳绣腿"等一系列重要论述和上级纪委监委、县委关于脱贫攻坚的指示要求，始终坚持脱贫攻坚推进到哪里，纪委监委的保驾护航工作就跟进到哪里，紧紧围绕"抓急事难事落实、抓项目资金安全、抓干部责任落地、抓监督体系建设"等方面强化监督执纪，为推进脱贫攻坚助力，保证全县脱贫攻坚推进工作顺利进行。

"纪委监委对脱贫攻坚顺利进行与圆满完成，起到了无可替代的作用。"这不仅是县委对他们工作的肯定，也是实施脱贫攻坚的相关部门给予的评价。几年来，他们立足主责主业，推动压力向各级主体传导，真抓真管，促进各级主体责任真正落实。纪委监委配合县委脱贫攻坚战略决策和规划，制定出台了全县精准扶贫追责问责制度和责任追究办法，建立针对脱贫攻坚的专项考核指标，为各乡镇第一责任人制定责任清单，增加对干部扶贫作风建设的考核权重。对贯彻落实脱贫攻坚决策部署不坚决不到位，工作漂浮、不担当、不作为等问题，坚持"一案双查"，既要追究当事人和分管领导的责任，又要追究乡镇党委、政府及相关部门的主体责任，做到有错必究、有责必问。充分发挥纪委的监督责任，推动行业力量向一线下沉，纪检监察在一线执纪。

抓早抓紧，推动各类扶贫政策落地，是林西县纪委监委助力脱贫攻坚的举措之一。县委、县政府把脱贫攻坚作为重大民生工程，举全县之力强化落实，同时持续完善顶层设计，谋划制定"1+20"配套计划。

"1+20？"

"是的，这是县委凝聚各方力量合力攻坚的工作部署。"纪委书记李占勇介绍，"1"就是林西县脱贫攻坚方案，"20"就是20个县直部门，根据各自职能分别制定行业扶贫规划，合在一起，便是一艘推进的"航母"。县纪委监委第一时间牵头成立了产业发展、社会保障、基础建设、行业指导4个专项监督组，督导督促各专项计划进度，紧盯部门主要负责人，各项计划仅在20天内就全部出台。在实施过程中，成立8个明察暗访专项督查组，对各乡镇、有关部门落实"1+20"情况开展专项督查督办。这些举措的快速出台和迅速落实，极大地提升了脱贫攻坚质量、速度和进程。

"对进行中出现的问题要严督严办，推动脱贫攻坚精准细实廉，在这方面不能有丝毫的松懈。"

脱贫攻坚工程量大，参与人员多，涉及面广，县纪委监委实行县纪委常委、监委委员联系乡镇制度，参加乡镇的工作会议，对工作中的氛围不浓、精准识别不准、帮扶责任人不明、帮扶措施不细、驻村工作不力、档案资料不全、工作进度不快、领导重视不够等突出问题，现场提整改要求。同时，县纪委监委实行常态化执纪，对贯彻落实脱贫攻坚决策部署不坚决不到位，在扶贫领域违规违纪、虚报冒领、优亲厚友、暗箱操作、挤占挪用等问题"一案双查"。2016年以来，共接到扶贫领域和脱贫攻坚工作问题线索327个，立案85件，给予69名相关责任人党纪政务处分。

"当然，在严督严查过程中要有所区别，坚持纠错容错，推动干部干劲持续得到释放。"

李占勇书记介绍，对于敢动扶贫"奶酪"的干部决不姑息，指引脱贫攻坚始终沿着正确的方向前进。对倾心倾力真扶贫、扶真贫的干部，按照"三个区别开来"的原则，适用纠错容错，让干部切身感受到纪委监委在执纪中的开明与担当。比如，有的干部确实在工作上出现了问题，但经核实初衷并非徇私舞弊、挤占私分，只是为了解决一些疑难事项或历史遗留问题的，不做问责处理，以正向激励调动工作干劲。

严抓项目管理,全力保障扶贫资金安全,对保证脱贫攻坚顺利推进显得十分重要。林西县在推进脱贫攻坚过程中,新上一些产业化、健康扶贫、易地搬迁等项目,对这些项目资金的科学合理使用,把钱花好、花对、花实,规范项目运转,纪检监察部门发挥了重要作用。

"立足把钱花好,开展涉及扶贫领域巡察,全程跟踪。"

资金投入向来是撬动经济社会发展的重要杠杆,脱贫攻坚也是这样,对资金的科学合理使用,直接关系到项目建设成果和脱贫攻坚能否顺利完成。本着用好资金的原则,由县纪委监委牵头,组织审计、财政、扶贫等多部门协同作战,针对移民搬迁、以工代赈、京蒙帮扶、"5531"脱贫产业奖补资金等各类扶贫资金使用情况进行巡察,全程跟踪。截至目前,已开展4轮巡察,发现问题150个,向被巡察单位提出意见建议90条,移交问题线索42件。

"立足把钱花对,开展'1351'健康扶贫资金跟踪调查,力求贫困户得到合理治疗,实施过程也要健康精准。"

健康扶贫是林西县推进脱贫攻坚的一项重大惠民政策,这一政策牵动人心,社会关注度高,全县建档立卡贫困人口中,因病致贫的占67%,这是脱贫攻坚中重要导向、重大问题。健康扶贫不是敞开口子,过度治疗,政策尺度和工作环节把握不准,自然会影响到政策资金的使用安全。因此,在大病精准识别基础上,林西县纪委监委特别强调了健康扶贫过程也要精准。政策兑现之初,由纪委书记亲自带队,采取调研的方式跟进,发现了一些问题。

"你的病已经治好了,咋还住院呢?"

"做膝盖置换手术还用得着做CT吗?"

李占勇书记逐一询问患者和医护人员,用半个月时间走访了全县各医院,发现部分贫困户患者存在住院式体检、个别医生小病大治、多开检查费等现象,表面上看是对健康扶贫政策认识不到位,是认识和态度问题,实质上是在政策执行上外部监督、行业监督和内部监督缺位,给一些人想钻政策空子有可乘之机。有的医疗部门把健康扶贫误认为是创收机会,借机揩油,这些问题不及时解决,将使政策执行走样,直接影响到健康扶贫资金的使用安全,给政府造成新的不必要的负担。县纪委监委迅速对医保局、卫计局、医院提出了整改通知,要求细化管理,监督到位,端正态度。通过整改,健康扶贫资金安全得到了有效保障,使有限的资金发挥出了应有的效益。

"开展扶贫资金专项监督执纪,立足把钱花实,提前打预防针,以不出问题为前提,一旦发现胆敢违反的，坚决查处，毫不姑息。"

纪委监委建立了扶贫领域问题线索专项受理制度，设置脱贫攻坚及扶贫领域信访受理和反馈窗口。对受理的问题线索进行专项处置，实行脱贫攻坚、扶贫领域腐败和作风问题优先查处，县乡两级直查直办和重点问题线索复查复核等案件查处机制，对违纪问题坚决从严从快处置。从严查处扶贫领域"雁过拔毛"式腐败，采取自查和督查相结合的方式，对扶贫项目资金实行过筛式审查，做到对每笔扶贫项目资金动真碰硬、查清查透。自2016年以来，他们累计自查了1178个项目，涉及资金45.67亿元，自查出扶贫领域和"雁过拔毛"式腐败问题存在线索的扶贫项目182件，及时进行查处和有效纠正。

望着这些静态的数字，我莫名其妙地感受到一种温存，想到了医院的健康体检。防微杜渐，脱贫攻坚项目资金几十个亿，如此之大的项目资金投入，如果不严格把控，后果不堪设想。

"就当前来看，健全农村监督体系，筑牢精准扶贫的第一基础十分必要。"李占勇书记曾在基层任职，深谙农村管理监督的薄弱环节在哪里。这些年来，对村级监督不力一直是体制和机制上的短板，林西县纪委监委注重健全农村监督体系，筑牢精准帮扶的第一基础。2017年以来，林西县纪委监委全力推动农村监督体系建设，实现了脱贫攻坚关口前移。

在加强村级监督组织建设方面，规范完善了村务监督委员会，在103个行政村设置纪检委员，在全县645个自然村全部配备了村务巡察员，推动村务监督触角延伸到村民组。而在加强监督阵地建设上，在行政村设立专门的村务监督委员会办公室，在所有行政村和自然村明显位置全部设立橱窗式公示栏。村级政务公开不能走过场，不能流于形式，探索推行"指尖监督"模式，建立了"三务公开监督大数据平台"，群众可以通过网站、一体机、手机三个终端查询。通过三务公开大数据平台比对发现问题线索23件，立案14件，党纪处分21人。

强化对公开内容监督，增强了村级财务管理的透明度。从制度建设入手，落实"村财镇管、组财村管"制度，进一步对村集体资产、资源做好存量清查，资产处置及时跟进监督，促进村集体经济有效积累，严防资产、资金、资源流失。

为了保证扶贫政策准确落实到位，他们加大了对脱贫政策在村级落实的监管。加强对精准识别、低保评定、因户分类施策等问题的监管力度，凡涉及的扶贫项目，全部履行财政评审、招投标、政府采购等程序，使扶贫政策不折不扣地落实在贫困户身上，惠农资金使用精准到位。

　　人是推进脱贫攻坚取得成效的决定因素。因此，盯人促事，驰而不息推动干部奋进担当，便是摆在纪委监委面前的重要课题。一是紧盯干部存在的侥幸心理，把脉开方。特别在精准扶贫的攻坚阶段，由于极少数贫困户居住偏远、某项脱贫指标模棱两可等问题，少数干部出现了验收组找不到这户、不可能抽到他、差不多了等侥幸心理，工作上马虎，工作环节不精细。他们针对这个情况立即牵头组成了9个问题核实组，本着"不少一户，不落一人"的原则，对不达标准的下达整改通知限期整改，回访不合格的县纪委监委或乡镇纪委进行约谈，让刚一露头的侥幸心理得到了全面遏制，扶贫工作更加扎实，态度更端正，提升了干部的威信。十二吐乡乌兰沟村是全县第一个接受国家第三方评估的行政村，但在评估前，自治区、市联合督导推进组发现内业管理有瑕疵，村支部书记赵秀红组织两委班子和下乡驻村干部，立即整改，对全村所有建档立卡贫困户重新比对，核实政策落实的每一个细节，在三方正式评估时，乌兰沟村获得好评。赵秀红在脱贫攻坚中的不辞辛苦，群众看在眼里，在8月份的换届选举中，满票当选了村党总支书记和村委会主任，这名干部说两个满票是脱贫攻坚的功劳，而彻底消除侥幸心理是脱贫攻坚成功的关键，她得到群众的充分信任。二是着力消除扶贫干部懈怠心理，严抓驻村工作队的散漫行为。针对帮扶干部出现的思想懈怠，为了解决驻村工作队员不入村或出工不出力等问题，纪检监察委结合整治形式主义发现的四个方面18种具体表现，从快从速整治。一方面采取随机查岗、全天候查岗等形式把干部稳定在村，并通过曝光的方式通报不在岗干部118人次，从根本上解决了不驻村的问题。另一方面，针对驻村干部出工不出力的问题，与乡镇党委和扶贫部门对接，制定了驻村工作队限时完成任务清单，纪委监委对清单完成情况进行监督，并将完成情况向派出单位反馈，解决了既要驻村更要干事的问题。同时，他们充分发挥警示教育的震慑作用，坚持党纪政务处分与警示教育同步，全县已经有50余个党组织召开了100余场警示教育大会，8000余名党员干部接受教育。对县卫生计生综合监督执法局进行问责，并全县通报，推动帮扶干部和单位真扶贫、真使劲，激励各级干部全心全意投身投入脱贫攻坚。比如，林西镇河沿村的扶贫干部工作中发现，部分贫困户子女不履行赡养义务，把养老责任推给政府和社会。面对这个问题，驻村扶贫干部创造性提出以"子女孝养赡养，干部倾力帮忙"为主要内容的"孝扶共助"工程，既弘扬了养老敬老的传统美德，又树立了村风民风，他们的做法在全县推广。

　　采访中发现，纪委监委主动介入脱贫攻坚，不仅仅能够保证重大项目建设和资金的安全，更重要的是能够及时纠正落实过程中的跑偏走样，始终用鲜明的政治担当和严明的纪律，保障脱贫攻坚的正确方向，把监督执纪真正转化为助力和推力。在推进脱贫攻坚进程中，他们做到了既保驾又护航的作用，效果十分明显。

暂时结束对纪委监委的采访，来到上官地村已近中午，这是纪检部门多年帮扶联系的贫困村，随行的镇纪检书记庄富春介绍说，2014年纪检委把上官地村定为帮扶联系点，尽管按上级"三转"指示精神，没派驻村干部，但这些年一直没放弃对上官地村的帮扶，群众铭记在心。

上官地是个大村，扶贫工作和产业发展任务重，纪委监委在帮扶期间，与几个龙头企业衔接，通过"基地+农户"形式，加快了产业化进程。村党支部书记王文海，细数这些年上官地村的变化，与纪委监委的帮扶密不可分。

"他们带给我们的不是资金，是新的思路，是发展的动力，他们把群众的干劲调动起来，形成凝聚力。"

上官地村50多眼机电井全部配套，全村1.85万亩耕地都能上水。2018年上官地种植甜菜3000亩，玉米1万亩，青贮2000亩，13户贫困户到镇扶贫产业园区经营大棚，有200人去大井铜矿打工，每人每月收入至少3000元。2018年遭遇大旱，可上官地有井渠双配套，收成不受影响，保守估计当年全村人均收入1万元。2016年，上官地村有贫困户220户，2017年减少到53户，这些未脱贫的都是因病因残致贫，有扶贫产业基金和健康扶贫、低保政策兜底，2018年底基本做到全部脱贫。上官地七组的张洪峰，老婆有病，儿子残疾，给儿子做手术欠下30多万元债务，压得他喘不过气来。经过精准识别，他家被列入建档立卡贫困户，通过"1351"健康扶贫解决了大部分医疗费，在产业园区免费种植大棚一处，2017年种了一季，收入2万元，2018年能种两季，收入4.5万元，他家从此站稳了脚跟。

上官地的田野仿佛被格式化了，林网把大田隔成若干个方格，错落有致，茁壮的玉米，泛红的高粱，墨绿色的甜菜叶子，白色的马铃薯花，迎着西垂的太阳，簇拥在林网里。穿越林间路，就来到了查干沐沦河边。查干沐沦河发源于北部国家自然保护区，从上游一路蜿蜒下来，在上官地村东打了个旋涡，缓缓南下。河岸边并排着13个水塘，开发商是大连人，看得出他对鱼市行情信心满满。每个池塘饲养着不同品种的鱼，水面上的换氧机在不停地划水，搅动得池塘不再平静。渔场现代化程度较高，连投鱼饵都是机械化，按下电钮，投饵机把鱼饲料均匀地撒在水面上，蛰伏在水底的鱼纷纷浮出水面向投饵机附近聚拢，黑压压的鱼群涌起涟漪。岸边的鲜鱼保鲜库、包装车间也正在兴建中。逐一观览鱼塘，觉得他们在装点新的生活。上官地，鱼米之乡初见端倪。

再次回到纪委监委，重叙保驾护航的话题。

"林西县虽然已经退出国贫县，但在后期巩固提升阶段更离不开坚强的纪律保障。"

林西县纪委监委一班人一直清醒，他们认为退出仅是脱贫攻坚的第一步，百姓致富才是最终目标，保驾护航将是常态化的工作，一刻都不能放松。

"下一步要着重把握住四点。"李占勇书记的语气坚定，这是经过深思熟虑后的自信，"一是重点不移，力度不减。我们深刻认识到，巩固脱贫攻坚成果相比脱贫摘帽更重要。纪委监委将在保持原有工作力度的基础上，不断挖掘和梳理后继巩固中的新问题，将精准扶贫与区域长远发展统筹兼顾，为巩固脱贫成果与助力乡村振兴继续保驾护航。二是抓乡促村，关口前移。在进一步加强纪律作风建设的同时，突出抓好对换届后村两委班子成员的廉政教育，达到全员覆盖。特别是对新进村班子或担任新职务的干部，通过廉政教育让他们知道什么能干、什么不能干、后果怎么样，持续提升基层组织的凝聚力与纯洁度。三是激励和约束并重，抓好清风干部评选。进一步探索机制，通过评选清风干部，给经得起廉洁审查、敢于干事创业的干部名誉，正向激励干部担当，让群众切实感受到正风反腐的明显成效。四是进一步有效化解社会矛盾。通过脱贫攻坚的生动实践，有力化解了一些积累积存多年的基层矛盾，促进了邻里和谐、社会和谐。我们要深入总结经验，带领带动全县各级纪委监委干部变'上访'为'下访'，再解决一批群众反映强烈、损害群众利益的问题，让群众持续感受到纪检监察干部的新作为与新担当，为全面建成小康社会努力营造良好政治生态。"

安全，始终是第一位的，林西县脱贫攻坚顺利推进，与纪检监察部门的保驾护航密不可分。纪委监委办公楼前是集通铁路，采访时不时有火车呼啸而过，"咔嚓嚓、咔嚓嚓"火车与铁轨的撞击声俨如土地的心跳，时而一声汽笛长鸣，把安全警示信息传向远方。

第六章　动感时刻

"爸爸呢?"

江宝磊的儿子早晨醒来就不见了爸爸,稚声稚气地问妈妈,看得出儿子很失望。

江宝磊昨天回来给村里办事,回到家已经很晚了,早晨起来太阳没出就匆匆赶回村里,难怪儿子见不到他。

江宝磊是县人大办公室下派十二吐乡巴吉沟村的驻村干部。他不是本地人,大学毕业来到林西就业。三年前下派到十二吐乡巴吉沟村时,他刚刚新婚不久。站在村北的土山上,可概览巴吉沟七沟八梁全貌,这里素以干旱缺水而闻名。村南有一水窖,每年夏天降雨,都要把顺山流淌的雨水储存下来,以备人畜饮用。居住在这里的人们,可以不买其他农具,毛驴车是必备的,每天早晨都要赶着驴车拉回一天的生活用水。几百户人家赶着毛驴车,排出一道风景。这里的人们祖祖辈辈珍惜水,洗漱过后的水不能泼掉,把脏衣服摁在盆里,洗完衣服再次沉淀,赏给拉水的毛驴。巴吉沟村的水总是循环利用,效能发挥到极致。可这么多年为什么没能解决?原因是这里打不出井,又没有河。按说可以易地搬迁,可在巴吉沟范围内,搬到哪块都差不多,土地尽管贫瘠,可那是巴吉沟人祖祖辈辈的守望,是巴吉沟的根。

江宝磊三十出头,工作热情高,刚进村就跟随村干部走村串户。一年下来,把全村几百户摸个门清底透。开始还能每周回来一次,后来干脆在村里常驻,即使回家也是给村里办事,常常住一宿就走。他被派到村里扶贫不久,爱人产期到了,他匆匆赶到医院,儿子降生了,一声啼哭给他家带来喜气,实在不忍心离开,可村里有好多事要办,当天就赶回村里。2017年,扶贫进入攻坚阶段,他愈加忙得不可开交。全村139户贫困户的建档立卡,精准识别,把他结结实实绑定了。一天下来,像从迷宫里走出,深深吸口气,感觉有些头大。有的农户到村部胡搅蛮缠,想进入贫困户的盘子,江宝磊对全村436户已是知根知底,掰着指头跟闹事的人算账,你家还有新买的四轮车呢,闹事者矢口否认,江宝磊说就藏在树林里,不信我去开出来。闹事的人口服心服,快快地走了。村里有位叫迟海的老人,儿子外出打工期间与打工妹同居有了孩子，可这对男女只管生不管养，孩子生下来就不知去向。迟海从孤儿院把孙子抱回来，五岁了还没上户口，眼瞅着孙子上不了学，急得老人日夜难安。孩子是无辜的，江宝磊执意帮迟海老人解决这一难题。难办的是孩子没有出生证明，与老人一起去北京找到孩子出生的医院，费尽周折总算把出生证明搞到了，回来后马不停蹄跑计生、进民政、找公安，前后一个多月，终于给迟海老人的孙子上了户口，孩子如愿上学。一同下派到巴吉沟村担任第一书记的是水利局干部李贵民，两人合计要拔掉巴吉沟"穷根"，首先需解决水的问题。他们向县人大主任赵锐久汇报，赵主任带领帮扶巴吉沟的县直机关十几个单位相关人员，来到巴吉沟开现场会。一个一个地叫板，为巴吉沟脱贫攻坚能做些什么？轮到水利局表态，局长无奈地站起来说："赵主任呀，我知道这个现场会的核心意图，可在巴吉沟找水实在太难了，这些年钻井队把巴吉沟差不多钻了个遍，全是干窟窿。"赵主任微笑着把他的话打断了，说道："我相信你会有办法。"无形中将了水利局长一军。

"那好吧，李贵民就是水利局办公室主任，这事全权委托给他，要钱给钱，要物给物，只要能打出水来。"

李贵民雷厉风行，说干就干，请来打井队，钻井机飞速旋转，当钻探到120米的深度，打井队长面有难色，太深了，还钻吗？此时李贵民以驻村第一书记的身份，毫不犹豫地说："钻！"又吃进10米，钻井队长想放弃了，担心钻头拔不出来，报废一台钻井机损失可就大了。"钻！"李贵民有些不管不顾了，他就不信打不出水来，旋转的钻井机发出闷重的喘息，李贵民知道，如果钻这么深还不出水，只能回去向局长负荆请罪了。当钻头探深150米时，奇迹出现了，清水从地下顺着井管直蹿上来，周围一片欢呼。7月11日，巴吉沟村永远会记住这一天，三寸泵一口气抽了70分钟，井口依然大口吐水。李贵祥老人是老地户，他说话时脸上花白胡子跟着颤动："我活了六十多岁，从没见过这么足量的水。"井水扬起一道优美的抛物线，流向事先修好的防渗渠，每家都拎回一桶。在保证饮水的同时，还新增灌溉面积近700亩。备受缺水困扰的巴吉沟，从此结束了毛驴车拉水的历史，毛驴"下岗"后，顺势发展驴产业。清亮甘洌的水流进自来水管道，也流进了百姓的心田。

"要脱贫得有产业支撑！"

李贵民和江宝磊敏锐意识到巴吉沟致穷的根源所在。即便如此，但实际操作起来也有不小的难题。巴吉沟村沟壑纵横，干旱少雨，两万多亩耕地几乎全是坡地，广种薄收。临近巴吉沟的乌兰沟村和西山根两个村设施农业搞得风风火火，富甲一川，巴吉沟人只能眼巴巴看着，望其兴叹。更不给力的是他们两位驻村时，村两委班子处于半瘫痪状态，没有村支书和村主任。善用兵者先选将，要脱贫致富必须先选好带头人。他们把目光聚焦在王志民身上，这位三十九岁的年轻党员，在全村57名党员中脱颖而出，被推举到党支部书记和村委会主任岗位，一肩双责。王志民年轻有为，活力奔放，干劲十足。下乡干部与新当选的两委班子形成合力，着手对巴吉沟村的发展进行谋划。基于巴吉沟坡地多的实际，将4500亩耕地退耕还草，3800亩退耕还林，确立了以养殖业为主导的产业发展方向，新建了肉牛养殖小区，一次性育肥存栏200头，全村户养肉牛600多头，肉羊1.3万只，争取公益岗位基金5万元，为贫困户提供了就业创收的机会。到2017年底，建档立卡贫困户有134户摆脱贫困，未脱贫户仅剩5户。

"你去西山根产业园种大棚吧！"

这已是江宝磊第三次做贫困户方臣的工作了，前两次都被方臣果断否决。这个人真是油盐不进，理由就两条，房子破旧，老婆有病。其实，方臣不愿去产业园还另有隐情，这人好喝酒，给别人家帮工干活他宁肯不要工钱，管顿酒喝足矣。十二吐乡西山根村达康扶贫产业园是党建融合的产物，只要是十二吐乡的村民，经过精准识别认定是建档立卡贫困户，每户提供一个大棚免费承包一年。方臣的老婆的确有病，常年吃药，他的房子破旧不堪，摇摇欲坠。江宝磊觉得要么给他家盖房，要么帮他找个增加收入的门路，两权相较还是先挣钱，首先解决脱贫问题。没有收入来源，即使盖了新房照样受穷。江宝磊再次来到方臣家动员，向方臣许诺，如果他干一年不挣钱保证给他家盖新房。达康产业园面对整个十二吐乡，凡建档立卡贫困户都可入园，方臣分到一个大棚，免费种植，直至脱贫。大棚旁盖有两间房，是暖棚的配套项目，方臣带着老婆搬了过去。一年下来，除去成本，方臣净收入1.5万多元。江宝磊去看方臣，方臣不在家。

"去松山区买柿子秧了。"他老婆说。

"你们的旧房还翻盖吗？"

"不用了，方臣说一个棚不够种，打算再包一个，那个破房子你们推倒吧，以后我们就在产业园安家了。"生活的转机也让方臣老婆脸上增添些许红润，说话的底气也足了。

"下乡驻村干部帮助我们办了很多实事，老百姓都信任他们，群众到村里办事不找我们村干部，找下乡干部商量。"王志民由衷地感谢第一书记和下乡工作队，对他这个新任支书给予不少的支持与帮助，他亲历了几年来巴吉沟村的嬗变，与工作队的开拓性工作密不可分。李贵民向我展示一张他们自制的"亲民图"，上面标注所有农户的院落、街巷和门牌，随便点击一户，这家的基本情况便展示出来，细化到家里有几只鸡，几棵树。

"这都是江宝磊做的。"李贵民指了指江宝磊，两人配合默契。

我看了一下，这张全村住户草图倒像是画家的素描。曾贵岐老人的儿子车祸去世，江宝磊经常去看望，老人握住江宝磊的手说："小江，你做我的干儿子吧。"江宝磊笑笑，对老人说这些都是扶贫干部应该做的，有办不了的事尽管说。

五月杏花开了，开得奔放，若云若飘，巴吉沟村进入了紧张忙碌的时刻，江宝磊家里打来电话，爱人喉部卡了鱼刺需要做手术，他没有回去。远在乌丹的爷爷病危住院，他本想回去，可三级评估验收就要开始了，建档立卡以及内业除他别人插不上手，还好爷爷转危为安，可一向疼爱的孙子没回来探望很是生气。老家堂弟结婚，他还是没有回去。家乡亲人们实在是困惑不解，岳父一家更是困惑，来电话时的语气略带埋怨："你整天都在忙什么大事？好像比县长都忙，连这点时间都抽不出来？"他无言以对，想解释也解释不清。贫困户精准识别到了关键时刻，国贫县检查验收即将开始，怎能离得开呢？连续70多天他没有离开巴吉沟村半步。夜深人静，他打开视频与儿子通话。儿子已经满地跑了，天真地喊出"爸爸"时，他眼睛潮湿了。六月，大田里的玉米长到一尺多高，种下的瓜果刚刚孕蕾，可大棚里的蔬菜、水果已经挂藤了。岳父、岳母、爱人、儿子专程来巴吉沟看望，他们想亲眼看一看，是什么事把他缠住两个多月没回家。当时他臀部做了小手术，屁股一挨椅子火辣辣针扎似的疼。

"你怎么……这样了还不停下？"

爱人见他趴在床沿上扭着身子填写表格，电脑放在床上，抑不住鼻子发酸，转过身去抹眼泪。

"江宝磊这样的驻村扶贫干部在全县不在少数。"县委组织部分管干部下派负责人董德华介绍说："林西县从2012年开始，从科级后备干部中选调30人到基层任驻村第一书记，到2016年全县103个行政村都选派了第一书记。扶贫攻坚工作开始后，又从各部门选派部分优秀青年干部，组成扶贫工作队充实基层，共选派干部494人。"

下派干部是抓落实的重要环节，组织部门经过严格筛选，把各部门有培养前途的精兵强将充实到扶贫攻坚的第一线。县委本着"严管厚爱"的原则，对下派干部表现跟踪管理，解决下派干部的食宿补助和车辆补助，鼓励干部在基层锻炼成长。自2016年以来，组织部门在同期提拔重用的科级干部中，下乡驻村干部占50%以上。

"如果说党和政府各项扶贫惠民政策是春风，那么就需要我们这些一线工作人员把春风化作春雨，让他们在生产上得到引领和支持，在生活中得到扶助和实惠，在内心里感受到关爱和温暖。让老百姓满意，是我们的目标，不让驻村下乡的路白走，在扶贫攻坚的征程上，不辜负各级领导的重托和群众的期盼。"这是新林镇七一村驻村第一书记刘星宇写在民情日记里的心里感言。他在宣传部时担任《林西时讯》主编，难怪民情日记写得这么深刻。

坐在农民葛凤森家炕头攀谈，推心置腹交心，民生、民情、民心融合在一起，他需要摸准下乡驻村工作的切入点和努力方向。

"你们老两口儿不种地，也没有养牲畜，一卡通里的转移性收入也不多，一个人有低保，加上扶贫产业基金入股分红，我算了算，你们还是脱不了贫啊，怎么还说脱贫了呢？"

"我有8亩多水浇地，10多亩山坡地，今年村里统一帮我流转出去了，水浇地一亩地承包费470元，山坡地每亩100元，这不就收入5000多元……"

"噢，那加上土地流转收入就稳定脱贫了！"

与农民促膝交谈，对刘星宇有所启发。土地流转，是一笔不可小觑的收入。可是，多年的传统守旧使一些老百姓把土地经营权牢牢地攥在手里，原因是这些年地权纠纷很多，老百姓怕土地承包给别人不放心，很多老百姓对土地流转工作还缺乏认识，且本地种植大户土地承包费低，只有200元左右，很多年老体弱的农户就是雇人种地也不愿意流转出去，这观念太守旧了。七一村的村支书和村主任都是2015年新上任，缺少工作经验。2017年，刘星宇与扶贫工作队一道，走村串户，开导群众，为合作社、农业开发企业牵线搭桥，全村一下子流转了4000亩土地，其中水浇地3000亩，承包费比往年翻一番。2016年末，新林镇落实县委"5531"工程和推进"1+4+5"产业脱贫模式，引进承德永丰种业和赤峰益草旺两个企业，发展马铃薯种薯种植和中草药产业，带动贫困户脱贫致富。这两个企业机械化操作程度较高，客观上要求土地集中连片。为尽快做通老百姓工作，刘星宇向两委班子提议，召开全村党员干部大会，安排部署全村土地流转工作。刘星宇精心准备，搜集了有关农村土地流转相关政策，从国家土地政策到农村人口老龄化，从农户每年种植业的支出、收益到规模化集约化经营，从调整产业结构到发展现代农牧业，从农民土地条块经营到"抱团取暖"，从订单农业到提高农产品附加值，从脱贫致富到转变农村生产生活方式等各个方面，向党员干部讲解、介绍加快土地流转的意义和必要性。开始有群众不上心，交头接耳，可听着听着觉着对心劲儿，会场鸦雀无声，尽快让土地流转起来，成了全体党员的一致共识。针对一些不愿意参与土地流转的"钉子户"，他和村干部入户谈心，一对一走访，耐心细致地做通他们的工作，老百姓逐渐消除了顾虑。经过两个多月的工作，使全村老百姓对土地流转由抵触到认识，再到支持，发生了巨大的变化。2017年开春，七一村几个自然村顺利与承德永丰种业和赤峰益草旺签订了土地租赁协议，水浇地以每亩470元的价格连续租赁9年。同时，七一村村级集体经济也因此得到了壮大。2017年，新林镇政府以土地流转每亩10元的标准奖励给七一村集体4万元。

秋收时，刘星宇和村干部组织一些有劳动能力的贫困户到马铃薯种薯基地去打工，七一村第5村民组村长肖凤忠说："刘书记，多亏把土地流转出去了，今年春天天旱，夏天又发了好几场洪水，要是自己种，回本就不错了。现在不但旱涝保收，还能打工赚些工钱，这一步是走对了！"刘星宇说："咱们有土地资源，只要利用好，发展咱们当地的特色产业，就能脱贫致富。"2018年进一步加大土地流转力度，把集体的荒地荒坡流转给企业，增加村集体经济收入，依靠企业的投入进行水利设施建设，改造低产田。

在推进脱贫攻坚工作中，刘星宇与七一村两委班子深入交流、沟通，共同研究工作方案，成立由村两委班子、镇包扶干部、县驻村工作队员、党员代表、村民代表组成的扶贫工作队，按照上级要求，逐村逐户分析、识别贫困户，全面落实扶贫政策，逐自然村召开全体村民参加的贫困户识别、剔除、退出等各个程序，公开、公正、公平地推进脱贫攻坚工作，到2017年末，共发放扶贫产业基金收益和"三到户"资金35万余元，全村建档立卡贫困户132户已脱贫118户206人，未脱贫14户27人基本都是因病因残致贫的贫困户，到年底通过健康扶贫和产业基金、低保能够稳定脱贫。

"刘书记，机电井的配套设备运回来了！"

七一村温家菅子村长周俊民在电话里掩不住兴奋，像摸彩票中奖似的。温家菅子村早在2015年新打了一眼机电井，但是由于村两委班子换届、债务等各种原因一直没有配套，村民们干瞅着不能利用。2016年11月，刘星宇在温菅子入户走访时，很多村民提到他们村有400亩的平地浇不上水，井打好了，缺少变压器、电线、水泵、水管等配套设备，希望能为他们解决这个问题。到实地查看后，及时与新林镇政府领导和镇水利站沟通，积极协调为温菅子村下拨机电井配套设备。2017年4月，镇政府为温家菅子村下拨了价值1万余元的机电井配套设备，解决了灌溉的大问题。

2016年10月，张小山带着全身60%的烧伤和20多万元的债务从北京返回七一村，刘星宇送去5000元的大病救助金，并申请了低保，纳入新识别贫困户系统，实施健康扶贫，张小山感激涕零。2017年8月的一天，刘星宇和工作队员李勇正在村部整理贫困户档案，院子里传来哭诉的声音。原来，下边墙村贫困户孙德友家的房子被洪水冲毁了，无处栖身，无奈之下到村部哭诉。鉴于孙德友是贫困户，按照"两不愁，三保障"的要求，刘星宇和李勇与村两委商议，决定为其提供价值2万元的砖、水泥、门窗等建材，人工等其他费用由自己解决。在工作队和村两委班子的大力支持下，贫困户孙德友在入冬前住进了新房。

2018年5月的一天上午，刘星宇正在村部开会，一个气势汹汹的小伙子闯进来，进屋大喊大叫："我有几个问题，你们得给解决！"这人叫张志强，几年前搬到县城居住，刚开车回到村里。他情绪非常激动，态度蛮横，提出三个非解决不可的问题：一个是2017年6月为什么将他父母从贫困户中剔除了？而且什么实惠也没得；二是他父母年龄大又有病，为什么不给评低保；三是他父母家房子什么时候给修建？

村支部书记葛凤文解释："你父母不是已经评上贫困户了吗？你爸的低保也批下来了，你父母的房子已经享受过国家危改项目，不能第二次享受。"张志强一听，情绪更加激动了，说："那为什么去年从贫困户中剔除了？去年的贫困户每家都得到扶贫资金2000多元，你现在把我父母评上贫困户，那去年的2000多元没得着，怎么办？低保早该给，别人家早就有低保。你们解决了不？解决不了我上县政府，我打横幅上访！"

村委会的王主任和村会计也先后给张志强解释，但是谁解释他怼谁。

这时候，第一书记刘星宇对张志强说："我想你还是把问题弄清楚再说，有理不在声大。你父母的事我很清楚，我去你父母家好多次。去年剔除是因为他们半年以上不在村住，而且也给你打了电话，说他们在你家住，不回村了。2017年11月份，自治区对贫困户进行重新识别，这时你父母回到村里居住，我去过你父母家几次，核查收入和身体病症状况后，把你父母列为贫困户待评选对象，后来经过村民评选，最终纳入为贫困户。同时，根据你父亲半身不遂的状况，建议村委会为他申请低保，民政已经批了。负责办低保的村计生主任张扬还想着为你父亲办一个残疾证。另外，你父母住房的问题，可能你已经知道了，咱们县城东山扶贫产业园招收100户贫困户入住，只收1万元的入住费，终生居住，而且每年政府发放3500元的光伏太阳能收益资金，这是非常优惠的扶贫政策。我们经过研究，你父母符合入住条件，你父母入住后，你在县城离东山近，就能就近照顾父母了。"

张志强听完刘星宇的解释，虽然还是怒气未消，但是态度有了变化，不再吵闹了。

第二天下午，刘星宇突然接到张志强的电话，电话里他完全是另一种态度，他说："刘书记，我正式向您道歉，真的感谢你们。昨天我做得太过了，我这成了恩将仇报，我回家听我母亲和我岳母都给我解释了，特别是入住东山产业园的事，要不是你给我们想着，我爸妈就住不进去了。我这一年在外忙着做生意，也没好好问问家里有这么大变化，我母亲和我岳母都埋怨我，说我太鲁莽。我是不知情，给你们工作添麻烦了，刘书记，对不起！我给你们送锦旗，表示感谢！"

"没用的，送那东西干啥，省几个钱给你父母买点好吃的吧！"

张志强是个火爆脾气，总是认为本村的村务不公平，自然也对扶贫工作有看法，平时也很少给家里打电话联系，他父母在电话里也说不清扶贫政策，从外地回到村里没有回家，直接就来到村部质问挑衅，在第一书记刘星宇耐心细致的解释下，张志强才真正明白了扶贫工作，对第一书记刘星宇和工作队细致扎实的工作非常佩服和认可。刘星宇扎实、细致的工作化解了矛盾，制止一起上访事件。

年老体弱的贫困户如何脱贫？这是摆在所有农村扶贫干部面前一个严峻的课题。在林西县七一村，建档立卡贫困户绝大部分是60岁以上的老年人，他们有的已经无劳动能力，无法通过自我生产经营来脱贫。老年人的土地如果雇人耕种，除去开支和工钱，所剩无几，如果流转给当地农户，每亩租金仅200元左右。2016年末，新林镇党委政府积极推进各村土地流转，按照林西县"1+4+5"产业脱贫模式，引进农牧业龙头企业，引进社会资本，调整产业结构，走土地集约化规模化发展道路，发展当地特色种植业，以此来增加贫困户资产性和工资性收入。

为了协助七一村两委班子推进土地流转工作，村两委班子和第一书记刘星宇反复研究林西县精准扶贫政策，吃透上级文件精神，把推进全村土地流转作为推进脱贫攻坚的重要举措，向土地流转要效益。七一村总土地面积43000亩，耕地面积13400亩，农牧业资源丰富，多年来人口流出较多，劳动力老龄化严重，土地收益不高，土地资源闲置是巨大的浪费。刘星宇发挥懂政策、能宣讲的优势，通过组织干部群众集中学习培训、走村入户与农户沟通交流等方式，积极动员农户特别是年老体弱的贫困户参与土地流转，详细解读县、镇两级扶贫政策，在两委班子和驻村工作队的共同努力下，农户们打消了地权所属和地租赊欠的顾虑。2017年春耕前，全村完成土地流转4000亩，以每亩470元的价格流转给承德永丰种业和赤峰益草旺两个企业，种植马铃薯种薯和板蓝根，连续流转8年，很多年老体弱的贫困户通过土地流转租金实现了脱贫。同时，七一村集体经济也因此得到壮大。七一村强力推进土地流转，不但为贫困户脱贫提供了稳定的收入来源，调整了种植业结构，在一定程度上转变了农民的生产生活方式，可谓是一举多得。

村民组长肖凤忠高兴地说："我们相信工作队，把土地流转出去也放心，也省心。现在村里留守老年人居多，干不动了。再者说，遇上春旱、洪涝灾害，秋收时连本钱都回不来，现在把土地流转给企业，我们不但旱涝保收，还能打点零工赚些钱，这一步是走对了！"

贫困户葛凤森介绍说："我有8亩水浇地，10多亩山坡地，今年驻村干部和村委会统一帮我流转出去了，水浇地一亩地承包费470元，山坡地每亩100元，这就稳稳地收入

5000多元，加上扶贫产业基金分红2000元、一卡通里的补贴、低保，这我就脱贫了！"

春节临近，刘星宇拿出800元钱，看望韩凤珍、王成荣、王凤和、陈玉琴等四个贫困户家庭，他们都是孤寡留守老人。韩凤珍养活着一个50岁的傻儿子，王成荣老两口儿虽有三个儿子，但他们都已经四年没回过家了。这几个家庭更需要亲人的陪伴和关爱，每逢春节，就是他们最孤独、最伤感的时候，刘星宇和李勇多次到这几户家庭走访，与老人们互动交流，希冀能为老人们带来些许精神上的慰藉。

这就是驻村干部，他们的行为像土地一样朴实，说的都是掏心窝子的大实话，责任意识和担当意识的凸起，划出一道雨后的彩虹，真正把贫困户的事当成自己的事，使他们与群众走得更近。他们认为所做的都是一些细碎的小事，可把这些普普通通的故事连串起来，就是一股温情的暖流，就是心连心的沟通，流淌在贫困户心间，转化成的就是内在的动力和信心。正是有了这群人，林西县扶贫攻坚到处风生水起，生机摇荡。在七一村，我特意看了一眼下乡干部居住的宿舍和厨房，宿舍里有两张床，没有电视，床头放着一些书籍和杂志，这就是他们排遣晚上寂寞的方式。另一间是自己改造的厨房，这些在城里从不下厨房的爷们，都成烹饪高手。就在昨天晚上，四位相邻驻村干部凑到一块，每人炒一个菜，坐在床上每人吹了两瓶啤酒，相互交流，闹腾了一宿。

"全县103个行政村600多个自然村都是这么干的，进度也都差不多。"

各地摆开阵势，脱贫攻坚全县铺开，都在互相追逐，场面热烈。

第七章　第一书记

采访期间，听得最多的是"第一书记"，这一称谓与扶贫攻坚政策一道深入人心。

6月初的一天早晨，太阳刚刚露头，林西县大井镇东风村第一书记孔凡华早早便来到村部，接上村长张廷明和几位贫困户赶去东方红村听讲座，把几位村民送到培训会场后，孔凡华匆匆离开，到东风村地头和村两委一起查看机井，有几眼井已经废弃多年，看看有没有修复的可能性。

"气象局预测今年可能大旱，咱们这靠原国营隆平农场修建的灌渠，可遇上干旱灌渠也没水，只要这几眼井的电机没问题，地就能浇上。"孔凡华与村长交流。

"东方红村离这里不远，步行20多分钟就能到，这次组织油葵种植方面的讲座机会难得，他们几个都很有兴趣，我就把他们送去，听完再接回来。他们学好了油葵种植，增收就可能达到一两千元。"

来到东风村担任第一书记有3年时间了，孔凡华与村民打成了一片，与百姓结下了深厚情谊。个头中等，体态微胖，笑容挂在脸上，村民们说，他长得就亲民。东风村年长一点的村民叫他大孔子，岁数稍小的也会亲切地叫他孔哥，大家都知道孔凡华有知识有能力，遇到困难都愿意找他合计合计，孔凡华从来都不厌其烦，热心帮忙。在他担任东风村第一书记期间，积极与东风村的帮扶单位联系，为每户贫困户发放鸡雏50只，秋季主动帮助联系销售，向城里饭店推销鸡蛋，卖小笨鸡，让老百姓增加了收益。鸡生蛋，蛋生鸡，如今有的贫困户养鸡数量已经呈几何式增长。

"人心换人心，四两换半斤。"

孔凡华用自己的言行和为老百姓服务的真心，诠释一名驻村第一书记的责任和担当。

我执意到大井镇东风村采访，不只为孔凡华，而是一封信，我是在《林西时讯》上读到的，一位叫董明雨的老人以这种方式抒发对下乡干部的感激之情。来到大井镇东风村，三伏末尾，阳光熏烤的玉米叶子有些发蔫，经过一个土坡，土坡下近百户农家掩映在绿色葱茏中。第一书记孔凡华直接把我们领到靠路边最近的一户，大门敞开着，在树下打盹的黑狗见到孔凡华迎上来亲昵地摇尾，冲着我和县文联胡振东则是"汪汪"吠叫，孔凡华拍拍黑狗的脑门，黑狗善解人意像做错事一样回到树下继续打盹。

"来客人啦。"孔凡华扒着窗户朝屋里喊。

"去东屋，我这就来。"

户主正在西屋午睡，身材消瘦，目测不到七十的样子。他就是董明雨，三个女儿都上了大学。年轻时当过代课教师，后跟着朋友去外地做买卖，没挣到钱。他爱看书，床头是一个不大的书柜。"有些书看完就当废品卖了，省的占地方。"令我略感惊讶的是他的床头竟然摆着我十年前出版的一本散文集，此外还有余秋雨、张爱玲的书，当得知作者来到他家同样感到惊讶。我劝他不要浪费时间，要把更多精力用在看经典名著上。他的三个女儿个个争气，老大考上内蒙古财大，老二考入南开，老三考入天津医科大。三个女儿上了大学，他也一无所有了，老伴离他而去另组家庭，不幸的是他患了脑梗，基本丧失了劳动能力，他家由此落入赤贫。前年孔凡华下派到东风村任第一书记，经过精准识别他家列入建档立卡扶贫户。

"像他这样的户就得从政策保障层面入手。"孔凡华算了一笔账，靠"1351"健康扶贫报销了医疗费，靠产业基金分红每年有1000元的保障性收入，享受低保650元，土地流转收入每年2000多元，这样老人家就稳定脱贫了。

"不知咋回事，我第一眼看到他就觉得这孩子跟我近便。"

董明雨很善谈，尽管孤身一人，家里收拾得整洁有条理，正午的阳光很烈，窗户打开，院里的瓜果芬芳就飘进来。孔凡华有时间就来他家坐坐，一来二去两人结成忘年交。相谈甚欢，晚了就在老人家住下，最长一次一连住了十几天，孔凡华不得不走了，他的呼噜常搅得老人睡不安稳。院里半亩多的小园董明雨无力耕种，孔凡华带上铁锹翻土，打好畦田，种上辣椒、茄子、豆角，整个一个夏天老人不用出去买菜。自来水管道坏了，孔凡华带工具来修。暖气不热，定是锅炉的问题，把暖气片拆开，换上新的栓阀，循环就顺畅了。

"凡华不是单单对我好，对全村所有贫困户都一样，还有市里下派的兰科长，对我很关照。"说着董明雨拿出他写的一封感谢信，篇幅不是很长，是老人发自肺腑的心声。我这次慕名而来，就是想亲眼目睹他写的这封信。

"随便写写，可都是心里话。"

这是一封写在稿纸上的信，字迹稍显潦草，但能够辨认，少许错别字，须知这是一个患过脑梗的老人写的。

午睡过后，看到多么熟悉的身影迎着阳光走进来，他们有的拿着铁锹，有的拿着抹布，我再也难以抑制住心中的激动之情，拿起笔写下这两年的亲身感受。

我是林西县大井镇东风村的农民，今年已经63岁了，是一位地道的农民。现在党的政策好，没想到60岁一摊泥了，惠民到自己头上，不但月月有工资，这一年3000元的担当区清洁工让我做，更值得炫耀的有头有脸的人三天两头就上门嘘寒问暖，到了年关，除了送油送被，还一再地问缺啥少啥。如今，在政府的帮助下，真的啥不缺，啥也不少。

"大爷你是最该帮助下（的），你要对生活有信心，我们会帮助你渡过难关的！"我们第一书记孔凡华总是这样对我说。提起贫困，酸楚一阵阵地涌上心头，我的人生分为三个阶段：以前是木匠，赚钱养家平静美好。最不堪中年，总觉得像父辈们一样在家种地没有前途，于是离开妻女，到武汉跟朋友创业，交友不慎导致创业失败，身无分文回家后婚姻破裂，为了弥补妻子并供三个女儿读书，便把所有耕地包括一卡通都给了前妻。成了孤寡老人无依无靠后，心力交瘁，急火攻心，就得了脑淤血。第三个阶段是填写了贫困户申请表后开始的，与县里和镇里的驻村工作队熟络起来后彻底改变了我的生活。

这里必须要说，精准扶贫我是不信的，我以为还是像以前在电视新闻里看到的那样，走走形式（式）拍拍照，所以对驻村干部是怀疑并且有怨气的。他们每次（到）我家，我都用语言攻击并且想尽办法把他们轰走，现在想想心中愧疚。但是，时间久了就发现，这些孩子不断来家中嘘寒问暖，并且送医送药，不但帮我养鸡下蛋，给我分红，让我每月领到工资，每个星期还风雨无阻地来家中帮我生火做饭，打扫卫生。知道我喜欢看书，与我三女儿同龄的杨莉（下乡干部）送我很多书籍，帮我谋划新生活，一时间这死气沉沉的老房子里，重新有了生机，以前想都不敢想的日子，羡慕过别家的日子，竟然发生在我的身上。

市里的兰科长总到我家鼓励我，还找人帮我把房子内外重新装修彩（粉）刷一番，此刻我就生（活）在干净的屋内。我感谢党的好政策，感谢党的好干部们，是你们让我在绝望中重新有了希望，让我感受到人间温暖，在你们的帮助下生活会更加美好。

我想用纸笔记录下这个伟大时代新农村翻天覆地的变化，可惜纸短情长。

大井镇东风村村民　董明雨
2018年4月26日

老人的信或许缺乏文采，可这是一片肺腑之言，像土地一样朴实憨厚。试想一下，如果没有精准扶贫，他的生活会怎样？董明雨对孔凡华很了解，他像我介绍孔凡华，而孔凡华坐在门口的方凳上，脸上依然是标志性的微笑。

"东风村老百姓有事就去找他，村里那几眼井，废多少年了，孔书记来了就修好了，像今年这样大旱，要是没有那几眼井，肯定是个灾年，贫困户有一半都得返贫。"

离开董明雨的家，西斜的日头照在盎然蓬勃的农家院里，园里的辣椒泛红了，黄瓜倒挂在藤架上，宽硕的玉米叶子已经掩盖不住长成的玉米穗，孔凡华把我送到村口又折身回去。

"我看老爷子园子里的蔬菜有些旱了，帮他浇一浇。"夕阳拉长了他的身影。

与大井镇相邻的是官地镇，此次要去拜访另一位第一书记莫晓峰。官地镇王家沟村党支部书记吕霞用钦佩的语气说："只要村办公室的灯还亮着，就一定是莫书记还在工作，他白天追着老百姓屁股到地里调查走访，晚上回来汇总，有时自带干粮，蹲在田埂上面包就火腿，一瓶矿泉水，然后去另一地块找人继续聊。"

第一书记莫晓峰工作开展的到底咋样？干部群众有口皆碑，他在村村户户留下的身影印刻于王家沟百姓的心中。

如果不是脱贫攻坚，莫晓峰也许这辈子也不会知道还有王家沟这个村子。虽然王家沟距县城只有47公里，可隐居在山坳里，是名副其实的偏远贫困山沟。长期在办公室工作的莫晓峰突然到这样的环境出任新职，他首先想到的是脱贫攻坚从哪儿入手。习惯的作息时间与生活规律被打乱了，个人的困难也随之而来。

五岁的儿子打来电话，是他在下乡的路上接的。

"爸爸，你什么时候回来啊，你都好久好久没陪我玩了……"

"爸爸，你陪我去买大黄鱼好不好，我最喜欢了……"

"爸爸，我都快不喜欢你了……"

儿子的稚声稚语让他心里不是滋味，儿子很可爱，在机关上班时，每逢周末都陪儿子去游乐场或到城郊野外。自从下乡驻村扶贫，一次也没有过。

"乖啊，爸爸在忙事情，回去就和你去买，好不好？要听爷爷奶奶话，不要调皮……"

多少次推脱已经记不清，兑现也不知在何时。

他在司法部门工作，常有朋友咨询法律问题。朋友打来电话，看中的房子要交定金了，希望他去帮着看下合同。

"晚上行吗？我在去村里的路上。"时间显示2018年3月31日6时31分。

休周末、陪家人、会朋友、睡懒觉已经变成可望而不可即的奢侈，作息时间表变成了"5+2"或"白+黑"。一年的时间，车上的里程表突破2万公里，还在不停蹦跳，工作的时速绑定在了飞转的车轮上。

不加油车就寸步难行，不吃饭人也会失去生存的动力。吃饭，是莫晓峰必须面对的又一个现实问题，他是一名回族干部，在饮食上有禁忌。为了尊重他的生活习俗，村两委领导要在伙食上照顾他，被他婉拒了："我是来工作的，不是来享受的。不能搞特殊，不能给村里和群众添麻烦。一碟咸菜、一碗米饭或弄两个鸡蛋，吃饱就好。"个人生活中的一切困难，都被他默默地淡化了。

莫晓峰在自己的工作总结中写道："真扎根、高自觉"。他严格遵守组织部各项工作制度，一年来无违纪行为发生，始终工作在一线，争取把各项工作完成得更好。

做到精准扶贫，必须有真感情。真感情来自细致入微的调查研究，而不是走马观花、浮皮潦草了解情况。

打开莫晓峰厚厚的民情日记，独特创意的画面映入眼帘，85户贫困家庭成员照片逐一贴在日记本上，后面分别详细注明该成员的出生日期、住址、识别退出年限、住宅情况、健康状况、收入来源、帮扶措施等。这是他用心血和汗水绘就的民生工作图，收获的是一份对工作极端负责的感动。

把贫困人员情况写在本上、记在心里，为的是方便工作，逐一帮扶解决。梅连玉、王井芝老两口儿二轮承包前就弃耕到辽宁盘锦打工。2013年，钱没挣到，年事已高的老两口儿只好返乡。无地、无收入、身患多种疾病，生活陷入困境。2017年，王井芝又被诊断出12项疾病，其中2项极高危，莫晓峰让他的家人陪着赶紧去市医院复诊，自己在林西帮助他们联系医保部门为其办理住院、转院、报销手续。在王井芝回家调理时，莫晓峰和村委会又协调有关部门，为其办理了低保手续。他还经常到家问寒问暖、了解病情，个人出钱为王井芝购买营养品。老两口儿心存感激无法言表，几次把小院种的蔬菜和积攒的鸭蛋包裹好，作为感谢的礼物送给莫晓峰，被他婉言谢绝了。

2017年6月18日，在一组民主评议会上，67岁的贫困户张桂芹紧紧抓住莫晓峰的手连说谢谢，一定要请他去家里吃饭。事情起因于一件不在意的小事：张桂芹的社会养老保险金被人扣了，这笔600元的"巨款"让她心急如焚。到镇里查询来回要60元的打车费，身体还有病，行走困难。一次入户调查中，老人抱着试探的心情反映给莫晓峰。谁知莫晓峰却当做一件大事，专程跑有关部门，查清了600元被扣的原因，解除了老人的烦恼。

莫晓峰对第一书记的解释简单明了，率先垂范，干在第一。村里治理环境卫生，他挥锹干在前面。发现个别党员模范带头作用差、乱丢垃圾，对时事政治学习少、政策水平低等问题，他就以《怎样做一名合格的农村党员》为主题，写讲稿上党课，帮助党员弄明白"村民看党员"、"一名党员一面旗帜"的重要意义，提高了党员发挥先锋模范带头作用的自觉性。

村委会的服务台上多了一块醒目的牌子，上面标注：便民法律服务联系卡，联系人莫晓峰。履行第一书记职务的莫晓峰，没有忘记司法所长的职责。他把法规宣传、法律服务带进王家沟村。一年多的时间里，他为全村提供法律咨询40余次，增强了群众的法律意识，使一些土地纠纷、家庭婚姻关系纠纷、财产纠纷得到及时化解，有力地维护了村组和谐稳定。

在贫困户家的墙上，有一块贴心的图板——帮扶连心卡。图板中，鲜艳的党旗下，工作队、帮扶人的照片、联系电话，贫困家庭享受到的各项政策明列卡中。图板下悬挂的档案袋中，本户相关受益政策文件齐全。一张连心卡、一个档案袋，写上了新希望，装进了新关怀，搭起奔向小康的新桥梁。

然而，精准扶贫是一项工作量大、要求标准高的新型工作，每户家庭、每个数字都要反复核实，这是精准扶贫的前提。莫晓峰及全体下乡工作队员和村两委牺牲大量休息时间，健全了贫困户档案。莫晓峰亲自带头苦干，到了废寝忘食的地步，一脸的络腮胡来不及修理长成了"丛林"，成了群众识别他的新标志，幽默地给他起了个绰号——"大胡子书记"。细致入微的工作得到了群众的一致好评，组织部门到村召开脱贫攻坚工作民主测评会，参会的18位村民代表全部投了赞成票。予人玫瑰，手有余香，只要心里装着群众，群众就会给予真心的赞誉。

如何落实好县委"5531"工程和推进"1+4+5"产业脱贫模式，为脱贫攻坚工作打下坚实的基础，这是王家沟村两委的中心工作，也是驻村第一书记莫晓峰大动脑筋的事。他指着村委会门口悬挂的由组织部颁发的九星级党组织牌匾："我们村已经得了九颗星，就差村级集体经济这颗星是空白，我们可以挖潜聚力补上这块短板，保证贫困人口顺利脱贫，共同步入富裕生活，成为十星级党组织。"他和村两委班子通力合作，紧密结合本村实际情况，制定实施脱贫新举措，及时向司法局党总支和帮扶单位经信局领导作了汇报，得到他们的大力支持，筹措资金2万元，为85户建档立卡贫困户和14户高龄五保户各免费发放鸡雏35只。通过经信局与糖厂协商，签订种植订单，在水利条件较好的四个村民组开展甜菜种植和经济作物种植。协助村两委班子与镇林业部门协商将三个村民组的弃耕山坡地1400亩退耕还林，每个贫困人口增收退耕还林政策补助480元。在贫困人口中选聘3名身体条件好、责任心强的中青年人担任护林员，年人均增收2800元。借助"坡改梯"项目，对野鸡沟1200亩弃耕山坡地进行改造，协助村两委班子与"携手共创"种植合作社签订10年的土地流转合同，每亩承包费150元，七、八两组的贫困户，每人年增纯收入400元。按照镇党委的安排部署，王家沟村将2016—2017年"三到"项目资金入股"绿禾园"食品加工企业，通过与企业"联姻"获得资产收益。莫晓峰对入股农民精细造册，完善发放手续，确保每年10.4万元红利准确发放到位。截至2017年底，仅此一项，全村每名贫困人员纯增收850元。新的举措，让全村脱贫攻坚工作又迈出了坚实的一步。

第一书记的工作是艰辛的，但磨砺了人的意志，提高了人的思想和工作水平，收获的体会是刻骨铭心的。莫晓峰深有感触。他说："担任第一书记出乎我的预料，因为我觉得自己的能力有限，但组织的信任又绝不能辜负。"通过一段时间的工作，他深深地体会到，不忘初心、牢记使命是我们党员干部的神圣职责，但想把它真正落到实处，光靠讲大道理是不行的，必须要有勇于吃苦、敢于担当的精神，以真心换真情，靠行动说话，靠实干服人，只有这样才能有收获，才能让组织放心，让群众满意。

"赵书记，早啊。"

"赵书记，晚上家里吃饭。"

每天赵永峰走在村里，群众都亲切地和他打招呼。回想起刚来村里的情景，赵永峰很是感慨，那时的自己已阔别农村生活20年了，下来做第一书记有些忐忑不安与拘束。如今驻村快三年，村民们已经把他当成了村里的一员。

今年46岁的赵永峰，担任林西镇市场监督管理所一所所长，全县脱贫攻坚开始，他带着这份沉甸甸的责任和光荣使命，就任五十家子镇东边墙村第一书记。驻村以来，他就把自己当做一名"村里人"，放下架子、扑下身子、情系群众、激情干事，为东边墙村尽早脱贫付出了艰辛和努力。

辽代金界壕横贯东西，尽管城墙早已坍塌成土埂，但遗留下的残垣足以佐证当年这里发生过战事。界壕便是城墙，城墙以东的村庄取名东边墙。多年来，东边墙村一直是扶贫工作的重点。

赵永峰一直从事机关工作，虽有过农村生活的经历，但已是时隔多年。"三农"经验偏少，履职第一书记时他坦言压力很大，责任很重。可开弓没有回头箭，不能辜负组织的信任是他心里想的。他暗下决心，困难再大也要顶着压力，一定要在"第一书记"的岗位上干出点名堂，不当孬种。笨鸟先飞早入林，在县里的动员会尚未召开之前，就已经着手为驻村工作做"充电"准备。习总书记关于扶贫开发的重要讲话和指示反复地看，各级各部门关于脱贫攻坚的重大部署和决定他认真研究，深刻研读自治区、市、县关于精准脱贫工作的相关政策和文件，见到报纸上好的文章就剪，看到文件中好的思想就摘，听到讲话中好的观点就记，光剪报和笔记就足足一大本子。家里人问他，你又不是县委书记，看那么多领导讲话和文件干吗，领着老百姓做事就结了。他一本正经地回敬，这是政治，你们不懂，把家里人逗乐了。除此之外，虚心向其他担任驻村干部的领导和同事学习请教，听他们分享驻村经验、交流工作心得、分析问题所在，然后反复思考琢磨，认真揣摩做好"第一书记"的经验和技巧，为日后顺利开展驻村扶贫工作做好了储备。

东边墙村属于典型的交通不便、基础设施薄弱、人口老龄化严重的重点贫困村，赵永峰上任伊始第一件事，就是挨家挨户走访，深入了解全村1608口人的基本情况，倾听群众意见和建议。在他的民情日记本上，详细记录着各家各户的人口、耕地、收入，以及合理诉求等，每隔一段时间他就会拿出这些资料信息来翻阅，看一看还有哪家的诉求没有解决，然后明确目标，抓紧落实。

在深入走访农户的同时，他多次组织召开村两委班子和村民代表会议，座谈了解村里的基本情况、群众对村两委及驻村工作队的期盼要求等等。他还经常走上街头、地头等人群聚集的地方，主动与群众唠家常，倾听群众最关心的热难点话题，掌握第一手资料。通过一段时间调研走访，他就把村班子建设、生产生活状况、民风民俗、民情民意等摸得一清二楚，做到了底数清、情况明，可谓了然于胸，有的放矢，为开展工作奠定了坚实的基础。

在广泛调研走访、吃透村情的基础上，赵永峰和驻村工作队、村两委成员一道，经集思广益、反复修改后精心制定完成了东边墙村帮扶计划，以及逐户制定了帮扶手册。针对群众关心关注的热点问题，采取有力措施，认真予以破解。针对大东沟自然村饮水困难、交通不便、房屋破旧、收入微薄的实际情况，经过多次调研，决定对大东沟26户贫困家庭共86人，以"拔萝卜"的方式迁出，建设"易地扶贫搬迁"新村，集中安置、集中管理、集中扶贫、集体脱贫。

他还带领全村干部群众推进美丽乡村建设，将东边墙移民搬迁安置区建设成了社会主义新农村。修筑水泥路3000米；建设人饮工程和供电工程各1处，路灯16盏；栽植绿化树木70棵；修建公厕、垃圾池各1座，大门1处，主题文化墙400平方米。

群众对"第一书记"期望值很高，看到群众那期待的眼神，他就下定决心要多为群众办实事、解忧愁。他先从关系群众生产生活的事做起，尽心竭力把群众最需要解决的事情办好。为给搬迁后的新村搬迁户生产生活铺好路，解决后续产业发展问题，东边墙村移民新村坐落在适合设立光伏发电站的地方，赵永峰和村两委研究决定，在充分借助县里利民政策的基础上，在东边墙易地搬迁移民新村建设光伏发电扶贫工程。截至目前，移民新村共完成总装机功率52千瓦，户均装机功率可达2千瓦，总投资52万元。日均有效发电时间可达到5小时以上，户均发电量可达10千瓦·时，户均收益每天8.8元，年收益可达2500元。

"身正才能正人，律己方能服人。"

赵永峰深谙此理，时时以身作则，处处率先垂范，坚持公道处事，民主理事，按章办事，赢得了干部群众的一致好评。作为"第一书记"，他特别注意如何处理好与村两委班子成员的关系，与他们团结共事，和谐相处，既敢于担当负责，又不越权越位，注重发挥村两委的主观能动性，激发他们干事创业的主动性。在建档立卡贫困人口"回头看"再核查专项行动中，他动员和组织驻村工作队、村两委，冒着酷暑高温开展地毯式摸排核查工作，把最难处理的事揽在身上，以实际行动为大家树立了榜样。

驻村工作队5人中，他年纪最长，但一如年轻人一样凡事都亲力亲为，大到谋划扶贫项目，统筹"美丽乡村"建设，推进基础设施改造，小到完善"一档一册"，填写党支部工作手册，报送各类统计报表，他都亲自完成，既当指挥又当队员。紧张的工作之余，他还要亲自下厨，给工作队的其他同志炒菜做饭，他的执着、热情让工作队员们感动不已，都称他是工作队的"赵大哥"。

2015年5月，林西县医保局袁新星，经县委组织部任命，担任新林镇五星村第一书记。接到任命后，他有些犹豫，家里年迈的母亲生病住院，妻子因病手术初愈正处于恢复期，女儿正在高中紧张备考，这些因素困扰着他，觉得不是离开的时候。组织部门找他谈话时，本该把家里的实际困难做些说明，可最终还是没有张开口。脱贫攻坚是全县重中之重的民生工程，抽调机关干部下乡驻村是重大的落实行动，组织上把他派到脱贫攻坚工作前沿，是对他的考验和信任。作为党员干部，无论如何也不能向组织提条件、摆困难，必须服从大局。妻子看出了他的顾虑，认为他去乡村与贫困群众打交道是锻炼的机会，家里的事总归是能克服的，她完全有能力照顾好婆婆、照看好孩子。在家人的理解与支持下，面对"大家"与"小家"的抉择，他毅然决然地背起行囊，全身心投入到脱贫攻坚工作中。

来到五星村，他开始走访贫困户，把情况摸清摸准。贫困户丁福臣，家中4口人，只有他一人有劳动能力，家庭的主要经济来源仅靠他一个人的土地，收入微薄，温饱都难以维持。2015年，丁福臣的儿子因无钱交纳学校伙食费、住宿费而辍学。了解这一情况后及时汇报给单位领导，并积极与校方联系沟通。现在这个学生已经复学，就读于林西实验中学，学习期间所发生的费用全部由帮扶单位医保局承担。

"这些都是恩人……"每提起这事丁福臣眼泪汪汪，感激不尽。

韩德家的儿子韩金喜智力水平低，无法接受正式学校的教育，袁新星多次沟通红山区特殊教育学校，并联系家长，费了好大周折，这个孩子到这所特殊学校去就读，学到一技之长后，将来能够在社会上立身。

贫困户赵清云的老伴，双腿患有严重的膝关节炎，每天只能扶着改装学步车艰难爬行，完全丧失了劳动能力，连简单家务也无法从事，被病痛折磨得苦不堪言。她也想尽早解除病痛，但是原本就贫困的家庭难以支付高额的医药费。精准扶贫开始后，驻村工作队针对她家的情况，向她详细地解释说明了"1351"健康扶贫政策，并主动帮助联系医院。她原本放弃了对生活的希望，对"1351"政策也是半信半疑，她抱着试试看的心态，于2017年11月在林西县医院进行了右膝膝关节置换术，手术非常成功。在2018年2月，再次入院把左膝也进行了置换。两次入院费用16万多，通过政策帮扶，她个人只花费了8000多元。现在再看到她时，双腿行动自如。她见人就说："党的政策好，是精准扶贫给了我新的生活，给了我活下去的勇气。感谢党、感谢政府……"

驻村帮扶不是简单地给钱给物，更要帮助村里理清发展思路，破解发展难题，使全村早日脱贫致富。袁新星把扶贫作为事业，把驻村当做扎根，一心扑在村里的发展上，行使第一书记职责，帮助村里深挖贫穷原因，多方搜集致富信息，积极为村里发展出点子、找项目、引资金、送技术。针对五星村贫困户以老年人为主，年龄偏大，没有了劳动能力，他联系帮扶单位，采取了单位职工捐款和单位补充方式筹资，两年筹集资金7万元，至2018年末筹集资金10.5万元，这部分资金以投资入股分红的形式投放给当地企业或种养殖大户，年末收取红利，全部用于扶贫中。资金本金始终不回收，长期轮回投放在本地企业或种植大户中，所产生的红利分给贫困户家庭。

第一书记在组织体系中算是最小的"官"了，且是非体制内临时的"短工"，可他们的责任心和敬业精神令人钦佩。海纳百川，有容乃大，壁立千仞，无欲则刚，103位第一书记，身兼推进脱贫攻坚的神圣使命，把组织赋予的使命完成好，让贫困户脱贫，是他们的工作目标和坚守，也是他们最大的愿望。我从心底敬重这些第一书记，他们所做的事情关乎百姓民生，他们的责任和担当以及在扶贫攻坚工作中发挥的作用，其他人是无可替代的。

第八章 "五龙" 在行动

"圣人受命，贤人受任，龙腾虎跃，风流云蒸，求之精微，其道莫不咸系乎天者也。" 这是唐·严从《拟三国名臣赞序》中的一句话，龙向来是中华民族的象征。而在林西县脱贫攻坚进程中，就活跃着五条龙，龙头舞动，龙尾呼应，林西县脱贫攻坚由此而生动。

出林西县城，南面的锅撑子山起伏不大，远看更像一垛城墙。山上多生长灌木，层层叠叠，绿荫遮蔽，如云似锦，每到盛夏时节，山丹花和芍药花把山体装扮得妖娆缤纷，引蝶翩飞。自从山上铺满太阳能光伏电板后，整个山体被紫晶色覆盖了，阳光下光彩熠熠，这里被当地人称之为"紫晶山"。靠"紫晶山"的惠泽，锅撑子山四周则成了产业投资热聚的地方，成排成纵的温室大棚和现代化的牛舍羊舍，像写在大地上的诗行，冲撞视野。站在山顶遥望，在层林尽染中，一片新崛起的红砖碧顶的建筑群格外醒目，这便是德青源公司落户的地方。

偌大的场区一点也不嘈杂，寂静得像是一个梦中休闲的庄园，树墙和花草把场区分成几个单元，秩序井然，环境优雅恬静，若不是事先得知，谁能想到这是一个饲养百万只鸡的大型养鸡场。

北京德青源农业科技股份有限公司在国内有颇高的知名度，是世界最大的蛋品企业，在全国布局31个国际标准的生态农场，蛋鸡饲养规模1亿只。"德青源"开创全球领先的生态农业模式，实现生态养殖、食品加工、清洁能源、有机肥料、订单农业、有机种植的生态循环，成为全球可持续发展的成功典范。2016年，德青源金鸡产业扶贫工程被国家认定为精准扶贫重大项目，2017年获全国扶贫攻坚创新奖。德青源公司安徽黄山蛋鸡种鸡分公司，堪称亚洲最大的种鸡孵育基地。

2016年，在国务院扶贫开发产业对接工作会议上，德青源公司金鸡项目作为国务院扶贫办主推的12个扶贫模式之一，受到与会者的关注。林西县党政主要领导眼前一亮，建立企业扶贫长效机制，正是林西最需要的。会后，主动与德青源企业负责人取得联系，诚邀德青源公司去林西投资兴业，两家一拍即合。11月，林西把深秋送走，初冬的寒意不可避免地到来了。德青源企业负责人亲自到林西县考察，年底达成初步框架协议，场址就选定在一级路的旁边，身后是苏泗汰河，遥望锅撑子山。

林西人的办事效率令人折服，仅三天就备齐了立项的必备相关要件。按协议规定，建场总投资2.5亿元，企业饱和经营能力达到240万只蛋鸡。建场投资由林西县政府负责，由德青源租赁使用，租赁场地15年。双方约定，企业招聘员工贫困户子女不低于30%。"组织先行引导，政府投资建厂，企业租赁经营，贫困户多渠道受益"成为"德青源"落户林西的立地之根，双方紧锣密鼓，金鸡项目从江南移至塞北，成为全国第32个金鸡产业扶贫项目。

三月，大地复苏，金鸡开始筑巢了。

衡量一个地区投资环境的优劣，主要取决于政策环境，而政策环境则取决于决策者的开明。德青源企业正式进驻林西，看中的是林西县行政执行效率和开放的态度。其实，在立项前县政府已经指定职能部门，把环评工作提前做好了。一个月内，土地流转全部完成。

仲春时节，十二吐乡的杏花开了，今年的杏花开得奔放，团团簇簇，灿若云锦，德青源金鸡工程在杏花季节破土动工了。十几辆推土机开进这片未利用土地，昼夜不停的轰鸣，打破多年的宁静，悦动出一股蓬勃的生气，掀开了倒计时的节奏。168天，30栋现代化鸡舍、5万平方米的场区完成土建。201天，第一批66万只德青源自己孵育的蛋鸡进驻鸡舍。林西县以超乎想象的惊人速度，实现了当年规划，当年立项，当年建设，当年投产，开创了德青源集团有史以来的先河，在德青源集团所属的32个分公司中，唯有林西县速度最快，由此冠之为林西速度。

日产鸡蛋60万枚，到年底累计产蛋3640万枚。内蒙古自治区政府副主席、赤峰市委书记段志强来到德青源考察，对林西县务实高效的工作给予高度赞赏，肯定他们在脱贫攻坚工作中迈出最坚实的一步。

"德青源第二批蛋鸡已经进入，目前饲养规模达到132万只，全部达产后，年底就能达到240万只。"

公司副总靳晓明介绍，德青源公司立足十二吐，辐射带动林西，秉承扶贫开发为己任，贫困户脱贫，企业发展，实现双赢。他是张家口人，从农专毕业后，一直致力于家禽饲养研究，跟随"德青源"一路打拼多年，林西将是他放飞理想舒展事业的地方，他认为林西县之所以能把"德青源"吸引过来，关键是这里政通人和。

2018年初春，从"德青源"周边村庄遴选出的12名青年农民进入企业，成为正式的蓝领工人。他们都是贫困户家庭的子女，走进"德青源"，他们全家就不再是贫困户。"一人就业，全家脱贫"是德青源公司扶贫济困的宗旨，招牌一样写在路旁显眼位置的广告牌上。不久，第二次招工，从苏泗汰村通过互联互助招收贫困户子女15人已经上岗，而后又在其他乡镇招收40名员工，贫困户子女占三分之一。目前，德青源公司按照县委党建融合的统一部署，已经融入十二吐乡脱贫攻坚联合党委，公司成立了党总支。通过"德青源"产业链受益的贫困户已有2391户，每人发放产业基金1000元。

"德青源"是林西县实施扶贫攻坚产业带动骨干龙头企业之一，五大产业横贯林西县九个乡镇多个行政村，覆盖了"种养加"不同产业，他们和"德青源"一样共舞，托起贫困户增收致富的脊梁。

驱车到林西镇西郊，一片乳白色的厂区撩拨视野，这便是林西县老牌糖厂。20世纪八九十年代作为国营企业，曾经是林西工业的一面旗帜，企业改制后更名为佰惠生科技有限责任公司，下属分公司有7家。公司行政总监、联合党委副书记张建军介绍，县委责成由佰惠生牵头组建扶贫攻坚联合党委，对整合政策资源和土地资源，确实发挥了过去单枪匹马难以替代的作用。

佰惠生脱贫攻坚联合党委将主体业务分成四个板块：第一块标准化种植涵盖全县，2017年种植甜菜18万亩，2018年种植14万亩。新林镇种植的1万亩甜菜长势喜人，镇党委书记张明说，2018年贫困户在甜菜种植上有两块收入，土地流转每亩可收入450~500元，按每口人10亩算，这块每人可有近5000元收入，打工收入每人3000元左右。跟着张明书记走了几个村，收入自信写在贫困户的脸上。大营子乡司令地村张立群连包带租一口气种了甜菜100多亩，按每亩收入1000元算，今年可望有10万元进账，此外还种植30亩大田蔬菜，把城里私企的工作也辞掉了，全力以赴搞订单农业。第二块机械化播种，公司有19台配套农用机械，联合三家专业合作社，播种季节全县农用机械可达到800多台（套），届时全部出动，搅动田野一派忙碌，凡与佰惠生签订合同的种植户播种期间只收成本费。第三块市场营销，实际上与贫困户没有直接关系，但对佰惠生来说，联合党委犹如县委把服务送到家门口，与佰惠生相关联的政府职能部门被整合成一个党委，形成了一个高效便捷的工作机制，企业自身难以解决的问题，开个党委联席会议，一切问题就迎刃而解。第四块社会化服务，佰惠生与种植户结成利益共同体，靠的就是产前、产中、产后全程式的服务，不断增加各生产环节的科技含量，亩产增加一元，农民收入就多得一元。

"佰惠生在林西四十多年不断发展壮大，当然与县委、县政府重视分不开，而企业与农民利益均沾也是成功的关键。"

回顾佰惠生的发展历程，张建军感慨良多。企业追求效益最大化无可厚非，但只考虑企业一头而忽略百姓的利益，势必降低群众对企业的依附热情，企业就会陷入竭泽而渔的境地。多年以来，佰惠生以基地种植户不赔钱为出发点，看似企业少收一块，可相当于给种植户延续种植充电蓄能。佰惠生信守诚信，这些年从未拖欠过老百姓的销售款。在脱贫攻坚过程中，贫困户的土地流转到合作社或种植大户，只要是与佰惠生签订单的，要求合作社或大户给贫困户每亩多出100元地租，收获甜菜时由公司返还给合作社或大户。通过"1十4"联动机制，让固定在佰惠生产业链上的贫困户一年有四项收入，财产性收入以土地流转收入为主，然后去合作社或大户打工获得工资性收入，每个工日不得低于100元，每年每人有1000元的产业基金分红，另外还有低保收入。2017年带动建档立卡贫困户2040户4272人，当年全部脱贫，继续跟进就能致富。对此，县人大常委会主任赵锐久对我说："林西县脱贫攻坚立足于实打实，不唱什么高调，把贫困户绑定在产业链上，只要产业不衰，贫困户就有稳定收入，这样就不会返贫。"

佰惠生的诚信在农民心目中被坐实，这些年彼此互利互惠，运行康健。

黄芪又名绵芪，在我国医学上应用已有2000多年历史，李时珍《本草纲目》记载，"耆是长的意思，黄耆色黄为补药之长，故名"，黄耆即黄芪。由于在中医临床应用广泛，大量采集使得野生黄芪资源已近枯竭，现在中医药房的黄芪多为人工种植。恒光大公司把仿野生黄芪种植技术引入林西，为望穿秋水的贫困户提供了"药"脱贫施展的舞台。

内蒙古恒光大药业有限公司于2015年5月设立，注册资金2000万元，采取"公司+基地+农户"的经营模式，是集中药育苗、种植、代储、技术服务、饮片加工、中药提取、中药观光养生、销售物流于一体的农业产业化龙头企业。近年来，公司积极参与到林西县的产业扶贫当中，建立起与农户之间的利益联结机制，帮助农户获得生产收益、财产收益、劳务收益。

"企业，尤其是发展前景好、竞争力强的优秀企业，是国民经济的活力之源，为市场经济的繁荣发展作出了巨大贡献。而产业扶贫变'输血'为'造血'，是实现脱贫的根本之策，是当前各种扶贫模式中的优选。企业投身产业扶贫，最能激发扶贫的活力和群众脱贫的可持续发展能力，企业将产品生产与市场资源有效对接，既可减少生产的盲目性，又可增强贫困户脱贫的信心与能力。"

企业负责人的一席话，道出产业扶贫带动力的强劲，贫困户脱贫，也为企业注入生机和动力，为企业做强做大奠定了基础。

流转农户土地，帮助农户获得财产收益，在恒光大公司覆盖的地区表现得非常直观。实现脱贫，最主要的是实现农村贫困人口脱贫，尤其面对农村常住人口高龄化、土地高分散的现状，没有致富门路、没有劳动能力，很多农户面临致富无门，是偏远农村较为突出的现实问题。而且，林西地区干旱少雨，按照传统进行农作物种植，一亩坡地秋收产出经济效益不过200元左右，遇到干旱年份就会发生减产甚至绝收。2015年，恒光大公司旱田仿野生黄芪秋播技术试验成功，为当地旱作农业发展找到了一条切实可行的出路。公司将农户手中大量的旱坡地集中流转，将农村劳动力从贫瘠的土地中解放出来，去从事收益更高的生产活动，同时还使农户获取了土地流转的财产收益。

林西县新林镇五星村，常年干旱少雨、风沙大，村里土地多以旱坡地为主，农民种植的玉米、荞麦等农作物常常颗粒无收，人均年纯收入不足2000元，一些老百姓已经习以为"穷"了，对致富没有信心。2015年，新林镇通过招商引资引进恒光大公司，成为五星村的转折点，公司以每亩200~300元不等的价格流转了村里7000亩旱坡地，发展黄芪、板蓝根等中草药种植，帮助当地农户每年实现2500元不等的财产性收益，2016年人均收入翻了一番。2017年，人均收入已经超过5000元。

恒光大为农民提供了就业机会，帮助农户在劳务方面获得一块收益。

"大半辈子就跟这土坷垃较劲了，一直过穷日子，没成想到老了还能变身成为工人。"心存感激的李春林述说着自己这几年的变化。他说："过去这些年一直过着靠天吃饭的日子，一年下来挣不了几个钱，如今把18亩旱坡地全部流转给了恒光大，我和老伴儿又在药材基地打工，每年的工资就是2万多元。"

李春林是林西县新城子镇双井村的建档立卡贫困户，也是恒光大公司企业助力产业扶贫的第一批受益者，他家每年靠土地流转和劳务收入超过2万元。

在中药材种植基地建设过程中，恒光大每年都会雇佣8000至10000人次的农民工从事中药材的种植、中耕、采收、初加工等，部分农户变身成为公司的产业工人。同时，为了确保农户失地不失业，公司会优先聘用出租土地的农户，进基地务工，农户每月工资2500~5000元不等。随着药材基地种植面积的不断扩大，基地还聘用拥有农机具的农户进基地务工，这样的农户每年都会获得数万元的劳务收入。因此，工资性收入成为一部分农户的主要经济来源，让农户不必背井离乡便可获得经济收入，摆脱了自己经营不善、自身能力不足、发展能力不强的困境。

对自行种植中草药的农户，签订收购订单，帮助农户获得生产性收益。内蒙古恒光大现代农业有限公司中药材基地深加工项目，于2018年正式投产经营，每年中药材需求量在6000吨以上，公司通过采取免费向农户提供技术培训指导、提供中药材种子种苗及专业设备等方式，鼓励农户开展中药材种植，与农户签订中药材种植收购订单，保障农户利益，促进农户增收。同时，更多的农户在务工过程中掌握了中药材的种植技术，也纷纷开始从事中药材种植，为自身带来更多生产性收益。

"一亩地产1500多斤，恒光大公司回收的价格是3块钱一斤，我这20多亩地能卖9万多块钱呢。"付鹏兴奋地说。

付鹏是新林镇五星村的建档立卡贫困户，自从恒光大公司落户五星村，付鹏就开始种药材，每年除了把自家的10亩地种完，还要再承包一些土地耕种，他尝到了种药材的甜头，打算继续扩大种植面积。

"像我们这样的地，如果不种药材，一亩地也就收入个百头八十的，自从种了药材，我们才知道啥叫收成，得感谢恒光大给我们提供的一条龙服务。"五星村支部书记刘明对我说，"五星村离不开中草药。"

据不完全统计，至2018年5月，恒光大公司已建设药材种植示范基地1.3万亩，带动农户种植1万亩，种植区域已覆盖林西县各乡镇及周边旗县，并且以林西县的新林镇、林西镇、新城子镇为中心，成功打造了林西县中药材种植北中南三块示范片区。中药材种植示范基地的建设让林西的农民看到了美好的前景，并获得了实实在在的效益。

赤峰市天拜山饮品有限责任公司（下称"天拜山饮品"）始建于2014年5月，是林西县政府以招商引资形式引进的一家集野果研发、生产、销售为一体的私营企业。企业位于林西县食品加工工业园区，占地面积10万平方米，总投资8700万元。建设年产5万吨内蒙古野果果汁，1万吨果酱，1万吨果丹皮、果脯生产线各一条及其配套附属设施，每年可实现产值2.5个亿，实现利税0.15亿元。

天拜山饮品一期年产5万吨果汁生产线已于2015年1月建成并投产。公司坚持以绿色为根基，追求产品的天然果味。果汁中没有色素、香精等添加剂，全部果汁均是在原果产地精选上等果实并采用先进的生产工艺自行打浆调配而成。因此，"天拜山"牌果汁均保持了野果的原汁原味，味道独特，口感醇厚。现已生产出沙果汁、蓝莓汁、蔓越莓汁、沙棘汁、山里红汁5个品种，共30个系列的产品，畅销内蒙古、北京、辽宁、河北、黑龙江、吉林、天津、江苏、安徽、浙江等地。

自企业创办以来，公司积极探索内蒙古野果生产加发展的新路子，不断发展和完善现代企业运营管理理念，使公司始终保持快速发展的势头。在积极开展生产经营活动、助力当地经济发展的同时，天拜山饮品还主动承担起社会责任，积极与林西县政府联系，开展有效的扶贫助困活动。

"企业是社会的企业，只有真情回报社会，企业才能赢得社会的信赖和支持，从而不断发展壮大。"

天拜山饮品总经理王双龙的话接地气，道出企业的发展定位。为了能够帮助更多贫困户脱贫致富，发挥龙头企业的产业优势和潜力，公司积极主动配合当地政府，多次开展定点扶贫，紧密结合自身实际，开展多渠道、多层次、多形式的帮扶工作，先后对周围多个地区进行产业化扶贫，吸纳贫困户就业，与政府共同打造并推广了"野果富民"模式。

"给予希望便是拥有了希望，始终保持与人民群众的血肉联系，是企业发展的力量源泉和胜利之本。"

天拜山饮品的入驻，周边地区野果种植农户逐年增加，现已达到2300余户，其中贫困户428户、1200余人，通过果树的种植和经营，每年人均获得生产收益2000余元。公司始终坚持"公司+基地+农户"产业发展模式，通过与果农签订订单，使水果能够在田间地头按订单价全部收购，价格好不愁销，不压货无损耗，带动了贫困地区水果产业发展。2015年至今，天拜山饮品共收购各类野果9000余吨，仅在林西地区就收购内蒙古野果8000余吨，促进当地农业增收640万元，既有效解决了果农卖果难的问题，保证了广大果农的利益，也极大地激发了广大农民种植果树的积极性。同时，通过扩大水果采购，使果树种植走向了区域化、规模化发展的道路，形成了集中连片的发展态势。目前，果树基地主要集中在新城子镇七合堂村、海棠湖村和十二吐乡枕头沟村、下帐房村。通过与果农结成长期合作关系，推动果树种植面积得以扩大，辐射带动周边地区种植果树1.2万亩。

公司扩大生产规模后，收购野果能力进一步增强，激发了广大农民种植果树的积极性，贫困户根据自身条件和劳动能力，种植果树或将土地流转给种植大户，获得财产收益。据统计，300多户贫困户，900多名贫困人口将土地流转，每年每户平均获得财产收益6000元。

天拜山饮品成立至今，累计为周边农户提供就业岗位70多个，其中为贫困户提供岗位40个。这些贫困户就业后，月收入基本上都在2000元以上，有的甚至可以拿到3000~4000元。公司提倡就业帮扶模式，帮助贫困户增收脱贫。公司用工方面，优先录用有劳动能力的贫困人口，并特地放宽了录用条件，对贫困户进行岗前培训，提供大量的野果运输、经营、装卸、仓储等方面临时性工作岗位，使当地贫困户早日实现脱贫致富。

赤峰市天拜山饮品有限责任公司心系经济发展，惠及贫困群众，使得企业周边地区的扶贫工作开展得扎实，且富有成效，受到了政府的多次赞誉，先后获得多项殊荣。2016年9月，被赤峰市人民政府评为"信用赤峰—诚信文明号创建单位"；2016年11月，被赤峰市人民政府评为"赤峰市农牧业产业化重点龙头企业";2017年3月,被林西县人民政府评为"脱贫攻坚先进单位"。

群众的支持是企业安身立命之本,赤峰市天拜山饮品有限责任公司自成立以来,始终站在脱贫攻坚的第一线,为企业与群众之间的互惠共赢打下了坚实的基础,这无疑是最为正确的发展方向。

连日来不住脚地采访,身体有些吃不消了,见识了德青源、正邦、恒光大、天拜山、佰惠生等五大产业集团,活力旺盛,发展势头强劲,我就像个淘金者,有如注入兴奋剂。多年来,林西县始终立足发挥产业带动作用,以推动农牧业供给侧结构性改革作为脱贫攻坚的主渠道,积极谋划,多方探索,坚持"组织引领、园区带动、以企带村、以社带户、金融覆盖",突出"精准细实",推行"菜单式"扶贫。围绕龙头企业或重点项目,制定实施了"1+4+5"产业脱贫模式,让贫困户直接从生产项目建设所需初级产品获得生产性收益,贫困户以土地入股或依托土地流转获得财产性收益,有劳动能力的贫困户参与项目建设获得劳务性收益,贫困户以脱贫基金入股获得资产性收益。简言之,贫困户与企业签订订单,把初级产品卖给企业获得生产性收益,靠土地流转或入股收获地租,在产业链上打工有工资收入,政府把扶贫产业资金投给企业,依次置换成贫困户股金,每年给贫困户每人1000元产业基金分红。

从五大产业采访归来已是傍晚,途经锅撑子山时正对着西天灿灿的晚霞,当阳光把当日最后一抹余晖融进紫晶光伏电板,此时天地间被艺术化了。村庄渐趋宁静,胡须一样的炊烟飘起来,当夜幕从东方徐徐舒展过来时,各村的太阳能路灯齐刷刷地亮了,仿佛夜的眼睛,天上的街市。一天的采访密度很大,有些疲惫,倚在车座上陷入朦胧,思绪还黏糊在采访的意境里,林西县五大产业挺起脱贫攻坚的脊梁,县委、县政府从容若定,这种对目标的自信源自于科学有序的部署和脚踏实地的行动。

功夫在诗外,处处皆修行。脱贫攻坚是一个系统大工程,说起来容易,但实际干起来比较复杂,这其中牵涉的因素太多,需要把每一个工作环节和细节都调动起来,当然贫困户自身内生动力是最关键的。在采访中我能直观地感到,林西县委通过党建融合到产业融合,见效明显,这无疑是党建引领的必然结果,体现出超强的政治智慧和真抓实干的决心,而下派第一书记和扶贫工作队到前沿抓落实,把县委、县政府的战略思想和决策具体化了。"1+20"同时发功,彰显政府强大的行政执行力,无形中把民生问题提升到前所未有的高度,引起全社会的高度关注与配合,直接的效果就是各炒各的菜,凑成一桌席,真正拧成了一股劲,真扶贫,扶真贫,取得了实实在在的效果。

第九章　统部人的智慧

如果没有大量肉牛每天从这里运送到全国各地，相信很多人不会知道统部这个地方。连绵起伏的山冈怀抱着一片高地平原，从山东、河北移民过来的人们，曾经多年低调而安分地隐居在山峦的皱褶里，日出日落，日子过得一心一意，一年四季接受着北方太阳的温存和草原风的粗暴。自从开放政策之风习习吹来，如催化剂一样激活了统部，点亮了统部人的智慧。从那时起，对于统部，周边旗县乃至东北就不再陌生，这里是北方最大的活畜交易市场，市场半径年年扩大，辐射到辽宁、吉林、黑龙江、河北、山东等20多个省市，吸纳周边60多个乡镇和锡林郭勒盟商贩、农牧民前来市场交易。一个以农为主的乡镇，能把牧区的资源优势吸引过来，在一个地缘优势并不明显的地方奇迹般地集结、集散，成为一个商贾云集的活络之地，他们靠的是什么？

统部镇在林西县北，这里有林西最古老的商号，统部人骨子里就渗透着生意人的基因。早期统部叫王家大院，民国时期由常德胜将军改统领团部，现在简称统部。

出林西镇北出口，途径大营子乡一路向北，跃过两道不算高的山梁，顿觉气温凉爽起来，有如陕西秦岭南北分界线一样，统部的气温与山前相比要低两三度。由于有活畜交易的市场因素，统部汇聚了大量流动人口，成为林西县北方第一重镇。当脱贫攻坚战在全县全面铺开，统部镇率先在党建融合与商贸带动上行动起来，镇党委书记鞠东明介绍统部镇脱贫攻坚，归纳了他们的特色做法。

"统部镇有14个行政村，五个重点贫困村，2016年以前有1170户贫困户，而到目前绝大多数已经脱贫了，贫困率仅为1.3%。统部镇脱贫攻坚可归纳为三个特色：一是依托双赢农机合作社的龙头带动作用，搞大田蔬菜种植。二是在每个村都建一个幸福互助院，解决了孤寡老人老有所养问题。三是发挥北方活畜交易市场的辐射带动作用，发展肉牛养殖育肥。"

鞠东明书记的介绍仅是概要性的，顺着他的导引，我走进了统部的腹地。

十年前，不到三十岁的任宇用打工赚来的钱买拖拉机，办起了统部第一家农机合作社。他买拖拉机不是真正目的，真正意图是种植大田蔬菜。当时并没引起多少人的关注，曲高和寡，无奈之下只能靠给别人翻地播种挣俩辛苦钱而已。可人们并不知道他在暗暗蓄劲，当他开始流转土地种蔬菜时，乡亲们眼前一亮，一些户纷纷加盟。可有的农户还是不信任他，不愿流转土地，恰恰这些户的土地夹在已流转土地的中间，对他实施机械化作业规模经营形成阻碍。任宇带上酒，去这几家对饮，每次都喝得酩酊大醉。他的实诚打动了农户，就把土地流转租赁给他。如今，小伙子的合作社越做越大，注册资金达到1000万元，入股社员320户，农机具发展到152台（套），蔬菜冷棚1000多处，已经成为拉动区域经济转型的产业化龙头，先后被农业部、全国供销总社评为"全国农民专业合作社示范社"、"全国农机合作示范社"，被自治区评为"基层服务型党组织示范点"。2017年7月，合作社党组织被林西县命名为"脱贫攻坚先进党支部"，合作社掌门人任宇在这一带几乎是家喻户晓了。

烈日当头，湛蓝的天空没有一丝云彩，曝晒的阳光就更肆无忌惮了。双赢合作社总部在统部村西一座凸起的土山脚下，四方形的场区，房顶上几个工人正在加固涂着红漆的铸铁大字，"双赢联合党委，引领乡村振兴"。随行的镇党委副书记李鹏告诉我，昨天统部镇双赢联合党委成立，今天就亮出招牌，行动好迅速哦。

环顾场区，储运蔬菜的车辆进进出出，已经直白地告诉来访者，这里与"三农"走得很近。

在小会议室里，与任宇面对面交谈，由于没开空调，彼此交谈得热气腾腾，不一会儿就汗流浃背了。任宇歉意地解释，隔壁正在进行大数据设备安装，配电盘也要跟着更换，没有电，空调打不开。一个农民摇身成老板，他依然保持朴实的本色，端上来他们自己种的西瓜，多少缓解一下暑热。

双赢联合党委在统部脱贫攻坚过程中，发挥的作用不可小觑，联合党委具备综合服务、市场营销、资源配置、金融服务等引领职能，稳定形成"合作社+客商+贫困户"运行模式，提出"一口人+一亩地+一样菜=脱贫"的公式，邻近农户屡试不爽。以统部村为中心，辐射带动曹家屯、甘珠庙、水泉、五四村、吉林坝等六个村，受益匪浅。2018年双赢合作社麾下的社员户，蔬菜种植面积1.3万亩，带动贫困户种植2178亩，扶持带动376户887人，建冷棚280处，这些户不仅全部脱贫，而且一部分成了富裕户。除此之外，贫困户在合作社打工收入比较可观，平时打工每个工日80~150元，8月以后收菜旺季每个工日100~400元，2017年仅此一项发放贫困户工资196万元，平均每人3500元。

实在无法忍受在蒸笼一样的会议室听汇报，建议走走看看，在窗口大厅，随手拿起一本登记簿。

"盖彬是谁?"

在登记簿上一串受益户中随便挑出一个,任宇介绍这是一家贫困户,人还算实干,可多年来老守田园,种几亩地收入甚微,老婆有病,孩子上学,日子过得紧紧巴巴。去年跟着任宇干,种了15亩菜花,当年收入5.6万元,盖彬兴奋不已,他这辈子还从来没见过这么多钱。第二年种植了30亩,他已不满足脱贫,眼前一片阳光。双赢合作社举办贫困户脱贫示范典型,去年有7户获此殊荣的就有盖彬,奖励价值6000元的小型微耕农机具一套。2018年成立联合党委后,提出表彰种田状元,奖励5000~20000元,对所有种植户颇有诱惑力,种植的积极性愈发高涨了。

"什么条件?"

"当然以收入多为主,还要看单位面积产出,我们提倡有限面积产出最多,这是最主要的评奖标准。"

双赢合作社内在动力十足,既是附近农户共同追逐的目标,也是贫困户可以信赖的靠山。

顺着统部镇宽敞笔直的大街,来到活畜交易市场已是日头偏西,偌大的交易场地相当几个足球场,期间划出若干格子一样的单元,里面有临时牛舍,为远道而来的交易商提供客栈式服务。身穿黄色制服的清洁工尽职尽责,把粪便及时清走,硬化的场地始终保持整洁,大量的农家肥是大田蔬菜的肥料源,难怪统部的蔬菜那么畅卖。镇党委副书记李鹏说:"这些环卫工人是镇里设立的公益岗位,招聘的都是贫困户,每年有3000元的收入。"得知统部每年有20多万头牛的交易量,心里暗暗惊诧,粗略算算,交易额有二三十亿。我把目光投向远方,场地再大也难以容纳日益膨胀的交易热情。

"现在已是信息化时代,交易方式也是新常态了。"

统部镇分管副镇长介绍,镇里已建立交易微信群,在群里发布交易信息,马上就有养殖户把牛赶过来。否则,像商品一样把牛圈在这里待售,喂草喂料也是个问题。再者,市场交易少不了经纪人,全镇1500多名经纪人是活跃市场交易的最大公约数。由统部村党总支牵头,也成立了联合党委,其中一项信贷服务,凡使用政策性贷款的养牛大户必须帮扶3~5户贫困户,每交易一头牛返给贫困户红利200元。乍听有些别扭,凭什么买一头牛给毫不相干的人分利?细想这些户使用的是政策性贴息贷款,这本来是优惠贫困户的,权当是把补贴利息返给了贫困户。这些年来,以统部村为圆心,方圆二十里都是交易市场的卫星村。于是,我来到甘珠庙村。

执意要来甘珠庙村还有另一原因，甘珠尔庙是草原游牧民族的朝圣之地，清朝年间在呼伦贝尔新巴尔虎旗发现了甘珠尔经，为纪念这一藏传佛教的著名经卷，在那里修建庙宇取名甘珠尔庙，也是草原上最大的喇嘛庙。本世纪初我去呼伦贝尔出差曾去过甘珠尔庙，规模虽比不上雍和宫，但在草原上也不算小了，佛经声声，香火不断。狐疑不解的是在统部这一以汉族为主的移民部落，难道也将甘珠尔庙迁移至此？

"甘珠庙就是甘珠尔庙吗？"

"应该是吧。"

随行的甘珠庙村第一书记胡景龙回答，可他又进一步解释，甘珠庙村根本没有庙宇的痕迹，据村里的老人说很早以前的确有一小土庙，跟敖包似的，具体何时消失无人说得清。我哑然失笑，甘珠尔庙如同洛阳的白马寺一样，怎能与祈雨的土庙相提并论。对此不想做深入考究，还是回到脱贫攻坚上来。胡景龙与原单位脱钩，由宣传部办公室主任挂职到甘珠庙村担任第一书记，已整整三年。甘珠庙村有十七个自然村，常住人口1100多户，3700多人，号称是全县最大的村。

"这里房子贵一些。"

哦，这倒是一个饶有兴趣的话题。甘珠庙与统部村互为连理，相隔五里地，养牛数量比统部村都多。精明的牛贩子从统部市场买了牛并不急于出手，在甘珠庙村买了房子住下，育肥一两个月再转手卖出去，中间赚差价。随着买房人越来越多，房价也水涨船高，即便是租用，月租也在千元左右。

胡景龙说，甘珠庙村严格上讲已经没有贫困户了，有几户没脱贫的都是大病或鳏寡孤独没有劳动能力的老人，对少部分弱势的贫困户，有针对性采取帮扶措施，大病患者通过"1351"健康扶贫解决医疗费，若部分恢复劳动能力安排公益岗，做些力所能及的工作获得一定的经济收入，土地全部流转，每人每年还发放产业基金分红1000元，不足部分由社会保障兜底。当然，扶贫工作并不是只考虑贫困户，而是要面对全村，只有全村整体发展，产业做强，扶贫成果才能巩固。甘珠庙村种甜菜3000亩，种甜玉米5000亩，家家户户都养牛，秸秆粉碎加工利用，村民收入有保障。与胡景龙走村串户，暗忖这些第一书记的分量，细究起来他们做的事都是挺平常的，可他们却认认真真把平常的事做好，平凡中蕴含着不平凡，林西县退出贫困与这些平凡人释放的推力密切相关。

"多长时间没回家了？"

"两个多月，太忙，白天老百姓下地干活，我们都是晚上办公。"

下乡第一年元旦前夕，胡景龙回城到家吃完午饭就走了，有几个帮扶单位要去甘珠庙慰问贫困户。回到甘珠庙村部，一张新年贺卡放在办公桌上，字写得娟秀，写着："胡书记：感谢您对我家的照顾，没有扶贫工作队的帮助，我根本上不了大学，我一定加倍努力，不辜负你的希望，祝你元旦快乐。"胡景龙看落款是本村村民董振林的女儿寄来的，心想送走各帮扶单位，抽空去他家看看。董振林家落入贫困是从他患病开始的，胡景龙担任第一书记后，按政策报销了他的治疗费，又帮助他种甜菜、种玉米，他女儿高考取得高分，胡景龙协调教育部门，靠助学贷款让他女儿顺利走进高等学府。一张贺卡，凝聚浓浓深情。

"扶贫开发的重点应放在开发上。"

为了佐证自己的观点，他列举了两户脱贫的实例。

当他走进贫困户马彩玲家，紧锁的眉头很难舒展，这家的情况太特殊了，八口之家五个残疾，这日子还有法过吗？过去对她家也没少扶持，逢年过节送米送面，送救济款，可贫困照旧。胡景龙和扶贫工作队的干部来了，给她家送来八个猪仔，养大后卖了四口，收入8000元，剩下的母猪第二年下崽了，现在她家已有32口猪，犯愁的是她家没有猪圈，扶贫办主任赵光明当场拍板，解决1万元盖猪舍，从此她家从摇摇晃晃的贫困泥淖中走出。

另一户李胜义，被开发商骗走20万元后一蹶不振，经常到村里没事找事，好像他的贫困是政府造成的，是出了名的"上访专业户"。胡景龙说服了他，整天在上访上浪费精力不值，再说你上访的理由也站不住脚，难道让政府把骗你的钱还上不成？我要是你就不提这章了，不如想办法赚钱，从哪儿跌倒就从哪儿站起来，这才是汉子。佰惠生和双赢合作社扶贫产业链延伸到这里，多好的机会啊。胡景龙帮助他种了20亩甜菜，种12亩大田蔬菜，当年收入4.8万元，李胜义信心倍增，今年他增加了种植面积，又购买了农用四轮车，李胜义像换了一个人。胡景龙在街上见到他，故意揶揄，咋不上访了？真是哪壶不开提哪壶，李胜义忙得脚底冒烟，没工夫和取笑他的胡景龙瞎掰，猛踩油门，"突突突"屁股后面一溜黑烟。

幸福互助院是林西脱贫攻坚举措之一，很想见识一下。在村部后院两排砖瓦房，房顶覆盖紫晶光伏发电板，这些太阳能发电收入都分给互助院的老人。门窗都是钢塑的，每户按两居室的格局，门前有花草和一个小菜园，内室安装自来水和有线电视，被褥都是新的，使用家具齐全。互助院有活动室和卫生室，老人们过得安闲舒适，幸福可触可摸。随便走进一户，户主叫李玉生，71岁，患有脑梗，家有两口人，无劳动能力，2017年3月入住幸福互助院，在此之前借房住，且二人年事已高，用水用电取暖困难。入住幸福院，这些困难都不存在，每年还有3000元的光伏发电分红，加上产业基金分红和低保，两位老人晚年生活无忧。面对来访者，"感谢共产党"一连说了几遍，毋庸置疑，这是发自肺腑的。

另一家住着胡凤军，只有38岁，与鳏寡孤独不挨边儿，可他家情况特殊，他患有癫痫病，母亲患癌症，平时靠政府救济维持生活。2017年被识别为建档立卡贫困户，房子破旧，经鉴定是危房，村里研究准许他家入住幸福院，看病享受"1351"健康扶贫政策，胡凤军不犯病时可以打打零工，每年有光伏发电分红，生活没有问题了。

幸福是一个人喜悦和心理情绪的感觉。作家沙泊柳在短文《追求中的欢笑》中这样描绘幸福："不要以为让今天的人们感到幸福的东西还能满足未来人群的需求。记忆中，人们最初的幸福也许是吃饱饭，后来是吃好饭，之后是经济富足、提高生活水平、追求更美好的生活理念……"的确，每个人都有追求幸福的权利，而对于幸福，每个人都有不同的理解与诠释。这些天重点走访那些天灾病业、无依无靠的弱势群体，如果不是政府伸出援手，严格上说他们的幸福权益被剥夺或是一种无望的放弃。互助幸福院，听起来就感到亲切，在幸福院里，似乎空气中都流淌着温馨的暖流。幸福是一种感觉，是物质满足后上升到精神层次的反映，可在林西县五十多个幸福院，幸福却是有形的，随处都可以触摸到。有位老人被女儿接走，刚在女儿家住了一天就回来了，她说在女儿家闷得慌，在幸福院可以打牌，聊天，有说有笑。

离开统部镇回程路过曹家屯，这里也有幸福互助院，就在路旁。

"下去看看。"

我想比较一下，是不是所有幸福互助院也像甘珠庙一样，都洋溢着幸福。在这里，我见证了一对喜结连理的"新人"，他们是幸福互助院建院以来举办的第一个结婚典礼。新郎张金树69岁，新娘周彩云68岁，年龄相当，门当户对。

2017年4月7日上午11时许，统部镇曹家屯村互助幸福院里沸腾了。

"新郎张金树、新娘周彩云结婚典礼现在开始！"

主持人话音刚落，霎时院里鞭炮欢鸣，掌声不断。在邻里乡亲们的簇拥下，新郎张金树手挽着新娘周彩云来到院中央，已近古稀的两位"新人"，脸上一直挂着幸福的微笑。虽是过来人，可他们还从来没经历过这么新潮浪漫的仪式，新娘难免脸色绯红，有些扭捏。

去年9月，张金树和周彩云先后搬进幸福院，成为首批院民。入院不久他们发现，院里69岁的孤寡老人胡景斌生活非常艰难，患有脑血栓，行动不便，有时连饭都吃不上，更别说生炉子取暖了。互不相识的张金树和周彩云，都见不得别人受苦，俩人就分工照料起胡景斌的饮食起居,张金树负责烧炕,周彩云负责做饭、送饭,配合很默契。

在两位老人精心照顾下,胡景斌老人的病情日见好转。在一起照顾胡老汉的日子里,张金树、周彩云互相被对方的淳朴、善良所打动,久而久之,互生好感。于是,他俩决定走出世俗偏见,挽手相伴共度晚年。得知两位老人的想法后,镇村干部和院里的老人们都为他们高兴,主动做通双方儿女的思想工作,帮着他们操办婚事,于是幸福院里才有了这场温馨的夕阳婚礼。

"过去日子穷,没想过再找个老伴儿,现在生活好了,就想再成个家!"张金树老人感谢政府让他搬进了幸福院,"现在免费住着40平方米的房子,屋里还有卫生间,和城里的楼房没啥两样!"更让张金树高兴的是,政府还在每户的屋顶上安了光伏发电板,院民们每人每年都能有1600元左右的发电收入。

2016年,林西县开始探索"互助幸福院+光伏养老"的扶贫新模式。县里按着"集中居住,分户生活,统一管理,互帮互助"的方式,在贫困户集中的村子建互助幸福院,优先让鳏寡孤独、老弱病残、留守老人等困难群众入住。在具备光伏发电条件的幸福院,每户都安上装机容量为2千瓦的光伏发电板。目前,全县已经建互助幸福院52处,安置贫困人口999户1588人。

"老人今后有伴儿了,我们做儿女的也安心了!"看到两位老人喜结良缘,张金树的闺女张海芹激动得眼圈发红,"两位老人成了一个小家,可全院的30多位老人组成的又是一个大家庭,是政府建的幸福院,让老人们的晚年都换了一个新活法儿,在这里他们有住房,有收入,更有互帮互助的情义!"

如今在统部镇的14个村,每个村都有一个这样的幸福院。真如文学泰斗托尔斯泰所说:"幸福的家庭都彼此相似。"

幸福,在幸福互助院重新集结。

第十章　队长，你辛苦了

"程队长，你辛苦了。"

大营子乡各村老百姓每次见到扶贫工作队长程志刚，都主动打招呼问候。

林西县的脱贫攻坚也得到市里的鼎力支持与协助，每个乡镇都下派了一名科级以上干部，县委在抽调干部时，每村配备一个第一书记、一名扶贫工作队员，每个乡镇一个脱贫攻坚工作队，队长由市里下派干部担任，县里下派的科级领导担任常务副队长。他们在机关是局长、部长、主任，到乡镇就成了队长，与原单位业务脱钩。而他们的队员，都是组织部门抽调的精兵强将，重组的团队与当地党委、政府融合在一起，在脱贫攻坚过程中，成为一支特别能战斗的队伍，责任意识和工作热情在扎实推进中迸发。

在大营子乡，听到程志刚行军床的故事着实让人感动。程志刚是县民政局副局长，两年前派驻大营子乡担任扶贫工作队常务副队长。诚实、谦逊、干练、讲原则是同事对他的评价，在民政局领导岗位，他面对的是需要救助的弱势群体，因而他对扶贫工作并不陌生。来到大营子乡，与乡党委、政府简单交接一下就下村了。他对工作队队员们说："我们不是来坐办公室的，下乡下乡，就是要下去。"

尽管是晚春，还是偶有"倒冷"，他自驾车见村就进，有时在田间地头与农民交谈。第一天下来，他一口气跑了五个村，了解贫困户所需所盼，他的心情沉重起来，打开民情日记："今天在五一村入户走访，听到一位村民说，这么多年你是第一个在我们家待这么长时间的干部，看着他一脸的朴实我既感到快慰，又有些不是滋味，多年来在机关工作，嘴上说亲民，可实际上与民众拉开了距离。要架起干部与群众之间的连心桥，需要我们干部走到群众中间，倾听他们的心声，解决实际困难。当前脱贫攻坚工作更是这样，只有胸怀爱民之心，体察民情，关心百姓温暖，才能得到老百姓的拥护和认可，激发贫困群众内生动力，打好扶贫攻坚战。"

夜深人静，他翻来覆去睡不着，想到明天还有更远些的几个村子，他从网上买了张行军床，放在车后备箱里，逐村走访。太阳落山，赶到哪个村就在村部支起行军床休息，每天一箱油已成惯例。

"精准扶贫，首先要把贫困户情况摸精准。"

住在下伙房村，听说唐桂琴、亢秀才一家生活困难，他亲自登门看望。丈夫亢秀才患病长期卧床，并且失去劳动能力，住房破旧，摇摇欲坠，四面透风，那天恰是阴雨，外面雨已经停了，可屋里还在"淅淅沥沥下个不停"。程志刚眉头紧锁，这房子高低不能住了。转身问村干部，没列入危房改造计划吗？村干部解释，危房改造早就列了，可国家不是大包大揽，贫困户多少也该自筹一点，可他家这情况……程志刚打断了村干部的话："特事特办，这事我来想办法。"

他理解村干部的苦衷，没有村级集体经济积累，在扶贫济困上没有投入的余地，像唐桂琴这样的户，连补偿一点的能力都没有，由衷地感到扶贫攻坚的紧迫性与艰巨性。

唐桂琴身体也不好，患有心脏病多年，日子过得十分艰难。程志刚了解情况后，及时与乡里和住建局危房改造部门协调，争取了危房改造资金2万元，又亲自去给亢秀才的儿子做工作，动员他给父母的新房出了一把力，在大营子乡中心村给他们安置了新家。2017年10月，唐桂琴和亢秀才终于告别了破旧土房，砖瓦结构的新房住着安稳舒适，政府放心。搬进新居那天，唐桂琴老人潸然泪下，泣不成声，哽咽着说："我……做梦也没想到能住上这么舒适的房子，感谢程队长……"程志刚马上制止她的激动："别感谢我，要感谢就感谢党的好政策，感谢政府。"

住的问题解决了，接下来是生活问题。两个老人都有病，靠"1351"健康扶贫解决医疗费，土地流转可获得财产性收入，享受企业基金1000元，然后纳入低保。

土庙子村68岁的曹金波，老伴癌症晚期，他是家里唯一劳动力。2017年9月，地里的辣椒红了，家家户户分拣外销正忙，恰在关键时刻老伴住院了，曹金波只好扔下地里的活，老伴的生命要紧。程志刚下村走访时得知这一情况，像走进自己家大田一样，不由分说主动帮曹金波分拣辣椒，一干就是一上午。曹金波陪床回来，他家的辣椒已经分装好，老汉热泪盈盈。

东升村一对没有户口的双胞胎，跟着爷爷奶奶生活。孩子是未婚生育，母亲生下孩子就失踪了。父亲不正干，被收容教育。孩子五岁，眼瞅着到了上学年龄，没有户口无法上学。程志刚与相关部门联系，为孩子做亲子鉴定，可孩子爷爷奶奶无力承担这笔费用，他从单位申请3000元临时救助金，亲自跑有关部门，办齐了入户手续，两个孩子顺利入学前班。

"在我们看来是小事，可对贫困户却是大事，有些问题解决起来其实很简单，只要把群众的事当成自己的事, 也就是举手之劳。"

程志刚说的没错, 为民办实事首要的是真心关注, 当成自己的事。程志刚下乡回家休息, 正在吃饭窗外雷鸣电闪, "不好", 他马上想到一个行动不便的老人, 开上车冒雨疾行。老人的院子已经进水, 他把老人背了出来, 倘若他不来或晚一些, 后果不堪设想。他身先士卒自然影响到工作队, 所有驻村干部尽职尽责, 创造性地工作。尽管大营子乡距离林西镇十几公里, 驻村干部竟然两个多月没回家, 精准识别贫困户, 督促产业项目落实, 建档立卡, 白天忙一天, 晚上开会汇总, 他们难道是铁人?

前地村第一书记王海涛下乡驻村扶贫已经六年, 毫无怨言。土庙子村第一书记董磊积极为村里争取扶贫资金3万余元, 并联系建成电子示范店两处。女干部王淑芳担任东升村第一书记, 与同是女性的村党支部书记孟显荣一道, 巾帼不让须眉, 新打机电井三眼, 新增灌溉面积600亩, 土地流转2000亩, 仅此即让群众获益1000万元。

"坐在同一个板凳上, 才能知晓百姓的需要。坐在同一个炕上, 才能感知心与心的距离。"这样的感言像土地一样朴实。如今大营子乡脱贫攻坚已经通过国家、自治区、市联合验收评估, 可程志刚和他的队员们并没有停下来, 脱贫成果需要巩固, 一个又一个的"小事"还等待着他们。

第一次见到宋敏, 她正着急地在统部镇农村信用社排队, 为村里的贫困户缴纳合作医疗费用。

"今天是合作医疗缴费的最后一天了, 必须得帮忙缴上费, 这可是关乎老百姓切身利益的大事。"

今年34岁的宋敏是林西县统部镇乌兰沟门村驻村工作队员, 她的丈夫陈雷是统部镇五四村驻村工作队员, 夫妻俩共同奋战在脱贫攻坚战一线上, 即便是在同一个镇扶贫, 彼此也很少见面。林西县脱贫攻坚推进中"夫妻档"或"父子兵"的故事, 让人感动。

"自从来到乌兰沟门村后, 我就把自己当成村里的一员了, 不把村里的扶贫工作搞好, 就觉得对不起大家。"

宋敏进村后第一件大事儿, 就是和驻村工作队、村两委一起, 对全村208户496名村民进行走访调查, 掌握家庭基本情况。结合实际为贫困户制定帮扶措施, 完善帮扶每个细节, 真正做到因户施策、精准施策。

"乌兰沟门是个大村, 全村在册贫困户68户123人, 我们的任务还很重。"当问到宋敏有多久没有回家时, 宋敏轻描淡写说道: "两周左右吧, 刚来没多久, 必须得将情况摸清楚, 后面的工作才好开展。"

"两个人都下来了,孩子咋办?"

"有孩子爷爷奶奶。"

2018年,林西县开始实施金鸡扶贫带贫减贫扶贫工程,宋敏和村两委看到了时机,决定充分利用金鸡扶贫基金,在村里设置公益岗位,引导有劳动能力的贫困人口积极就业。根据实际情况和个人意愿,宋敏和村两委共在乌兰沟门村安置公益性岗位7人,每人每年都会有3000~10000元不等的工资性收入。

在近9公里外的五四村,丈夫陈雷也没闲着。五四村作为统部镇最偏远的山村之一,地偏远闭塞,基础设施薄弱,全村总人口408户1056人,其中建档立卡贫困户128户227人,是典型的贫困村。

"今天上午去5组入户走访,下午整理汇总走访资料,晚上去3组召开群众会,进一步宣传精准扶贫政策,了解群众急需解决的问题,好对症下药。"谈起扶贫工作,陈雷思路清晰,语气坚定,"村里条件差,就需要我们驻村干部多用点心、多加把劲,五四村一定会越变越好的。"

2016年12月末,海拔较高的五四村已是一片冰雪的世界。为解决五四村贫困老人的安置问题,陈雷决定在村部召开群众会。在五四村群众记忆中,自从生产队解散,很久没开这样的会了,大家你一言我一语,会议结束已是晚上十一点了。最终,经过民主评议、举手表决,决定在五四村新建幸福互助院,并配套实施光伏发电项目,用于安置孤寡、留守、贫困老人。

2017年9月,五四村幸福互助院落成,共安置贫困老人39户62人,配套安装13.8万千瓦的光伏发电板,帮助贫困老人实现年人均增收1700元。"陈队长真是头脑灵活,我们都佩服他。"五四村支部书记张瑞竖起大拇指。

今年64岁的张占合是五四村七组建档立卡贫困户,经常为些小事与村里人产生过节,也不听村干部劝解,久而久之便成了大家口中出了名的"难打交道户"。2016年8月,刚到村任驻村工作队员的陈雷了解到张占合的情况之后,一有时间就去他家走访,拉近关系,宣传政策,为他制定发展规划。

"精准扶贫,不落一人,我们不能让一个贫困群众掉队,我得把他拉上来。"陈雷说。

在陈雷和村两委的牵线搭桥下,2017年,张占合饲养了60只羊。

"现在政策好,以前是我固执不听劝,2017年光羊就卖了3万元,明年我还会扩大规模,日子会越来越好的。"张占合很开心。

在驻村工作队和村两委的共同努力下，五四村在脱贫路上越走越扎实。青储和玉米的种植面积分别达到2500亩，甜菜种植面积达到了1000多亩。同时，该村年存栏肉牛1580头，羊存栏11090只，集体经济在不断壮大。

因为驻村扶贫，夫妻俩一个月有20多天待在村里，照顾幼小孩子的责任就落到了年迈的父母肩上。在工作之余，夫妻二人还是会有满满的忧心，忧心家里刚刚上小学的儿子，忧心体弱年迈的父母无人照顾。但是，同为党员的他们，共同克服小家的困难，坚决服从党组织安排，互相支持、互相鼓励，在脱贫攻坚的路上比翼齐飞。

"昨天施工方来了，我们村6组的通村公路终于要开始施工了。"两年多时间里，夫妻二人见面的时间少之又少，偶尔抽空打电话，内容除了孩子，就是扶贫。两人经常互相探讨扶贫工作，陈雷那里移民工作做得好，宋敏就带着村两委班子去学习。宋敏这里就业扶贫做得好，陈雷就带着村里的人来考察。虽不在同一个村，但两人的目标是一致的，就是打赢脱贫攻坚战。

沿查干沐沦河西岸溯流北上，五十家子镇就在最北端的河湾处，对岸是巴林草原。在镇里，与扶贫攻坚工作队常务副队长刁作为展开话题。刁作为是林西县卫生和计划生育局副局长，我们的谈话自然避不开"1351"。

"刁队长，您认为五十家子脱贫攻坚最需攻克的是什么？"

"特殊弱势群体。这些年来，党和政府高度重视扶贫工作，实施了一系列惠民政策，为脱贫攻坚打下了坚实的基础。在2014年全县实施'三到村、三到户'项目，2015年全面推进基层党组织建设、产业结构调整、脱贫攻坚，五十家子镇绝大多数贫困户已经脱贫了，未能脱贫的多数是鳏寡孤独老弱病残没有劳动能力的特殊弱势群体，这正是脱贫攻坚的难点和重点。"

"您对'1351'健康扶贫进一步解释一下好吗？"

"'1351'健康扶贫是县委、县政府的重大决策，我们卫计部门负责具体落实与实施。脱贫攻坚工作队，负责前沿落实，与贫困户走得最近，我们所接触到的贫困户，因病致贫的占多数，县委、县政府推进的'1351'健康扶贫，让这些人受益匪浅，减轻他们生活压力，一部分人恢复了劳动能力，没有恢复劳动能力的靠政策性保障也能维持正常的生活，这项开创性的扶贫阳光政策在五十家子得到深入贯彻和积极响应。"

话题转到脱贫攻坚工作队工作层面，他说："我们从各个单位不同行业抽调的干部，来到五十家子镇与镇党委、政府一道，按照县委、县政府的统一部署，在精准扶贫工作中勤调研、理思路、谋发展，与五十家子镇党政班子领导、驻村干部一起帮助建档立卡贫困户挪穷窝、换穷业、拔穷根，使五十家子镇各村村容村貌发生了较大变化，驻村扶贫工作取得了显著成效。"

五十家子镇下辖16个行政村，其中5个是贫困重点村。全镇驻村扶贫工作队员70人，如何调动他们的积极性，统一行动，助推脱贫攻坚工作，是刁作为的第一职责。

"脱贫攻坚战，不只是一句口号，脱贫不只是一串数字，脱贫更不是一堆文字。"刁作为介绍说，"驻村第一书记和工作队员在较短的时间内已经完成'三个转变'。"

"说说看。"

"我认为下乡扶贫，首先从机关干部到基层干部的转变，乡村毕竟不同机关，老百姓不习惯说教式的那一套，有时会粗话连篇，这没什么，与他们接触，就要带些'土'味儿，这样才能与他们走得更近。其次是从机关工作到基层工作的转变，农村没有星期天，没有上下班，进屋脱了鞋上炕，把工作搞得程式化，他们不喜欢。再就是从城市生活到乡村生活的转变，不要老觉得自己是城里人，把老百姓看成是乡下人，这样不好，容易产生误解，老百姓认为你瞧不起他们。驻村工作队员来自不同的单位，工作内容不同，工作状态不同，人员层次不同，我的责任和中心任务就是把大家团结起来，思想统一起来，劲头调动起来，干劲使出来，成绩创造出来。"

"听说你对工作队提出了'六心'的要求，是这样吗？"

"其实那也不是我提出来的，是我们大家共同总结的。听真话，访实情，做到用心。宣传政策提高村民素质，做到耐心。抓组织、聚民心，做到精心。解民忧，助脱贫，做到关心。惠民生，抓落实，做到贴心。知民意，解民情，做到细心。这绝不是什么套话空话，真要做到'六心'，实际上很难的。我们真正的意图和想法是从思想上、行动上、措施上统一谋化，统一部署，统一安排，为后续脱贫攻坚工作做好了思想基础。"

县直下派的第一书记和工作队员，大部分没有基层工作经验。为了使工作队员尽快完成角色转变，尽快进入工作状态，刁作为与镇党委配合，定期组织业务培训，提高驻村干部综合素质和适应力。

"开始时有的干部蹲不住，有时晚上回城，第二天起大早赶回来。老百姓白天干活，想把他们召集到一起研究事不大可能，晚饭前后是入户调查的最好时机。所以，我们特别强化了驻村工作队员到岗情况管理，对工作队员到岗情况、下村入户情况进行抽查，对发现的问题，及时现场解决，并对不认真履行请销假手续的干部进行单独谈话。为了保证县直干部出勤率，扭转工作人员作风，我们定期召开县直队员吹风会、整改会、调试会等，作风转变了，工作质量自然就上来了。大部分县直队员工作日期间都会住在镇上，每天早饭前、晚饭后，集体出去散步，借机交流工作。别人休息了，我们下乡干部指定要交流工作，晚饭后常去的地方是镇政府前面的小河南自然村。早饭后大家短暂休息，常聚的地方是镇政府楼前的广场上国旗杆下，有时会因为一些工作上的分歧争得面红耳赤。出操小河南、"交流旗杆下"、"5+2、白+黑"成为了五十家子驻村工作队特有的工作程式。

对习作为来说，到基层任职是前所未有的尝试和挑战，扑下身子，转变观念，一切从熟悉情况和亲近百姓开始。从九连庄村到响水沟村，从东边墙到朝阳沟，习作为带领工作队员进行深入走访，详细了解情况。通过深入走访，了解了贫困户家庭人口、健康状况、住房情况、子女入学、家庭收入等基础信息，掌握了脱贫攻坚的第一手资料。为全方面掌握各村农业及产业发展实际，习作为带领全体工作队员调整工作思路和方法，从扎实掌握第一手材料入手，结合贫困户种植、养殖习惯，结合帮扶单位及涉农企业特点，一户一策，在甜菜、设施农业、经济林、中草药种植和肉牛、肉驴、生猪、禽类养殖等主导产业上大做文章，积极融入全县"5531"工程，借鉴并扩展其外延，把传统产业做强，把优势产业做特，从而打牢了稳定脱贫基础。结合"建档立卡再核查"工作，习作为与驻村工作队员和村干部逐户走访贫困户核查，并将核查工作中发现的问题及时向镇领导反馈，共同研究对策，进行立行立改。

"没想到，大冬天的，还能吃上咱们家门口的大棚蔬菜。"

张发今年69岁，是五十家子村二道湾子村人，在他的记忆中，过去一冬天就是上顿土豆，下顿酸菜，见不到新鲜蔬菜。自从打响精准脱贫攻坚战后，五十家子镇党委、政府，立足于调整产业结构，解决产业发展的瓶颈，习作为作为常务副队长，也列席镇党委会，积极献计献策，提出发展设施农业的思路。但由于地理原因，五十家镇纬度低，无霜期短，以前也有人搞过大棚，但最终都没成功，现在还有荒废的棚架子。很多人觉得没把握，不敢尝试。通过与镇主要领导多次考察，最终引进一名在林西南部乡镇搞过十几年大棚种植的辽宁客商落户五十家子二道湾子。首批建了40栋大棚，经过精心培育，当年冬天第一批蔬菜就上市了，不但打破了五十家子没有设施农业的桎梏，而且还带动了周边的贫困户就业，一个月打工就有3000元的收入。目前，二道湾子产业园一共有大棚200个，大部分已经开始种植反季节蔬菜，并且形成了规模化。在他的积极参与下，其他各村也已初步形成"一村一品"、"一户一策"的格局，形成了养驴专业村、养牛专业村、设施农业专业村、光伏专业村等，贫困户都有了自己的脱贫产业。

从五十家子驻村工作队进驻那一天，习作为就要求大家把所驻的村当做自己的家园一样，积极协调各部门为脱贫攻坚"做实事，动真情，发真力"。几年来，村里的面貌发生了巨大的变化，得益于发动各帮扶单位起到了作用。水泉沟驻村工作队几年来协调卫计局出资新建了村委会配房、厕所，维修村卫生室，更新"村村响"，并安装了太阳能路灯，对12户女孩家庭进行教育救助。太平庄驻村工作队协调交通局新修硬化1.2公里村道，协调水利局实施膜下滴灌项目580亩，新打水井2眼。西耳子工作队协调林业局安排60岁以下有劳动能力的9名贫困户为护林员，每人每年10000元工资。房身村工作队协调环保局出资20万元，为村里采购了垃圾清运设施。看着平整、干净的街巷，村民的心里通畅了，也有了积极参与的热情，村庄的面貌得到彻底改变，百姓们的反响极为强烈，感慨地说："路通了，心气就顺了；环境好了，心情就敞亮多了。"

几年的驻村帮扶，在镇党政班子、村干部、下乡工作队的共同努力下，五十家子镇脱贫成效显著。截至2017年年末，五十家子镇稳定脱贫523户1246人，新识别204户360人，系统内贫困户809户1644人，已脱贫525户1120人，未脱贫284户524人。贫困发生率为1.8%，低于国家3%的标准。在2017年9月份，全区31个国贫县互检时，五十家子响水沟村作为全县3个迎检村之一，接受了检查，最终林西县取得互检第一名的好成绩。在2017年12月，赤峰市对林西县脱贫摘帽进行初审，五十家子镇水泉沟村作为5个迎检村之一，接受了初审。2018年1月25日，自治区第三方评估组对林西县脱贫摘帽进行第三方评估，五十家子西耳子村和房身村接受了评估。2月5日，水泉沟村又幸运地接受了自治区对脱贫摘帽工作的复核。在几次大考中，五十家子的几个重点贫困村的驻村工作都经受住了检验与考核，为林西县的脱贫摘帽工作做出了自己的贡献，这得益于他们扎实的工作基础。

习作为深知，脱贫攻坚任重道远，后续还要巩固完善脱贫成果，要做的工作还有很多。他同县包扶部门及镇政府领导已经在共同思考勾画蓝图，下一步打算将扩大设施农业大棚，将休闲、旅游、度假融合在一起，发展有机肥瓜果采摘、有机蔬菜温室大棚、无公害蔬菜采摘为一体的观赏休闲农场。以文化宣传和自强理念引领村民，做到治贫先治愚、扶贫先扶智。他走家串户，开展座谈，动员鼓劲，转变部分贫困户等、靠、要的落后观念。

"现在，村民逐渐重视自身思想认识的提升，精神面貌有了一定的改善，意识到脱贫最终还需依靠自主生产、自主发展来实现。现在村干部和贫困户的劲头都很足！"

"用心干，就能干出一番事业来；认真干，就能把事情干好。服务精准扶贫，路径不能有偏差，思路要不断深化，不脱贫就不撤离。"

跟随刁作为从西边墙、房身到水泉沟，每村都有第一书记和工作队员的身影。返回时在扶贫产业园停下，园区位于五十家子镇头道湾子自然村，140处大棚在夕阳照射下光彩熠熠，崭新的房舍，硬化的街面，农家乐和文化广场。刁作为介绍，这仅是一期工程，全部建成，大棚将达到300多处，贫困户不仅借此脱贫，而且能够致富。站在新建村史馆前驻思良久，记忆是不可靠的，但可以刻录下来，今天的悦动便是明天的图腾。

新林镇七一村驻村工作队中有一位研究生队员，他叫李勇，老家在河南商丘。2013年，李勇在内蒙古科技大学毕业，获得建筑规划硕士学历。2014年，林西县通过"绿色通道"招聘一批研究生学历人才，李勇被顺利录取，分配到林西县规划局工作。2016年8月，被选为驻村工作队员。

李勇从小在河南长大，还不是很习惯内蒙古的饮食习惯。但是，自从驻村以来，他很快就习惯了农村生活，他操着略带河南口音的赤峰话，向村民们宣讲扶贫政策，遇到像父母一样年龄的就叫"大爷、大姨"，遇到岁数更大的就叫"爷爷、奶奶"，叫得村里人脸上都笑意融融的，李勇与村里百姓们打成一片，村民们也都很喜欢这个亲切、朴实的小伙子，而贫困户们对李勇更是认可。

健康扶贫政策是林西县出台的一项重要的扶贫政策，但是很多贫困户只知道这个政策能报销很多医疗费，但是具体怎么报，走什么程序，并不十分明白，特别是贫困户中有很多都是老年人，对健康扶贫"1351"政策更是一头雾水。李勇在入户时，每到一户都详细讲解健康扶贫"1351"政策，贫困户一遍听不懂，李勇就讲两遍三遍。有的贫困户需要转院，但是不知道怎么办转院手续和报销医疗费，李勇就干脆给贫困户画出转院和报销医疗费的示意图，并嘱咐贫困户如果遇到什么困难就直接给他打电话。

2017年12月的一天，李勇入户走访来到七一村五组的葛凤龙家中，葛凤龙说他刚从镇里卫生院换药返回来，看到葛凤龙很痛苦的样子，李勇与他攀谈起来。

"大叔，你什么病啊？"

"我这是外伤。2007年春天，我开着三轮车出去干活，路过一个水渠时，不小心车翻了，我被甩下车，车上水箱里滚烫的水泼在我肚子上，当时把肚子就烫烂了，从医院治疗出院后，伤口也没有完全愈合好，一直保守治疗，根本不能干重活，活动量大了伤口就很痛，还流脓水，又怕冷又怕热，每个星期都得到镇卫生院去换一次消炎药。"葛凤龙说着，解开上衣，李勇看到他的小腹缠着一圈厚厚的纱布。

看到葛大叔天天遭受着病痛的折磨，李勇心里很不是滋味。他对葛凤龙说："咱们县出台了'1351'健康扶贫政策，你这个病应该到大医院好好检查检查，彻底进行治疗，现在就这样消炎也不是办法。"

李勇详细地把"1351"政策解读了一遍。看到葛凤龙还是听不太明白，李勇就拿出笔和纸，把从县里、市里、省外就医的看病过程和报销流程都一一画了出来，把能享受到的报销受益项目全部解释清楚。

"大叔，现在政策这么好，不能放弃治疗，你才60多岁，还很年轻，只要把病治疗好，脱贫奔小康指日可待。"

葛凤龙有些激动，他含着眼泪说："唉，我也想治好，到县医院检查了好多次了，医生说现在只能保守治疗，等里面消好了炎再看。我也是在等，多少年了，就这么将就着，浑身的力气就是使不出来呀，孩子。"

回到村部后，李勇把葛凤龙的情况向村第一书记刘星宇作了汇报，刘星宇和李勇一致认为，这类烫伤的疾病应该要找一家专业的医院去看，建议葛凤龙尽快去县医院进行一次系统检查，如果县医院不能进一步治疗，就转院到赤峰二二〇医院治疗，不能继续拖延了。

春节过后，李勇和刘星宇正在村里挨家入户，在大街上碰到了葛凤龙，他高兴地拉着他们说："有希望了，有希望了，前几天去县医院做的系统检查，他们也给推荐了赤峰市的二二〇部队医院，说那里可以治疗，转院手续也办了，这两天就去市里检查去，太感谢你们了，感谢党，感谢政府，要不是你们老是支持我治疗，不停地鼓励，我都不抱什么希望了！"

葛凤龙连续去了两次赤峰二二〇医院，回到村里，他对刘星宇和李勇说："二二〇医院是部队医院，有专门治疗烫伤的科，人家给敷的药，又多缠了一层绷带，现在伤口不流脓了，不痛了，以前天天流脓带水，现在虽然还不能干体力活，但能开车了。"

春天来了，太阳晒暖了农家小院，春风吹绿了山乡。每到春暖花开的时候，镇卫生院都要到村里为老人们进行免费体检。一大早，镇卫生院的医生们就来到村卫生室，摆好桌椅，准备好医疗器械，等候老人们前来体检。村卫生室与村部在同一个大院，都要登上10多级台阶，老人们有的挂着拐杖，有的需要扶着栏杆上台阶。李勇就在台阶下担任起"专职接待员"，跑来跑去，扶完这位大爷上了台阶，又把那位奶奶送进卫生室。90岁的陈忠岐老人体检后，要自己拄着拐杖慢慢踱回家，李勇就一路扶着老人，也小步踱着，一直把老人护送到家门口。

下边墙村的贫困户韩凤珍老人和45岁的有智力障碍的儿子生活在一起,有一次她得了感冒,需要到新林镇卫生院输液,李勇就开上自己的车,把他们娘俩送到新林镇医院,还为老人买了牛奶等补品。她老伴去世多年,女儿也出嫁了,身边只有一个儿子,还得她去伺候,看到李勇像自己亲人一样照顾她,老人感动得落下了眼泪。

微信时代,每个人都有自己的朋友圈,和所有80后、90后一样,曾经杨莉也有自己的朋友圈,晒岁月静好下的清风明月,晒自己美图俊秀的青春容颜,晒城市生活的斑斓色彩,杨莉享受着社会带给这一代人的关注和善意。而这两年以来,她的微信朋友圈悄悄地发生变化,晒的更多的是山间田野里劳动的身影,村居民房前戏耍的孩童,走家串户中质朴的脸庞。自从2016年参与脱贫攻坚驻村工作后,杨莉的工作、生活,甚至她的内心世界都发生了或可见或不可见的改变。

林西县针对贫困村自然条件差、缺乏主导产业、无规划、无资金、基层组织软弱涣散等实际,在深入调研分析的基础上,充分发挥党员干部的主观能动性,组建驻村干部工作队,选派第一书记和工作队员深入包联村扎实开展扶贫帮困工作,为农村发展注入新的活力,杨莉成为其中的一员。作为队伍中的80后,刚到东风村,她是有些许不适应的,但随着时间的推移,随着工作的深入,杨莉发现了扶贫工作需要像她们这样的80后,需要朝气蓬勃的新鲜血液!

白天,杨莉跟随驻村工作队深入田间地头,查墒情、问旱情,与群众肩并肩共谋脱贫大计。傍晚,他们披着晚霞走街串巷,察民情、现亲情,与群众面对面共谋致富良方。在东风村的一方土地上,杨莉和驻村工作队员们用汗水播撒希望。而这些,照例会出现在她的朋友圈里。

张丽萍是杨莉所驻大井镇东风村的一位贫困户,丈夫早年去世,儿子在县城里成家打工,无法就近赡养老人。患有严重类风湿疾病的张丽萍也失去了劳动能力,没有经济来源。在与张丽萍的交流中,杨莉从这个孤独的老人身上感受到了她的善良和坚强。尽管生活困难,张丽萍也将家收拾得干净整洁,杨莉被老人的质朴和坚忍深深打动。张丽萍拍着杨莉的肩膀:"你这丫头,跟我儿子同岁,我孙女都三岁了,你啥时候成家啊?大娘都想给你介绍个男朋友了。"

幸福平淡的城里生活有时候真的像一个大蜜罐,而很多时候像杨莉一样的年轻人还嘟囔着嘴抱怨。与张丽萍老人的长期接触中,杨莉除了同情这位饱经风霜的老人,更多的是被感动。因此她也下定决心一定为这个老人找到能够谋生的方法。在向帮扶单位统计局汇报后,统计局针对她家情况,决定为她购买50只1斤重的小笨鸡供其饲养,还细心地为她挑选了鸡笼，为小鸡打好了疫苗。上年没有卖出去的玉米正好可以当做鸡饲料，50只小鸡在张丽萍家的院子一天一天地长大。春耕期间，杨莉等驻村干部还为她耕种了19亩水浇地，让她有了收入保障。

慢慢地与老人熟络后，杨莉发现老人最大的忧虑是儿子大学毕业后，工作一直不理想，想照顾家庭心有余而力不足，每每聊起这个话题，老人都欲言又止。杨莉鼓励其儿子报名参加公务员或者事业编制考试，并利用假期时间为其儿子辅导考试内容。2017年12月，张丽萍的儿子参加了林西县事业编制考试。最终在大家的共同努力下，他顺利考取了大井镇政府的公务员。

王芳是杨莉所驻的东风村另外一个贫困户，同为80后的王芳曾经是一个满心喜悦即将披上婚纱的女孩，在内蒙古伊利集团有着自己热爱的工作，不料一场突如其来的病痛将这一切化为泡影。2016年3月8日，王芳被确诊为肝胆管结石、胆总管结石、肾结石等多发结石，并伴有胆管炎及胆囊炎，由于梗阻，肝已经萎缩，威胁生命。多次去北京三〇一医院医治都没有治疗方案，最坏的情况只能换肝。在这种情况下，王芳无法继续工作，男朋友也跟她提出了分手。杨莉第一次见到王芳时，这个165厘米的姑娘骨瘦如柴，她告诉杨莉自己只有70斤。被男友抛弃、失去工作的王芳对生活有着太多的失望。和她见面后对她除了同情，更多的是想如何帮助她，为她做些什么，以激发她的斗志。杨莉深知王芳的绝望来自于身边人的伤害，更来自于昂贵的医药费。于是，杨莉帮助王芳注册了轻松筹，利用社会的力量为她筹得了7万多元的善款。"1351健康扶贫工程"为王芳看病就医解决了大问题，有了经济上的支撑和杨莉等人真挚的关心和鼓励，王芳脸上的"胶原蛋白"终于一点点饱满起来了……

与其他60后70后相比，作为80后的杨莉虽然农村工作经验不足，一开始对驻村工作体味到更多的是辛苦，但是现在杨莉收获到更多的是奉献后的知足，更多的时候是被那些朴实的农民感动和影响着。当她舍弃了曾经城市生活的霓虹颜色，真正感受到了那一方土地上的质朴色彩是那样的美丽，也感受到了那些农村人身上令人动容的真情和坚忍。杨莉的朋友圈也从以前的同学、同事，多了些扶贫路上志同道合的朋友，更多了这些教会她生活不易，但依然坚强乐观面对生活的可爱的人们。

辛苦了，脱贫攻坚工作队，还能说什么呢？

所有置身脱贫攻坚最前沿的驻村干部和帮扶干部，他们做着农村最需要做的事情，他们都是值得尊敬的，他们是最可爱的人，他们把足迹刻录在希望的田野上，而留给百姓的是温暖的记忆。

第十一章　一个人改变一个村

本来是想采访乡党委书记谢艳丽,可她却把话题转到基层,听她讲述西山根村"七下松山"的故事,深谙农村的嬗变,凝聚着多少人不懈的努力,听起来更像是一部影视剧的脚本,波澜壮阔,可眼前的谢艳丽到底是党委书记还是支部书记?她一直在工作的最前沿,以实干著称。

三年前认识谢艳丽时,她还是乡长,雷厉风行说干就干的历练洒脱给我留下了深刻的印象,现在是十二吐乡党委书记。本来准备在办公室采访,但不时有请示工作的人员破门而入,使得采访断断续续。

"我开车带你们去西山根转转,办公室静不下来。"

十二吐乡办公地点在林西镇区,驶出南门外,走上四车道的一级路面,车速明显快了。此行我们去拜访一位资深党支部书记,他在这个岗位上已经干了四十多年,与改革开放同龄。在村两委实行民选的今天,连续当了四十多年支书,足见老百姓给予了他足够的信任。

锅撑子山绵延横卧,拖着长长的尾巴一直延伸到公路边。拐下一级路,实际已经到西山根地界了,只是再穿过一片杨树林。

"西山根的山指的是锅撑子山吗?"

"不是,西山根的山没有名,是座土山。"

谢书记驾车技术娴熟,如今的基层干部,不会开车如同当年不会骑自行车。

"锅撑子山下是苏泗汰村,西山根村西面有一座土山,不高,光秃秃的不长树,像一顶戴旧了的毡帽。早些年西山根村穷,穷得连个山名都懒得起,祖祖辈辈守着这座无名山,日子过得平平淡淡,如今西山根富了,是十二吐乡第一村。"

说话间已经来到西山根村部,村部前偌大的广场,四周用树墙围起来,中间的不锈钢旗杆直插蓝天,国旗飘扬,格外醒目。村部身后的农舍错落有致,街面干净,家家户户院子里都栽植果树,硕果压枝,绿荫浮游,小汽车像黄牛一样卧在房前屋后。来到西山根时，与敖汉旗古鲁板蒿镇农民参观团不期而遇，村支书刘占林说，这已是第三波了。

西山根在这一带是个大村，辖六个自然村，每个村都按姓氏有一个村名，比如钱营子、焦营子、房家店，这些都是新中国成立前大地主家的姓氏，原村部所在的村是钱营子，其实是地主家有钱，老百姓穷得叮当直响。现在村部搬到房家店村南面，村前绿树成荫，视野开阔一些。

"一个人影响一个村。"谢书记说话语气坚定而自信，西山根村走到今天的地步，仰仗的正是刘占林。

刘占林高中毕业，回村担任党支部书记。当时的支部书记和村主任均已60多岁，精力和体力都跟不上节奏。公社党委书记大胆启用年轻干部，任命19岁的刘占林为村主任，后改任西山根村党支部书记，在西山根村乃至林西县也是最年轻的。那时候还是生产队体制，他还没有结婚。血气方刚，能言善辩，机灵睿智，人长得帅气。把一个嫩桃子推到掌门人的位置，人们信任他的为人，诚实直率，敢作敢为，这展示出了他的人格魅力。他思想活跃，在"一大二公"体制下就悄悄鼓动农民搞副业，即便是挣工分，也提倡多劳多得，在年终工分兑现分红时，西山根村总比别的村高出一块。他连任第二届，农村经营体制发生重大变革，西山根率先把土地分给农户。分田单干，使多年郁积的生产积极性得到集中释放，西山根村成为十二吐乡产粮大户。当然所谓的产粮"大户"是自己跟自己比，矮子里拔将军，与其他乡镇条件好的村还差着一大截。可是，在农产品价格呈现"剪刀差"的扭曲年代，分田单干解决了吃饱的问题，但靠种田难以致富的问题在农村比较普遍。

到20世纪初，西山根依然在贫困线上下徘徊。一些青壮劳力去城里打工，留守的多是妇女和老人。

"十二吐是头号国贫乡。"

刘占林清晰记得，林西县戴上国贫县的帽子，下面十几个乡镇排队，十二吐乡排在倒数第三。倒数第一的双井店乡与新林镇合并，十二吐乡便跃升为倒数第二，与新城子镇成了两个难兄难弟，长期"霸占"末尾的位置不能自拔。为什么这么穷？主要是基础条件太差了。西山根还算略微好点的，其他几个村几乎没有平坦点儿的地方，典型的穷山恶水，有的村竟然没有一亩水浇地，即便是西山根，也由于十年九旱，农业单产很低，只能勉强吃饱，但手里没钱。与官地、大井、五十家子、统部相比，简直天差地别了。西山根人的后代上大学的多，是环境所迫，他们千方百计想"逃离"西山根，考不上大学的也外出打工。县委、县政府对十二吐和新城子一直偏爱，在基础建设上倾斜，可底子太薄，追赶乏力，在扶贫工作方面一直举步维艰。

　　刘占林在这样的贫困村担任支部书记，深感责任重大，他使尽浑身解数，为西山根村争取基础建设项目，打了一些机电井，全村水浇地扩大到3000多亩。在年复一年的拼搏中他意识到，分户单干的积极性已经发挥到了极限，要想改变西山根，必须换个思路，换个干法，西山根村的发展方向需要重新定位。他引导农民种经济作物，可由于土地零散分割的局限性，产业结构调整效果并不明显。真正对他触动大的是种植2600亩倭瓜，又叫黄金瓜，那可是全村最好的水浇地。出乎意料的是那一年市场行情不好，满地的倭瓜一个都卖不出去，成了"窝心瓜"。刘占林站在地头，怔怔地望着一地的金黄色倭瓜，好像一个个随时都可能拉响的地雷，2600亩水浇地不但没有一分钱的收成，而且还要搭上种子、肥料，心疼得他哭的心都有。经过窝心般的阵痛，他真正想明白了，产业结构必须调整，而且调整幅度要大，改变传统生产方式势在必行。

　　谢书记当时是乡人大主席，在西山根包村，她对刘占林的想法鼎力支持。这些年来，她目睹了刘占林为了西山根村不遗余力，县里各部门他混得门清，大大小小的基础建设项目不知给西山根村争取了多少，他为西山根东奔西走，所做的每一件事群众都看在眼里，记在心上。从20世纪80年代到现在，他已连任十几届党支部书记，每次换届选举他都是满票。对这样一心为民的带头人，必须给予全力的支持与帮助。可是，当他提出大面积种植大棚蔬菜时，响应者寥寥无几，一部分人担心大棚投入大，且西山根没有大棚种植经验，一旦失败赔的更惨。另一部分人还没有从"窝心瓜"的失败中缓过神来，思想偏于保守，觉得种一般性作物比较把握，老守田园，多多少少还能收一些，不愿冒一年颗粒无收的风险，担心还跟种倭瓜那样，连老婆孩子都得搭进去。

　　"换脑子！"

　　他没有争辩，这些年他没少外出，见识了发达地区的农业，同样的土地在产出上有天壤之别，别人能做到的，我们为啥不能。思想决定思路，思路决定出路，此时他就剩一根筋了，无论如何也得换脑子，另辟蹊径，可这脑子又该怎么换呢？

　　作为采访者，我很愿意和刘占林交谈，他见地朴实而又不失幽默，记得杰弗里·卡恩这样说过，脑和手的距离，是全世界最大的距离。这话讲的既有哲理又逼真，我们经常会有一些可以让自己成功的想法，但却没能使想法付诸行动。

　　刘占林与班子成员开会，每次会都免不了争吵。群众对调整产业结构的担忧可以理解，因为有过失败的教训，可由于失败而裹足不前或甘于保守经营，等待西山根的将是平淡，我们当干部的首先要统一思想，观念更新，倘若用全新的视角去看待，一次的失败就会转化成雄起的动力。刘占林终于说服了班子成员，通过谢艳丽与松山区取得联系，松山区西部的几个乡镇与西山根资源类型相似,有的甚至还抵不住西山根。租了六辆大巴,拉上村里百姓浩浩荡荡开往松山区,实地考察了初头朗镇和大庙镇。不看不知道,一比吓一跳。大庙镇山坡地多,论资源条件比西山根还差,可人家在坡地建的大棚,一亩地收入3万多元,相当于西山根4亩最好水浇地的产出,看的群众都脸红了。瞧瞧人家,这才是种地的,咱们简直就是在糟蹋土地。刘占林四处撒麻,见一老汉在村头漫步,上前就问:"你咋不种大棚?"老汉不屑地回答:"我才不种呢。"刘占林心头一惊,终于见到反对者,他很想听听反对的意见。

"我一年土地流转收入3万,再去大棚里打工,年收入7万元,还种大棚干吗。"

刘占林接着问,你们这土地流转承包费是多少?

"每亩800元左右。"

刘占林的眼睛睁得比牛眼还大,西山根好地最多100多元,有的土地40元求着人家租都没人要。

"你们那儿土地承包费是多少?"人家反问。

"我们那……没你们多。"

刘占林支支吾吾,脸上火辣辣的,实在难以启齿,立即转移话题,说出来怕人家笑话。百闻不如一见,第一批参观取经的想通了,他又组织第二批,要让全村各家各户都感受一下。他特意拉上一些妇女,她们对西山根推进产业结构调整有决定性作用。表面上男主外女主内,其实多数家庭都是妇女说了算,在家庭中拥有决策权。一来二去一共组织了七次,成为西山根转折的开始。

平庸者与成功者之间的差距不在别处,就在于"心动"与"行动"的统一,光说不练不行。马云说:"大部分人是晚上想千条路,早上起来走原路,如果你想好了,就马上做。"

七下松山,群众的思想换了,在大棚蔬菜种植上空前的统一,刘占林决意趁热打铁,说干就干。那年的秋天不同以往的热闹,西山根最大的工程项目建设开始了,其情景让人联想到多年前农业学大寨时的"大会战"。为了节约成本,没用钩机,没用铲车,没雇用工程队,400处大棚全是刘占林带领群众用铁锹和本村农用机械挖出来的。第二年种植西红柿,尽管是他极力倡导的,可真的实施起来他的心却在打鼓,忐忑不安。那些天,他整天穿梭于大棚之间,像照顾孩子一样经营西红柿,有空就钻进大棚里数柿子,一个大棚平均2200棵,每棵结6个西红柿,至少1.3万个。西红柿熟了,红的让人心醉,可他却莫名其妙地忐忑起来。市场是一只无形的手,变化莫测,倘若再像倭瓜那样成了窝心柿子,那今后就没法干了。这场产业结构的大变革,攸关西山根村未来发展走向和百姓生活幸福指数的提升,好比是一场博弈,西山根再也经不起失败的打击了。战战兢兢地走进市场,出售价每斤1.7元,刘占林算了算,与松山区大庙镇还差着1元,没承想三天后每斤涨到2.8元,每个大棚收入3万多,兴奋得他差不多魔怔了,几个人凑在他家里,喝得酩酊大醉。

初战告捷,如同给刘占林注入一针兴奋剂,坚定了他大面积推广设施农业、彻底摒弃传统种植方式的决心和信心。

老百姓是看中实惠的,一次可触可摸立竿见影实打实的成功,胜过一百次口干舌燥的宣传发动,群众种植大棚蔬菜的积极性像水一样沸腾了。多数家庭都有了自己的大棚,但这样的规模还不足以提高市场占有率,以外销为主的大田蔬菜,首要的是以订单农业为前提,而要满足订单,规模经营是起码的保证。他把目光聚焦在西山上,这座默默无语的无名土山,在日升日落的岁月更迭中沉睡多年,对周围风生水起无动于衷,背负的旱坡地基本是望天收,风调雨顺收一些,遇到干旱就歇菜一年。全县党建融合工作启动,十二吐乡党委瞅准时机,乡党委书记亲自谋划组建"十二吐乡达康脱贫攻坚联合党委",刘占林担任常务副书记。联合党委整合资源,对西山周围旱作农业重新规划,谋划以大棚蔬菜为主导产业的达康扶贫产业园区,项目区除涵盖西山根村种植户外,对周边几个村贫困户实行准入政策,入驻的建档立卡贫困户在承包费上给予优惠。缺水是达康产业园不能回避的瓶颈,刘占林组织"北水南调",从苏泗汰村前的河边安装提水管道,在达康产业园南端的最高处挖一个蓄水池,然后再有序流进各个大棚。

村主任刘树清,会计温海,他们都是多年黄金搭档了,彼此配合默契。在刘树清和驻村第一书记魏思琪的引领下,我登上达康产业园制高点。阴云密布,雾霭低垂,在产业园制高点俯瞰下去,成片的大棚排列整齐,方队一样等待检阅,这人为打造的风景别具一格,仿佛一张张水墨画,脚下凸起的山包已被削平,本以为是观景台,其实是蓄水池的坝基,天池一样镶嵌在土山的半腰处。微风吹拂水面,而远端的云雾更低了,凭直觉一场雷阵雨即将到来。

"西山根村大棚蔬菜虽然起步较晚,但把松山的经验直接嫁接过来,没走弯路。"

显然刘占林对七下松山感到满意,出乎意料的是部分松山人也悄悄跟了过来。张学良两口子是最早来西山根承包大棚的,当年就收入9万元,这无疑对西山根大棚种植起到了示范作用。可一部分人还在观望,贫困户耿立伟种大棚成功后,对西山根设施农业全面铺开推动力不小。耿立伟一家三口,老婆有病,女儿上学,他这人有些内向,干一把死活计，日子过得漏洞百出。2016年村里推广大棚蔬菜，村里给他两个大棚免费种，当年收入6万元，老实巴交的耿立伟有了信心，第二年又承包了四个棚，买了农用车，话也多了，还充当起经纪人。那些还在观望的人受到刺激，说道："连耿立伟都种成这样，咱们还等啥呀。"设施农业在西山根汹涌起来。靠种大棚村民有了丰厚的回报，最低的也是人均收入万元以上。截至2018年8月，西山根已发展大棚1000多处，前景很好。一个棚脱贫，两个棚致富，在西山根已经是不争的事实。村党支部顺势开展了"讲文明、讲公德、讲孝道、比致富"为主题的"三讲一比"活动，树立了良好的村风。

"没有产业支撑的脱贫是不稳固的，靠输血不造血的脱贫是没有基础的。"这是几年来刘占林带领群众脱贫攻坚的实践总结。刘占林说："在没建成扶贫产业园之前，土地承包费每亩100元没人要，现在每亩600元争着承包。"刘占林算了几笔账，全村土地流转5000亩，仅此一项年收入300万元。产业园为村民提供了打工机会，长期雇工400人，季节性用工200人，打工收入合计600万元以上。

"只要正经干，没有不致富的。"扶贫工作队员朱清龙说。他是水利局打井队长，来西山根村脱贫攻坚，给村里打机电井4眼，旱改水农田1500亩，投资15万元实施膜下滴管，基本做到了旱涝保收。

西山根村并非以一业为主，全村养牛大户180户，一年育肥出栏两次，每次售牛收入在600万元以上，每头牛净赚1500元。养牛专业村与蔬菜专业村优势互补，形成循环经济。

西山根的崛起，对十二吐乡乃至周边地区产生带动作用，县委以西山根村党总支为中心，结合融合党建，组建了十二吐乡脱贫攻坚联合党委，书记由乡党委书记谢艳丽亲自担当，刘占林担任常务副书记。过些日子，刘占林准备带部分群众去北京参观，还得让群众换脑筋，产业升级问题提到日程上来，村里还计划建个保鲜库。而最近他之所以走不开，是因为前来参观的人络绎不绝，有时一天就接待十几波。想不到的是，曾经令他们七下松山拜师学艺的大庙镇也组团来参观，刘占林觉得不好意思，说道："这些都是从你们那儿学来的。"师傅请教学生多少有些滑稽，可松山人非常大度，说道："我们不是来学技术，而是学你这个人。"的确，许多参观的人看完后都感叹，一个人选对了，一个村就有希望。

"西山根没有贫困户了吧？"

"有啊，怎么可能没有呢？"

刘占林认为，再富裕也有弱势群体，这些人基本丧失劳动能力，年老多病或先天性的智障，只能靠政策保障，互助幸福院是很不错的扶助方式。即使2020年达小康以后，谁也不敢保证没有新的贫困户出现，扶贫将是长期性的。

如果不是事先知道，我还以为走进了休闲度假村。西山根互助幸福院建在房家店，院里白杨树参天，中间空地栽着花草和果树，还有樟子松和金叶榆，不知道的还以为是生态园。幸福院的房子也有别于普通农房，房脊颇高，正门上方三角形的门脸似乎有些欧式风格，一幢房子分两户居住，每户60平方米，门前有个菜园，有的不种菜，种了花草。

"互助幸福院占地64亩，入住50户。"院长刘大利介绍，互助幸福院内有活动室、卫生室、图书室、会议室，功能齐全，幸福院的公益岗位均由居住在这里的老人担任，划分责任区，每天保洁员清扫院子。有位八十多岁的老党员自告奋勇，担任幸福院政策讲解员，每天都搜集报纸，看电视新闻，准备教案。

深秋的一天再次来到西山根，刘占林已是林西县蔬菜商会会长。在村史馆二楼商会办公室，就商会运作及林西县蔬菜产业发展远景侃侃而谈。他今年刚好60岁，带领西山根人已经打拼了40多年，看起来他的精力依然旺盛。

"还得继续干下去呵。"

对刘占林的人生经历肃然起敬，我知道他不会停下来。

"刚套上夹板咋也得干几年，啥时干不动再说吧！"

他是位很有幽默感的人，在群众中威信很高，在支书岗位干了四十年就是最好的评价，每一次都是高票当选。他说："村级换届千万不要不把手中的那一票当回事，选对了就猛干三年，选不好非但不作为，反而会直接影响全村发展。"这话说得实在，的确有一些村平平淡淡，就是两委班子没选好。

他指着墙上的商会理事名单，全县有一定规模的合作社或种植大户都在其中，甚至还有北京最大的蔬菜交易市场的老总，国庆节后就带领商会理事去北京对接，让林西蔬菜直通车进入首都。刘占林的思维超越西山根，谋定全局。

第十二章 河沿村的"五小"

或许早先这里有河，要不咋叫河沿村呢? 可如今这一村名已经名不符实了，之所以有这样的预判，是因为在河沿村四周，的确没有发现一条河流。

林西县脱贫攻坚可谓百舸争流，各具特色。林西镇结合脱贫攻坚，开展"孝扶共助"活动有声有色，河沿村便是这项活动的缩影。

河沿村地处林西镇南郊，常住村民262户，人口2264人，实际上居住人口在6000人以上，流动人口比常住人口还多。老一辈的河沿村民记得，河沿村早期还有一个洋气十足的村名，瓦利洋行村。民国十四年建村，当时有外国人办的"瓦利洋行"在此设了一个羊毛收购点，遂以此得村名。河沿村历经百年风雨，成为依附林西镇的一个城郊村，而那个拗口的洋名也被冲刷掉了。一些做小生意的外地人不愿在城里住旅店，就到河沿村租房，时间一长这里便成了生意人的落脚地。在这些人中，代"匠"字的不少，木匠、鞋匠、豆腐匠、修车匠，剃头匠，还有些是小商小贩。

"城镇在一年一年扩大，河沿村土地自然被征占，大部分土地被划入城市整体规划后，土地流转不起来。土地越来越少是我们村最大的短板，我们不能像西山根、土庙子那样随心所欲搞种植业和养殖业，发展混合型经济是河沿村的鲜明特色。打工，是河沿村农民收入的主要来源。"支部书记徐广清年近六十，就像翻阅尘封的相册，娓娓道出河沿村的昨天，直接定位河沿村的今天和明天，城郊混合型经济要持续走下去。这两年他与驻村第一书记何丽东在脱贫攻坚工作中配合默契，结合河沿村家家都有一个大院套而利用价值低的现状，结合旅游服务搞"五小"工程，让那些不能出去打工的人有了发挥空间，尤其那些弱势的家庭得到"五小"的惠泽，基本摆脱了贫困。

"都哪'五小'呢?"

我需要详细解释，徐广清没来得及回答就被叫出去了，留下第一书记何丽东。

"五小就是小庭院、小养殖、小作坊、小买卖、小果园，看似小打小闹，可与城镇生活供应和旅游对接起来，便释放出以小见大的能量，比进城打工一年的收入都多。"

尽管何丽东普通话尽量说得有板有眼，可还是难掩西部区的语音。他是乌兰察布市四子王旗人，今年35岁，2005年大学毕业后经组织选聘到林西县，先后在县农牧业局、铁路办、民政局工作。2016年由于工作表现出色被纳入后备干部管理，选派到河沿村担任第一书记。村民们开始不习惯他的口音，经常取笑揶揄调侃他，可何丽东实在，为人厚朴，渐渐村民们都喜欢上他，亲昵地叫他"小何书记"。

顶着毛毛细雨走进林西县河沿村采访，没想到小何书记知名度几乎到了家喻户晓的地步，这不仅缘于小何书记的外地口音，更主要的是他经常和村里的贫困户较真。"不就是那个爱较真的小何书记吗？胖乎乎的脸，天天笑呵呵的，操着外地口音，可逗哩，太熟悉了，经常看见他和贫困户较真，憋得脸红脖子粗。"其实他不是较真，由于他的话有时群众听不懂，就一遍一遍地解释，是一种执着。正是他的较真，河沿村"五小"有声有色，小庭院自产的无公害蔬菜在县城很畅销，"河沿小笨鸡"成了招牌。

由林西镇党委牵头，联合不同层面、不同领域党组织35个，成立了林西镇"富园惠民"联合党委，推进"五小"工程正是联合党委重要职责之一。联合党委成立以来，协调资金78万元，帮助发展小养殖363户，小田园156户，小果园28户，小作坊3户，小买卖8户。以养鸡、养鹅、养鸭、养猪为主的"小养殖"产业，采取"合作社＋帮扶单位＋贫困户＋帮扶责任"的方式，在建档立卡贫困户中发展养鸡产业。

合作社负责为每一户建档立卡贫困户提供1斤左右大且经过6次防疫的雏鸡50只，建鸡舍一个，成本970元，帮扶单位民政局负责筹集，共筹集资金35000元，贫困户负责把雏鸡养到成鸡出栏，帮扶责任人负责帮助贫困户联系销路。到后来，河沿村的小笨鸡不用推销了，打出了名声后用户主动上门订货。按照雏鸡成活率90%，每只鸡纯收入70元计算，建档立卡贫困户均至少年增收3000元。实现了通过输血促进造血，调动贫困户内生动力，最终达到长期稳定脱贫的目标。目前，前期与贫困户的对接工作已经完成，雏鸡已发放到位，4月20日左右新一批雏鸡发放到各贫困户进行饲养，10月中旬左右即可出栏销售。

贫困户韩晓英是实施"五小"工程的受益户，也是小何书记一手扶持的，要不是较真，韩晓英指定不会发展到今天这一步，韩晓英特感激。

"给钱给物，虽能解一时之困，但终究不是长远之计，只有扶心扶志，扶能扶智，才能治懒治愚，拔掉穷根。"

他的口音的确西部腔明显，尤其夹杂着地方方言的语腔我听着也囫囵半片。

贫困户韩晓英今年40岁，从小患小儿麻痹症导致肢体二级残疾，平时只能拄着双拐走路。小何书记刚到河沿村时，韩晓英的大女儿张欣茹在林西县第一中学上高中，小女儿张欣月在林西县寄宿制小学上六年级,44岁的丈夫张文涛是家中的主要劳动力。2016年大女儿张欣茹突然患上焦虑症,多方求医不见好转,沉重的打击让一家人看不到生活的希望,一家人除了唉声叹气,没有一点儿办法。韩晓英整日以泪洗面,张文涛农活也懒得干了。

"孩子的病成了一家人的心结。"小何书记和村干部说,"把孩子的病治好,这个家庭就有希望了。"

村干部都摇头,焦虑症这个病以前听都没听过,咋治?和韩晓英一样,村干部也束手无策。

"孩子的病能治好!我来想办法。"小何书记四处打听治疗焦虑症的专家,那段时间他白天穿梭于县里的各个医院,求医问药,晚上上网查阅治疗焦虑症的相关案例。功夫不负有心人,经过多方辗转,终于让他找到了一位在县中蒙医院退休的老专家,经过3个多月的治疗,孩子现已完全康复,重新回到了校园。尽管孩子因为治病耽误了学业,未能考上普通高中,但也考上了林西县职业技术学校。当韩晓英听说孩子考入了职业技术学校时,趴在炕上号啕大哭。

宣泄过后,韩晓英最大的心结解开了,接下来要做的就是过好日子,何丽东帮助其规划生活,进一步激发了韩晓英脱贫致富的信心。但这又遇到了难题,韩晓英身体残疾,重活干不了,怎么发展产业?

"小何书记,你的一片心意我领了,让我发展产业就算了吧,现在的光景就将就着过吧!"

"全面小康,不落一人!咋能将就呢,我来想办法!"小何书记开始较真了,他一较真脸色就发红。当时,林西镇党委、政府推出了帮助贫困户发展"小田园"、"小果园"、"小养殖"、"小作坊"、"小买卖"的镇域旅游+五小工程,几乎是为河沿村量身定做的。贫困户发展养鸡产业,不仅每只鸡给予10元补助,还为鸡苗上意外保险。小何书记眼前一亮,养鸡对劳动力的要求不高,而且见效快,风险低。于是,小何书记为这个残疾家庭量身定做了精准脱贫菜单。

但韩晓英还是气馁,养鸡能挣钱吗?家里有20多只母鸡,但从没指望过它们能挣钱啊。小何书记指点韩晓英,说:"你养小笨鸡,你家养20多只太少。"何丽东的"小笨"两字发音有些特别,韩晓英懵懵懂懂,说:"小何书记,你说的养小蹦鸡?我没听懂,你慢点说。"他一本正经地重复一遍,这回听懂了,是"笨"不是"蹦"。他帮韩晓英算了一笔账:如果养1000只鸡,购买雏鸡每只需要10元钱,从雏鸡到出栏,每只鸡饲料成本30元左右。去除政府每只鸡补贴的10元钱，按照成活率90%，市场价每只鸡100元计算，共计收入63000元，除去人工费20000元，自己纯收入43000元。时下城里农家乐盛行，绿色农产品是消费者最信赖的健康食品，他笃定小笨鸡一个都剩不下。

"有那么多吗?"韩晓英将信将疑。

"这我还是保守着算的，如果在成本上再精打细算，挣得比这还多。"

韩晓英动心了，可1000只鸡不是小数目啊，没有启动资金，怎么养? 小何书记趁热打铁，帮韩晓英申请了5万元扶贫小额信贷。这回，韩晓英没有理由不干了。为保险起见，韩晓英第一批先试养了200多只，何丽东回城联系客户，走遍了较大的餐馆饭店。2017年，韩晓英饲养的小笨鸡全部卖出，靠养鸡产业增收1万多元，现在的韩晓英后悔了，要是听小何书记的养1000只，真能赚四五万。韩晓英一家信心满满，对生活充满了希望。他们计划逐年扩大规模，量力而行。她家的院里，生"鸡"勃勃。

"作为驻村第一书记，必须清楚地认识到，村民的小事就是我们的大事。如果不把一件件小事解决了，他们发展底气就不足，脱贫热情就不高。因此，我们需要从小事入手，只要我们贫困户的精气神尚在，就一定能战胜贫困。"

这是小何书记民情日记中写的一段话，小事不小，正是小何书记经常较真的原因。"当前扶贫工作复杂烦琐，目标任务艰巨繁重，要想打好打赢脱贫攻坚战，就要从这些小事入手，补齐贫困群众的精神短板，让贫困群众的脑子转起来、心里热起来、身子动起来。"小何书记说，"精准扶贫不是一蹴而就，必须脚踏实地，求真务实，用锲而不舍的精神和坚忍不拔的毅力，一个问题一个问题去解决。"朴实的语言如溪水潺潺，汇成河沿村群众心中的河。

来到林西县林西镇河沿村贫困户刘福家门口，红彤彤的"五小工程"脱贫示范户牌子格外亮眼。一进院，几棵果树枝繁叶茂，掩藏不住的果实压弯了枝头，红得诱人。墙头上摆放着一排花盆，花盆里五颜六色的花儿竞相开放，菜园和果园用篱笆墙围开，喇叭花在篱笆墙上缠绕，装点着老大爷的生活，幸福像花儿一样，透出一股股温馨。

刘大爷热情地领着我们参观他家的庭院，激动写在他的脸上，说："现在的日子真是有奔头了，我们老两口儿守着自家的院子就能增加收入了，自己一定要好好经营，不然也对不住党和国家的好政策。"

2018年3月，林西镇党委、政府在全县率先推出"镇域旅游+五小工程"，让贫困户"动起来"，变"输血"为"造血"，实现贫困户守着家门口就能有稳定的增收产业。截至目前，全镇已发展"小养殖"363户、"小田园"120处、"小果园"24处、"小作坊"3处、

"小买卖"8处。刘大爷就是"五小工程"的直接受益者。2017年8月，刘大爷因老伴儿患有心梗、脑梗等疾病，花费医疗费6万多元，造成家庭贫困。2017年11月，刘大爷老两口儿被识别为建档立卡贫困户。通过精准帮扶，先后实施了危房改造和院落改造，针对他家的实际情况，除了享受县里出台的"1351"健康扶贫政策之外，还通过采取种植小菜园、小果树和养殖小笨鸡、笨猪等多种措施实现脱贫致富。

"不能老依赖政府帮扶，必须自己努力干！"刘大爷觉得老是向政府伸手也难为情。虽然年长，重活干不动可小来小去还能做，政府推广"五小"合他心意。通过政府帮扶，他养了50只小笨鸡，院里栽上了果树，打好几个菜畦，自己又借钱买了8只羊和一头猪。年底，他家的羊又多了2只，发展到10只，小笨鸡已有2斤重，果树开花，第二年就挂果了，小葱和白菜已经能够采摘。

刘大爷忙着往料槽倒鸡食，鸡圈里的小笨鸡"咕咕咕"叫着与主人互动。刘大爷说："发展养殖业就怕患传染病，尤其是养鸡，一旦发生传染病，那损失可就大了。"不过，幸运的是刘大爷的背后不缺支持团队，驻村工作队就是刘大爷的主心骨，他们中不但有动物医学专业毕业的大学生，而且还有专门从事过养殖服务业的技术人员，他们随叫随到。工作队经常为刘大爷上门服务，定期防疫，指导刘大爷养殖，刘大爷养的鸡、羊、猪个个健壮，长势良好。

驻村干部张志杰帮着刘大爷算着今年的庭院经济账，再过2个月，小菜园里的黄瓜、柿子、香瓜都可以采摘；再过5个月，养的50只小笨鸡就能出栏，一只至少能卖80元，增加收入4000元；等到秋天，除了当年栽种的果树之外，自家原有的果树还能采摘，也能增加一部分收入；养的羊还能卖3只，增加3000元；加上政府帮扶的"三到"资金3580元、低保金4440元，一年算下来收入就能过万元。

"孝扶互助？"

听起来蛮新鲜的，可在林西镇党委书记任忠磊看来，这些年随着"空心村"越来越多，孝道意识在不断淡化，已经影响到年长留守老人的晚年生活，从某种意义上说，孝扶共助甚至比给钱给物更重要，扶贫不仅是物质上的，精神上的贫困也需要关注。

百贤孝为先，遵从孝道是中华民族的传统美德。可随着社会的演进，一部分人赡养老人的观念淡化了，"常回家看看"竟成了孤独老人热切期盼且渐行渐远的话题。林西镇在脱贫攻坚工作中，以从精神层面提升老人幸福指数为目的，把扶持贫困户与孝敬老人统一起来，规定不孝顺老人的不享受扶贫各项优惠。镇里对儿女负担老人生活费实行匹配，儿女给父母二百，镇里匹配一百，保证每位老人每月有300元的生活费。俗话说人有脸树有皮,谁愿意背个不孝的骂名?政府都出手相助,作为有赡养义务的儿女更是责无旁贷。

在十二吐乡采访与县委常委、宣传部长汪丽娜不期而遇。她说:"在农村倡导健康文明的生活方式,在乡村树立文明新风,从精神层面提振百姓脱贫致富的信心,是整个脱贫攻坚的重要部分。"采访期间发现各村都有"爱心超市",在爱心超市专柜买东西不用花钱,凭"爱心代金券"领取。

"爱心超市是县委田书记的创意。"

汪部长介绍,每年各帮扶单位和个人,为贫困户捐献了大量物资,以往直接送给贫困户,而领到救济的总觉得面子无光。县委田书记灵机一动,能不能改变一下发放方式,同样是给贫困户,要让这些捐款捐物发挥扶心扶志的作用。于是,各村对孝敬父母、家庭和睦、卫生整洁、邻里关系、勤俭持家、劳动致富等分项打分,将获得分数兑换成代金券,贫困户凭代金券去超市选购所需要的商品。于是,争先恐后多积分,多得代金券,成为百姓生活的一部分,他们感到无上的光荣与自豪,乡村文明蔚然成风。

白墙红瓦的民居掩映在绿树丛中,错落分布、整齐有致,灰套白的波浪式院墙,硬化铺装的街巷,整齐划一的绿化带,一字排开的路灯。这是林西镇河沿村的大学生村干部顾欣欣发给正在呼伦贝尔读大三的弟弟的一组照片,"你猜猜这是哪里?"

弟弟回复说:"别骗我说是我们村吧?"姐姐说:"明确告诉你就是我们村,怕你回来找不到家,先给你个提示……"

毕业于内蒙古师范大学的顾欣欣是2013年回到河沿村工作的。两年的工作经历让她感受到惠农政策在家乡渗透,她亲眼见证了家乡的变化。顾欣欣说:"别说弟弟不相信,如果不是自己亲自参与,都不敢相信家乡会有这么快这么大的变化。过去总羡慕城里人,现在觉得城里和农村没啥差别,我还真舍不得离开了呢。"因为姐弟俩经常通过电话交流家乡的变化和感受,现在连即将大学毕业的弟弟也有了考村干部服务农村的想法。

河沿村位于林西镇南部,与林西县城接壤,全村共有670户,人口2246人,主导产业是以肉羊为主的养殖业和甜菜、玉米、土豆为主的种植业。自"脱贫攻坚"工程开始以来,林西镇扬长避短,发挥镇郊优势,把实施农村"五小"工程作为统筹城乡发展、实现农民幸福指数大幅提升的重要抓手,拉近了城乡间的距离。环境好了,城乡差别缩小了,过去离开村子的人也纷纷返乡创业,经营农家乐的李阿秀几年前全家都搬进了城里,去年又回到村里租了房和本家的弟弟一起开起了农家乐。陈建新、张树芬夫妇俩是2006年移民搬迁过来的,2008年开了一个仅有几张餐桌的小餐馆。自2017年村里开始"五小"工程建设以来，他家的餐馆规模也不断扩大，已扩建到300多平方米，生意非常红火。如今，村子里像陈建新夫妇从事第三产业的已经达到了40多家。

不仅创业的回乡，连在城里生活多年的于振清老两口儿也被村子的变化吸引回村养老来了。于振清细数着村里桩桩件件的变化，归纳起来说："现在条件好了，看病买东西没啥不方便的，儿女们也放心让我们住下来了。"老两口儿在院子里养花种菜，2015年还参加村里"最美家庭"的评选，被评为第一批"美丽家庭示范户"。

花香自有蝶蜂来，今天的河沿村正向我们展开一幅诱人的乡村画卷。小康社会不仅仅是物质生活的富有，精神生活也要相得益彰，这样的生活才是和谐的，有品位的。

第十三章　西部在移民

以"垦荒"的名义从巴林右翼旗割让出来，这里便是"巴林"的西部，天南地北的移民大量涌入，给这里注入新的生活元素，即便是到了21世纪的今天，这块以移民汇聚的巴林西部，移民还在继续，这恰恰是林西县脱贫攻坚不容忽略的重要部分。一个个移民村脱胎换骨后，以新的姿态开始新的运步，构成脱贫攻坚一道独具魅力的风景。

从"穷窝"挪出来，换个地方，不失为改变生活的捷径。远在刀耕火种的洪荒年代，人类从原始森林走出，移民就从来没有停止过。《周礼·秋官·士师》："若邦凶荒，令移民通财。"《管子·七法》："不明于决塞，而欲殴众移民，犹使水逆流。" 宋王安石《还自河北应客》诗："塞水移民久，川防动众初。"时光推移到近代，闯关东便是最大的移民潮。如今，移民又赋予了新的内涵，换个地方仅是一种表象，其深层意义在于生产生活方式的变化。

易地扶贫搬迁由县扶贫办统领操盘，相关部门具体实施。赵光明主任介绍，易地扶贫搬迁主要是针对居住在深山、石山、高寒、荒漠化、地方病多发、饮水困难等生存环境差、不具备基本发展条件，以及生态环境脆弱、限制或禁止开发地区的农村建档立卡贫困人口，优先安排位于地震活跃带及受泥石流、滑坡等地质灾害威胁的建档立卡贫困人口。

"对建档立卡贫困户和同步搬迁人口进行补贴，是实打实的惠民政策之一。"

自治区已经明确，对建档立卡贫困人口人均补助建房资金2万元，其中：中央预算内资金补助0.8万元、自治区本级补助1.2万元。对同步搬迁人口，自治区本级补助标准为人均1万元。建房资金不足部分鼓励整合涉农资金打捆使用，盟市旗县可根据当地实际情况对搬迁户拆除旧房及宅基地复垦进行适当奖励，奖励标准由各地自行确定。自治区筹资按人均6万元计算，其中，对建档立卡贫困人口人均补助建房资金2万元，其余4万元在保证基础设施、公共服务建设的前提下，允许统筹资金用于发展生产。各地要结合实际情况，合理确定建设标准和补助标准，坚决防止贫困户因搬迁大量举债、因搬迁拖延脱贫进程,做到搬迁一户脱贫一户。

林西县在具体运作时,严格执行同步搬迁人口、户在人不在的人口搬迁政策,同步搬迁人口是截至2015年底在户籍所在地连续居住生活满一年以上的本村户籍人口。

"易地扶贫搬迁是一项系统工程,牵一发而动全身,要因地因人灵活掌握,同步搬迁不是硬性要求,更不是说有易地扶贫搬迁人口就必须有对应的一半人口需要同步搬迁。同步搬迁人口尽可能向山大沟深、交通不便、生存环境恶劣、住房状况差、常住户较少的村倾斜,鼓励整村搬迁。如果户在当地,但已外出多年,在居住地连续居住生活不足一年,不作为同步搬迁人口。"赵主任说得中肯,机械地执行政策,常常会适得其反。接着补充,"同步搬迁群众享受建房补贴每口人1万元。同步搬迁群众不单独建设安置区,可与建档立卡搬迁贫困户同步规划,统一安置,共用基础设施和公共服务设施。"

"新建房屋面积有规定吗?"

"有啊,不是移民户想建多大就建多大,要严格按照国家'保障基本'的原则,中央和自治区补助的建档立卡贫困户人均住房建设面积不超过25平方米。这是针对建档立卡贫困搬迁户的强制性标准,也是最高限制标准。原则上2口人家庭建筑面积控制在50平方米,3口人家庭建筑面积控制在60平方米,3口人以上家庭建筑面积控制在80平方米。年老体弱及1口人家庭可入住互助幸福院,产权归集体所有。宅基地面积原则上不超350平方米,各地可根据当地村民的生活习惯自行确定。"

易地移民搬迁,是利益关系的重新调整,相得益彰的是生产生活方式的变化,随着实践的探索和脱贫攻坚的深化,林西县创新易地搬迁,形成"易地搬迁+"五种精准扶贫模式,具体地说就是"易地搬迁+光伏","易地搬迁+设施农业","易地搬迁+产业园区","易地搬迁+畜牧养殖","易地搬迁+旅游扶贫",在围绕产业全覆盖的基础上,稳步推进易地搬迁贫困人口致富产业叠加覆盖。

金秋送爽,大田里的农作物开始微微泛黄了,而野花恰是最艳的时节,明眼人都能看得出来,这一波艳色凋谢后,便是一年的收获。

十二吐达康产业园区,1000多处日光暖棚有序排列,宛如写在大地上的诗行,折射出致富的辉光。在300多户经营者中,容纳建档立卡贫困移民搬迁户90户,是"易地搬迁+产业园区"成功模式之一,他们来自7个自然村。十二吐乡小西沟村兰国利自从儿子得了一种怪病后,他家的日子急转直下,跌入特困户的深渊不能自拔,两口子带儿子去北京、天津、沈阳看病,欠下30多万"饥荒"。医院确诊,儿子患的是进行性肌营养不良,浑身无力,只能卧床。他们回到村里,边干活边给儿子治病,偏偏祸不单行,屋漏又逢连阴雨,他家的房子被冲毁了，无奈只能借房住。脱贫攻坚开始了，也是他家转机的开始。享受"1351"健康扶贫政策，核销了大部分医疗费用，儿子享受了低保，他有一种从水底浮出水面的感觉，两口子腾出手来，聚力家庭创收。2017年他家进入扶贫产业园，免费种植一个棚，当年纯收入2.5万元。他信心倍增，今年又包了六个棚。

"能行吗？"我有些狐疑。

"没问题，按规定我们只能免费种一个棚，再多种就得付承包费了。"

走进他的大棚，第二季柿子刚刚核桃大，善捕信息的兰国利从电视里得知山东寿光受灾，敏锐的菜农预判今年柿子可能涨价，兰国利自信他家的大棚至少多收入5000元。

除了照顾卧床的儿子，兰国利的母亲和岳母也跟他们一起过，家庭负担挺重的，但两口子已经铆足了劲，加上政策的惠泽，在移民产业园区，他们加快脚步，相信明天比今天更好。

与兰国利大棚隔一幢是王华家，村里人不会忘记王华家以前的日子，有房有车，上等户的生活水平。印证了"天有不测风云，人有旦夕祸福"那句话，王华得了肾病，他家的日子有如踏上跷跷板陡然变脸，夫妇二人把车和房子卖掉，踏上边打工边治病的漂泊之路。在外打工七八年，王华的病没见好转。返回十二吐，借住在弟弟家。2017年春，脱贫攻坚政策阳光普照到这个摇摇欲坠的家庭，村干部来到他家，告知他家已被精准识别为建档立卡贫困户，王华可享受"1351"健康扶贫政策，享受了低保，可以去产业园区免费种植一个大棚。妻子晏海芬顶起家里的大梁，一年下来，大棚收入4万元，2018年收入能有5万元，两口子合计再租一个棚。十二吐乡为移民户在大棚边统一建了新房，房间窗明几净，室内整洁，女儿考上内蒙古师范大学，妻子晏海芬从厨房走出来。

"要是不摊上好政策，我们家都活不起了。"

"活不起了"，是他们当年生活陷入绝境的真实心态，如今阳光照射静籁，温馨满屋，活得有滋有味了。

随乡长王建莹来到扶贫产业园区最西端，那里有500亩食用菌暖棚兴建正酣，业主潘建刚是河北平泉人，从蘑菇之乡把产业的触角伸展到这里，将给十二吐乡扶贫产业园区增添浓墨重彩的一笔。几台钩机不停地点头挖土，暖棚的主体框架已经形成。

站在地头展开视野，北面的锅撑子山倒像一个硕大的蘑菇，开放的田野一直蔓延到嘎斯汰河边。王建莹乡长介绍，扶贫产业园让十二吐乡农民受益匪浅，尤其是贫困户更为突出。全乡采取拔萝卜方式把有劳动能力的贫困户移民到这里，基本上是当年进园当年脱贫。

"资源变资产，资金变股金，农民变股民。"

王乡长的话提振人心，这种静与动的转换已成为现代农业走向的风向标，站在高点上谋划，乡村振兴的切入点和未来愿景初见端倪。

"十二吐乡以锅撑子山为界，将规划托起这一区域产业带动的脱贫致富产业密集区，与食用菌园区隔一条路便是返乡创业园区，开发建设面积500亩，以吸纳能人为主，打造农产品高端业态，开发新品种，与3000亩蔬菜园区、500亩食用菌园区构成三个主体产业单元，开发高产紫花苜蓿1万亩，经济林5000亩，整个大产业园区立足西山根，辐射带动全乡，互促互补，高效互动，集采摘、体验、观光、农家乐于一身，打造生态农业观光田园综合体。"

借助脱贫攻坚，十二吐追赶的脚步迅疾，如今的十二吐已不能与过去戴着国贫帽时同日而语，悦动的活力将推动他们接近前列。乡长所指的返乡创业园，又是他们极富想象力和创造力的举措，吸引力和凝聚力毋庸置疑。那些走出去的农民工，不乏成功者。他们积累财富的同时，也学到了先进的技术和经验，思想更加开放开阔，致富不忘乡里，月是故乡明，返乡创业之心人皆有之，不知他们会搞出什么花样来。

太阳躲进云层，一场清雨不可避免了，我们躲进何连山的蔬菜大棚里。何连山68岁，村里人都叫他老何。老何种地是把好手，他的倔脾气也是全村闻名。他家落入贫困也是源于生病，把土地给儿子耕种后，老两口儿搬进产业园区。他家种植的大棚七分地，在产业园是最小的，去年净收入9000元，老何已很满足。年龄大体力不行了，儿子经常来帮助料理，收菜时雇工。儿子说，去年他种十几亩大田，遇上干旱，十几亩地的收成还赶不上老爸七分地的大棚。大棚虽小，但老两口儿吃的用的足够，棚外空地种着玉米、白菜和辣椒。自足的心态让老何气也顺了，脾气变得温和，跟谁说话都笑呵呵的。老两口儿发自内心地感谢党和政府，感谢扶贫政策。老伴焖一锅的甜玉米，扑鼻的香味弥漫屋里屋外，热情的老太太高低让我们尝尝他们亲手栽种的玉米，站在门前啃了一根，乡村美味真的无以形容。

贫困户郑国忠说："有的户不经营大棚，靠在大棚里打工比亲自种收入还多，有的贫困户劳动能力弱，全靠雇工，即便这样每个棚也能有万元左右的收入。"王乡长说："现在十二吐外出打工的很少了，产业园区1000多处大棚，常年用工二三百人，临时用工高峰时六七百人，日工时100~120元，谁还舍近求远？"

来到房家店村，天还阴着，偶尔落下几滴雨，似乎是一种暗示。早期这片土地姓房，新中国成立后地主的土地分给农民，房姓也从此凋零，只留下房家店的村名。走进房家店幸福互助院,十几位老人正围坐在果树下的石桌旁,插进他们中间聊了一会儿,感觉这些鳏寡孤独的老人过着退休一样的生活,我此次到这里采访的重点并非是幸福院,而是"移民+光伏模式"所取得的实效。县扶贫办专管宣传的杨晓娟介绍,为有效解决移民安置区贫困群众老龄化、无劳动能力或丧失劳动能力的这一现实问题,结合林西县平均日照时数、平均太阳能辐射量等优势,在集中安置区实施光伏发电扶贫工程,实现了自收自养。全县五十多处幸福互助院,都安装了太阳能发电光板,为入住的贫困户老人增加了一块收入,房家店幸福互助院就很有代表性。

幸福互助院共有50户居民,他们都是来自全乡65岁以上无依无靠的贫困老人,每户房顶安装紫晶电板,像是头顶礼帽,既能发电,也能起到美化装饰作用。光伏电板发电总量62.5千瓦,每年每人可获得光伏发电收入分红650元。王乡长说:"夕阳产业在农村前景广阔,与政府社保体制、健康扶贫和扶贫基金有机结合,老年人的养老问题迎刃而解。"有的老人身体好,还到幸福院外面的产业园打工,贫困户魏广林两口子住在幸福互助院,去年去一里之外的产业园打工,收入9万多元。

一张张幸福的笑脸,氤氲着和谐的惬意,没有半点儿的矫揉造作,幸福是发自内心的。王忠老人行动不便,每天老伴张淑琴推着轮椅,在院内花草绿树间的步道上来回走几遍,其他老人也跟班似的一起遛弯儿,有说有笑,脑梗让老人有话说不出,可此时无声胜有声,用眼神传递感恩。李桐老人在家时连双拐都买不起,拄着两根木棍走进幸福院,生活的好转使他精神焕发,彻底扔掉了拐棍,每天伴着夕阳与幸福院的老人一起扭秧歌。莫力沟村的魏树海,一次车祸让他由富裕户沦为特困户。搬进幸福院,他享受脱贫攻坚各项政策,身上的负荷减轻,体力也恢复了,用贷款买了皮卡,在达康产业园承包了四个大棚,对于未来他信心十足。

易地搬迁不仅仅是位置的移动,更直接的是观念的更新,生产生活方式的变化才是最根本的。在新城子镇,我看到老虎石沟移民户的养殖小区,背依九佛山,移民村第一书记恰是农牧业局技术干部,指导上方便。五十家子镇大冷山下响水沟的移民旅游村,是"易地搬迁+旅游"模式代表,七月份去采访时旅游功能还不齐全,九月初再访已经开始接待游客了,芬芳的生气告诉我,搬迁意味着脱胎换骨,世世代代身居僻壤的农民告别了过去,取而代之的是新的开始,其中蕴含着崛起的力量,新常态下的移民新村令人亢奋。

第十四章　官地的脚步

在没造访之前，原以为这里人杰地灵，官地——自是官员层出的地方，翻阅县志方知，这里曾是县衙的属地，故称官家之地。

官地确是人杰地灵，这里的人聪慧勤劳，闪亮的乡村令人刮目。"官地"名称的由来，最早可追溯到巴林放垦之初。1907年，三次报效朝廷的基础上，热河都督廷杰又以"所报效之地均在山沟，难以县治"为由，"令择宽衔平正之处，续行报效"。巴林旗扎萨克郡王第四次报效，"续行指拨地段，东至阿归他拉及查干沐沦河等处，约近三千顷，合之前几次报效之地，南至巴林桥、北至西乌旗，约长二百里；东至查干沐沦河，西抵克旗刘家营子，东西约宽五六十里，除去高山、大河、沙包不计外，可垦之地共五千顷，清廷设立林西县"。其中所指"东至查干沐沦河，西抵克旗刘家营子"就涵盖官地。林西县衙雇员勘丈量土地、勘察土地优劣等级，登记造册。有一些荒地在没人买的情况下，就是县衙的，县衙就把荒地出租，以增加收入。因为土地的主人是县衙（即官家），百姓称谓"官地"。民国时期，多数"官地"都有了地主，仅剩下查干沐沦河边这一片。于是，官地就成了这块土地的专属地名。随着时间的推移，土地的段、号名也演变成了约定俗成的村名了，比如上官地、下官地等。

这样说来，官地的存在也有百年之久了。突兀凸起的龙头山坐落在官地，与对面巴林草原隔河相望，这里以盛产水晶石闻名于世，而对岸的雅玛图山是鸡血石的产地，官地夹在两座宝山之间，占尽风水。拨开历史的烟尘，如今的官地是实施现代设施农业技术密度最大的地方，是林西县现代农业的一方重镇。

在官地镇副镇长张强的陪同下，从北面的马鞍山到南面的两棵树，走访了这片生机勃勃的土地，官地的变化写在绿色的扉页上，聆听他们在脱贫攻坚工作中坚实有力的脚步声，坚定的自信油然而生。尤其镇党委、政府主要负责人都是80后，这样的班子更具活力和开拓性，我感觉到了官地的蓬勃。

在与第一书记和扶贫工作队座谈时，有几件事让我铭记在心。县公安局驻村干部牟剑飞，每天都是清晨五点与村民一道下地，晚上睡在办公桌上，家人来看他，见他正在吃午饭，一碗米饭，一盘拌柿子，爱人的眼泪直淌。王家沟村第一书记莫晓峰，一个月吃了一整箱的方便面。地税局副局长陈焕阁，来到自己的帮扶户，脱下外套就是一顿大扫除，收拾亮亮堂堂后坐下来共商脱贫的问题。这些点滴看似小事，可对贫困户却有着催化的影响，尤其是潜伏多年顽固不化的惰性。

半砬山村距镇所在地最远，往返60多公里。今年种植的玉米和油葵长势旺盛，第一书记孙国伟介绍说："全村种植甜玉米和油葵7100亩，尽管天气干旱，可大田几乎都上了膜下滴灌，有机电井保障，对收成不会构成太大影响。"走进玉米地，仿佛听到拔节的声响，每株玉米株的腰部都抱着两穗长足个的青玉米。眼下是"烀玉米"的最佳时机，村民就把青玉米瓣下来拿到城里去卖，一穗能卖两元钱。半砬山的玉米高产，最高单产可达1800斤。五月才是最热闹的，漫山遍野的杜鹃花开了，开得姹紫，妖艳若云，每到周末城里人都来赏花，蜂拥一坡。过去村里人没当回事儿，孙国伟来半砬山驻村扶贫，将五月定为赏花节，村民把土特产摆在路旁出售。到2017年底，半砬山14个自然村，还有11户没有脱贫，贫困发生率在1.5%以内，都是无劳动能力的老弱病残户，靠政策扶持和社会保障，2018年将全部脱贫。

久闻官地镇扶贫生态产业园颇有活力，县扶贫办主任赵光明也作了重点推介。从半砬山返回途中，在一片规整的"棚户区"停下。园区道路两侧栽着树木和花草，正是盛花期，以红黄白为主色调的鲜花使园区平添生机。园区建在两棵树村，故命名"官地镇两棵树村生态扶贫产业园"，产业园以设施农业为主导产业，是对全镇开放的，其他村符合条件的贫困户都可以入驻。

"产业园建设从2016年开始，建设期5年，实际上建设期比原计划提前了，到2018年已经建设成园，并投入使用。"与张镇长边走边谈，"官地镇扶贫产业园总占地6000亩，共分为两个单元区，分两期完成，两棵树园区一期规划总面积3800余亩，距离林西县城30公里，是官地镇着力打造的集现代农业、休闲垂钓、观光采摘、餐馆娱乐、农事体验于一体的综合扶贫示范园区。"

官地镇党委、政府坚持从实际出发，把脱贫攻坚作为发展的头等大事和第一民生工程来抓，构建组织有力、目标一致、上下协调推进的脱贫攻坚工作格局。以项目为载体，贫困村为主战场，贫困户为突破口，贫困人口为精准扶贫对象，最大限度整合各级各部门帮扶资源，多管齐下，统筹抓实整村推进、农村危房改造、安居工程、易地扶贫搬迁和产业发展，分年度消减贫困人口，提升脱贫攻坚成效。两棵树村6600平方米提子大棚的建成，两棵树村、龙头山村480平方米肉鹅养殖圈舍的建成及其他各村一批脱贫攻坚项目的上马，为官地镇如期脱贫奠定了坚实的基础。

两棵树园区内穿梭着忙碌的人影，他们无暇顾及有人参观，甚至不愿多说一句话。顺着园区搭建的葡萄架长廊，我们登上高处，放眼望去，阳光下氤氲着勃勃生机的庄园，每个大棚都是财富的孕育与新生活的图腾。

很欣赏官地镇扶贫产业园区布局，两棵树村综合扶贫产业园区围绕"5531"产业发展思路，强化产业支撑，依托扶贫产业园，通过高于市场价格流转贫困户土地、优先雇佣贫困人口务工及发展订单种植等多种方式，实现贫困户稳定脱贫。园区在特色上集现代农业、休闲垂钓、观光采摘、餐馆娱乐、农事体验于一体，集中优势发展打造现代农业为主的"田园综合体"产业发展体系。扶贫方面，通过集成产业创造劳动岗位，为贫困户创造就业机会。配合农业观光，建立农乐意村民合作社，通过"入股—分红"模式，增加贫困户收入。采取"公司+龙头企业+农户"模式，公司与龙头企业相互担保，实现企业间互利共赢，降低农户种植风险，为农户生产种植装上"双保险"。现与180户农户签订了订单种植回收合同，发展形成1000亩辣椒生产基地，其中贫困户56户。通过高于市场价格流转贫困户土地、优先雇佣贫困劳动力务工等方式，带动65户贫困户实现脱贫致富。园区内成立家园种植养殖合作社，带动养殖同行、农户和社员共同发展产业致富。

"两棵树园区是官地镇脱贫攻坚的主体项目，为有劳动能力的贫困户提供了就业场所，靠产业拉动贫困户不仅能够尽快脱贫，而且能够致富。"张强副镇长参与了扶贫产业园建设的全过程，对产业园的发展走向充满信心。

官地镇按照"一村一品"的产业发展思路，重点扶持发展甜菜、甘蓝、肉牛、肉驴等种植、养殖产业项目。立足自然优势，找准发展定位，将种植产业打造成为镇级主导产业。同时，他们着力巩固提升特色种植，扩大订单农业，通过"1+N"订单发展模式，依托脱水蔬菜加工厂、佰惠生、恒光大等龙头企业，形成"合作社+企业+基地+农户"发展模式，推动主导产业提质增效。依照既定思路，官地镇初步形成禽类养殖经济带、农光互补产业区、生态旅游休闲区、农业产业园区"一带三区"产业发展格局。

马鞍山、龙头山易地搬迁和产业园区已完成一期项目模式运作，项目一期总投资1262万元。建成日光温室大棚52个，配房52处，安置房52处，以及相应水电路等基础设施。家园种植养殖合作社占地308亩，牛舍7栋，草料库4栋，饲料加工厂1处。建成300亩无公害辣椒生产基地，配套建设冷棚20个，8500平方米农产品交易区及配套设施。2018年开工建设二期项目，计划投资610万元。建设日光温室大棚24个，配房24处，800米水泥路及水电等配套设施,投资143万元建设广场一处,投资115万元在园区内建设300平方米办公用房及1000平方米库房,投资100万元对养殖花卉的大棚建设增光增温设施,投资20万元安装监控设备,投资50万元完善蔬菜基地建设。对交易市场进行硬化,打配两眼井及相应管道配电;计划投资200万元,建设2000平方米保鲜库一处。扶持家园种植养殖合作社扩建养殖规模项目,计划投资40万元建设3栋棚圈及饲料库,确保搬迁人口既能"安居"又能"乐业"。

时值中午,艳阳高照,又折回两棵树生态产业园区,随便走进一个大棚,里面的黄瓜已经挂藤了,主人准备再种一茬。

"种什么呢?"

"西红柿,春节前正好下来,反季蔬菜价钱贵。"

两棵树园区分为四个板块:第一板块农业"嘉年华",建成标准日光温室大棚103个,配房40处,并完成相应水、电、路、广场等配套设施建设,在高处平台上,建成高标准党建馆、观景台、300米观光长廊、地标景观及40亩园区绿化区。2018年投资500万元,扩大建设4000平方米农业嘉年华项目,其间有农家体验区和生态主餐厅,为完善园区管理,投资20万元在园区内安装监控设备;投资30万新建蓄水池两处;投资100万元,完善占地170亩鱼塘项目,通过这些时尚元素的装点,园区观光休闲的味道就浓了。第二板块是蔬菜种植基地、绿禾园脱水蔬菜加工厂,占地20亩,建设了1200平方米腌菜厂及相应配套设施。为提升蔬菜基地资源利用价值,投资400万元建设1500平方米保鲜库;投资50万元,建设1000平方米育苗室一处;投资50万元,在林西县绿禾园食品加工有限公司厂区内引进污水处理设施,产业园上了一个档次。第三板块是利用南山坡地,投资891万打造经济林观光区和采摘区。流转土地2500亩,对荒山进行坡改梯改造,铺设输水管道3.3万延长米,打配机电井8眼,修建作业路1.5万余米,防护林带1.1万米,栽植123苹果等苗木11万余株,绿荫含黛,花果飘香。第四板块是中药种植试验田,2018年投资150万元,种植赤芍400亩。

"官地镇生态扶贫产业园建设是一项新生事物,涉及范围广、投资大、要求高。成立大井镇生态扶贫产业园建设领导小组,镇党委书记兼任组长,抽调专业人员组织实施园区建设规划,办理园区的开发、建设、管理、协调、服务与资本运作等事宜,正确运用各项优惠政策招商引资。园区实行'政府引导、科技引领、项目带动、企业经营'的运行机制。以带动贫困户,发展当地经济,增加就业岗位为目标,通过农民出土地,业主出资金,专业合作社管理,收益共享。"听着张强说话,我想起狄更斯的一句名言:世界上能为别人减轻负担的，都不是庸庸碌碌之徒。党和政府的扶贫政策惠风和畅，受到泽惠的贫困户自然触摸到了幸福。

"健全土地使用流转机制，稳定园区发展基础。"官地镇根据园区发展实际和农业产业化经营的要求，按照"明确所有权，稳定承包权，搞活使用权，搞活经营权"的原则，合理利用土地资源，在土地征用和流转过程中给园区以最大的优惠政策。在资金扶持方面，金融部门对园区企业，在信贷上给予重点倾斜。申请无偿资金和贷款贴息支持。大力开展人才引进，积极引进县内外专家学者到园区进行新技术、新产品的试验、示范工作，园区也可向其提供必要的试验用地，支持技术资金入股，开展学术交流和推广农业科技项目。

我有些目不暇接了。

官地这块百年前"放垦"曾经无人问津的官属之地，如今成了人们向往之地，官地人的脚步坚实，该为产业扶贫点赞。按照镇党委、政府的规划，园区相关产业项目建成后，将有利于农业科技的应用与推广，可提高农民科学种植水平。同时，园区建成后可以带动区域内农业产业的快速发展，带动运输、旅游、餐饮、服务业同频共振，拉动消费，提高园区农业市场化、农产品商品化程度，加快工业化、城镇化和全面建成小康社会进程。

离开园区我们走上林荫道，与产业园遥相呼应的是农乐意合作社，地处查干沐沦河岸不远处。说来有趣，早年这里是林木稀少的地方，要不咋叫两棵树呢？无形中与林稀（西）的谐音相符。历史总是在随波逐流中推陈出新，眼前的两棵树已经被绿色覆盖了，农乐意合作社就掩映在绿色葱茏中。在脱贫攻坚进程中，"农乐意"发挥的作用不小。

2014年，两棵树村按照"村党总支+合作社党支部+产业党小组+能人党员"的"1+3"党组织设置模式，由村党总支牵头，采取土地与现金入股形式，组建农乐意合作社。其中，村集体以2800亩集体土地入股，109户村民以99万元（每股5000元，共198股）现金入股。合作社收益扣除生产成本后，按村集体10%、入社成员72%、预留发展基金18%的比例进行分红。2016年，合作社收益35万元，入社成员每股分红1250元。

学会了走步，接下来就是速跑了。合作社引进林西县绿禾园食品加工有限公司，投资1200万元，建设脱水蔬菜加工项目，占地40亩，建成厂房6000平方米，年加工蔬菜2万吨。蔬菜就地加工，仅运输成本一项，每亩节约200元，形成"合作社+基地+龙头企业+农户"发展模式。依此为依托，合作社重点发展大田蔬菜、经济林和特色养殖等主导产业，建成大田蔬菜基地2200亩、高标准经济林100亩、联体冷棚6400平方米，养殖肉羊2000只、大鹅5000只。合作社按照与贫困户优先签订订单合同、优先签订用工协议的"两优先"原则，带动贫困户发展产业，让贫困户获得四方面收益：一是通过订单种植获得生产性收益，43户、106人建档立卡贫困户种植蔬菜379亩，年人均收入2860元。合作社滚动发展，附近的农民通过务工获得劳务性收益。合作社雇用建档立卡贫困户9户、11人，年人均收入1.5万元，龙头企业雇用建档立卡贫困户45户、58人，年人均收入1万元。合作社刺激了土地流转，农民从中获得财产性收益颇丰。2017年建档立卡贫困人口29户、62人，流转土地125亩，年人均收入800元。当然，最大的效益是群众直接参与，通过资金入股获得资产性收益。政府将100万元"三到"项目资金入股合作社，受益建档立卡贫困人口172户、401人，年人均增收500元。

这一连串的数字弄得我手忙脚乱，习惯于写故事的人，对这些规范化的材料不知如何组装。掩卷沉思，这些数字本身就是故事，它们就像一双双会说话的眼睛，灵光闪动。

农乐意合作社是一个专业经济合作组织，但它更像一个人，一个驾驶技术娴熟的人。几年来，农乐意在探索和实践中日臻成熟，成为引领区域脱贫攻坚的优势产业。驻村第一书记高伟带我们来到合作社，电话打给董事长，田野中出现一个黑点，渐行渐大，董事长急匆匆从田野里赶回，他一如农民一样朴实，在合作社展览室，他像沙盘推演一样展示了合作社的运行机制。精准地对位市场，源于市场调查和分析，收集整理各类市场行情及相关行业政策、信息，根据市场调研分析研判，确定种植计划及指导销售价格。合作社是市场经济的产物，在信息化时代，信息无疑是企业安身立命之本。农乐意建立企业信息对接机制，有人专门负责信息收集、分析、研判，帮助企业准确掌握运行态势，根据产业发展优势和市场需求，制定出市场营销策略。根据市场供求信息，及时调整产业结构，加强基础设施建设，协调谋划产业发展布局、思路，进行资源优化整合。技术培训指导使他们紧紧跟随市场变化的脚步，始终强化专业技术交流，开展生产技术服务指导，组织新品种、新技术、新机械、新设备的示范推广及各种培训活动等，农乐意负责人对此感慨良多。"认真做好信息采集、上报、病虫害监测预报、综合防治、防灾、抗灾工作，协助做好农机生产、管理、服务工作，是全面完成常规性和临时性的农业技术推广及其他相关工作任务的关键。"随后张镇长说，"金融保障支撑对初具规模的合作社企业是必不可少的，为产业发展提供资金及保险政策支持，为农户发展产业提供相关金融服务，助力产业发展。不断探索金融服务新模式，拓展金融服务空间，推动村级集体经济发展及乡村治理，做好金融纽带作用，在改善农村基础设施、提升农民综合素质、发展农业特色产业等方面给予项目、资金等支持，帮助基层群众破解资金难题，打造致富'联合体'，延伸致富产业链条，多维度、多渠道帮助群众发展产业，加强风险管控，健全金融服务制度体系。"

目前，两棵树村依托农乐意合作社、500亩设施农业扶贫产业园区、2500亩经济林扶贫产业园区，逐步发展集休闲、观光、垂钓、采摘于一体的"田园综合体"基本成型，为培育打造脱贫产业集群提供了有力支撑。与此同时，两棵树村容村貌也明显改观。

我试图找到"两棵树"的原始标记，放眼四望，郁郁苍苍的绿林把历史痕迹淹没了，走在舒坦清凉的林间路上，看不到路的尽头。

两棵树村位于查干沐沦河西岸，龙二线、庙大线在这里汇集，属交通"要塞"。但在几年前，交通"要塞"却徒有其名。两棵树村共412户、1960口人，曾经最让两棵树人愁苦的就是路。夏季一下雨，村里的人出不去，外面的人进不来。家家户户都备有水鞋，要出门，脚上穿着水鞋，手上拎着到外面要穿的鞋，看着就滑稽。就连官地镇政府，都要为到两棵树村下乡工作的人员准备水鞋。一条条村路，坑连着坑，洼连着洼，春天往地里送粪，秋天往家里拉庄稼是两棵树人最难的事了，动不动就陷在泥淖里。那年有一户人家用马车往家里拉庄稼，车误在了土坑里出不来，赶车人扬鞭打马，马一使劲，一头栽在坑里死了……

2015年，结合美丽乡村建设，全村大动干戈修路，填坑垫基，砌墙修路，10公里的路面硬化，让两棵树人告别坑洼泥泞，平坦的村路，为脱贫攻坚打下坚实的基础。

路是纽带，是桥梁。2015年，林西县绿禾园食品加工有限公司沿着村路走进两棵树。从此，两棵树村依托合作社及蔬菜产业，真正实现了"公司+合作社+农户"有机结合的目标。绿禾园食品加工有限公司在两棵树村投资1200万元，新建一条蔬菜加工生产线，目前已经完成6000平方米厂房主体工程，投产后日加工蔬菜200吨，年加工蔬菜2万吨，吸纳就业劳动力150多人。这个项目建成后，不但覆盖两棵树村农乐意合作社2800亩蔬菜基地，还可以带动当地及周边的蔬菜种植户，提高菜农的经济效益，每亩地可增收300~500元。近两年，两棵树村抓住产业扶贫有利时机，延伸产业链条，提高产业收益。两棵树村党支部一班人共同谋划两棵树村未来蓝图，两棵树村的土地属二阴地，水含量大，每年都从地里排出大量碱水，他们在下游挖了200亩鱼塘，利用2800亩地排出的水养鱼，现已投入鱼苗23万尾。将脱水甘蓝的废渣再次利用，建设棚圈6000平方米，养殖肉羊4000只，养殖大鹅1万只。

结束两棵树村的采访，我们沿平坦的村路折返。宽阔的水泥路两旁，是2017年新栽的松树，风中摆动的一排排幼树，如同一群群乖巧幼稚的孩子，向来往行人嬉笑摆手。听这里人说，这里曾经光秃秃的，荒芜一片，清太宗皇太极之第五女淑惠公主下嫁时，带来了树种,树种遍植查干沐沦河两岸。从此,这里树木成林、绿染山川,其中两棵查干沐沦河岸的古树相携相伴长到今天,两棵树村就是从那时叫响的。历史已经作古,膨胀的绿色淹没了过去,已经无法找到两棵树的源头。在水泥路与柏油路交叉处,两棵树的村名镌刻在黑色的大理石上,我们试图找到两棵树的遗存,可没有一个人说得清,日新月异的农村掩盖了朴素的乡愁,来时的路很难找到怀旧的入口了。走上国道,公路上掠过几个骑自行车的身影,他们排成一队互相追逐,曾经的代步工具变成健身娱乐的器械,看不懂的乡村有又加快了步幅,幸福指数陡生。

官地人,永远在路上。

第十五章　追梦的人

　　乌兰沟在方圆十里八乡名声如此响亮，与一个持之以恒追梦的人息息相关。他历经坎坷，凭借的是意志力的顽强和永不放弃的执着，一直在黑夜中行走，在人生和事业的路上蹒跚了，终于走出一片天地，开辟出属于他的阳光地带。梦已经醒了，可他又续上另一个梦。

　　之所以称他为追梦的人，是他双目失明后在黑魆魆的意境中展开事业的触角，他用超常的智慧复原着他曾经度过的光明岁月，最后一次见到蓝天白云已是十几年前的事了。他自己看不到太阳，可他每时每刻都给别人送去阳光般的温暖，尽管他借助拄拐行走方能找到人生的平衡，可他总是让别人走得更稳。他迈步坚实，脚底下的路越走越宽，用坚忍不拔的坚守划出人生最优美的一道彩虹。

　　"他本来是我们该扶持的对象，可他反过来一直在扶持别人。"赵光明主任特别推荐了他。

　　郑国春，我记住了这个名字。

　　昨晚下了一夜的雨，此时还是阴沉沉的，雨后的树木翠绿清新，与稀薄的云雾纠缠在一起，村庄、田野、树木好像还没从懒梦中醒来。追梦的人，竟是一种诗意般的放任，也是一种休闲享受，可对于我的采访对象，却是一种艰苦的旅程。在一级路面行驶十几分钟，左转向钻进一片绿霭覆盖的丘陵，水泥路羊肠一样，前面就是乌兰沟了。

　　乌兰是蒙古语，汉译红色。早年这里欧李树漫山遍野，黄豆粒大的欧李果红得晶莹，云霞一样染透一川沟谷，乌兰沟由此得名。如今红红的欧李树已经谢顶了，稀稀拉拉散布在七沟八壑的沟谷或沟帮上，已无力撑起昔日壮目的妖艳景观，留下这个空有的村名，提醒人们不要忘记过去。

　　如今的农村已不能与过去土房土墙土路"三土"同日而语，水泥路把各村串联在一起，住房和院落也被重新格式化，临街的乳白色院墙，写着"乌兰沟"杂粮杂豆的广告，向导一样指引我们前行。不知拐了多少道弯儿，穿越狭长的乌兰沟村，赫然出现一片白墙蓝顶的厂区，这便是我要拜访的地方。厂区内人影匆匆，"绿然农产品加工合作社"已经开始了新一天的忙碌。

"郑总"，与他握手的那一刻，感觉他和常人一样，甚至觉得他的手比我还有力，他那双看不见阳光的眼睛被挡在墨镜后面。衣着整洁，头发梳理得一丝不苟，脸上凝结着难以察觉的坚毅和自信，举手投足颇有老板的风度。不时有电话打进来，与他联系生意的人很多。

"我的眼睛虽然看不见，可我的心是敞亮的，靠党的好政策，生意比视力好时做得还好，人要懂得感恩，回报社会。"

坐在理事长办公室，他的脸上洒满阳光。他爱人在前面引路，他熟门熟路轻松自然走进会议室，准确无误坐在属于他的老板椅上，他爱人给客人倒杯茶。从办公室到会议室，十几步的距离，却记载着他追梦的人生。

"你们谈吧，我正忙着！"他爱人说完急急忙忙出去了。她正组织工人装车，早上郑国春告诉她，一外地客户要的一批小米和荞麦面需要上午发货。

郑国春，今年45岁，是十二吐乡乌兰沟村三组的一位普通农民，他经营的绿色农产品建工合作社在这一带名气不小，"乌兰沟"牌杂粮杂豆深得县内外消费者的信赖，由此很多人知道了乌兰沟。

他天资聪颖，小时候顽皮好动。1998年，高中毕业回乡务农，干了几年农活后接手父亲开办的全村唯一一家米面加工厂，说是加工厂其实就是个小作坊，那年他二十四岁。生意还不错，从早开门到晚上夜幕徐徐，加工米面的排着队一个接着一个，中午妻子把饭送过来。那时他血气方刚，精力充沛，根本就不知道累。与同村姑娘王海荣结婚，尽管加工厂忙得连轴转，始终他一个人扛着，基本不让妻子插手，妻子落得清闲自在，一日三餐，哺育孩子，日子过得有张有弛，无忧无虑，腰包渐渐鼓了起来。好日子延续到2002年，厄运从天而降。那时他已不满足米面加工，变给别人加工为给自己加工，到农贸市场或直接到农村收购杂粮杂豆，加工好打包卖出去，这样赚的钱又多出一块。他天生就长着生意人的脑袋，人长得帅气，说话带着一股阳刚的磁性，好交好为，为人正直爽快，很多人愿意和他做生意，看中的是他的诚实守信。开始时自己亲自出马，经常走出去联络客户，扩大销售，趟开路子后他在家坐等客户上门，在家门口收购。渐渐打出名号，销售半径已不局限于林西、林东、经棚、乌丹、东乌旗、西乌旗都有他的固定客户。秋末冬初，天气有些冷了，把加工好的农产品装满一卡车，亲自送货到西乌旗，返回途中与一辆逆行货车迎面相撞，他失去了知觉，送到医院时血压都没了。悲催的是车祸肇事者逃逸，交警全力侦破无果而终。妻子王海荣闻讯如五雷轰顶，赶到医院时丈夫还在手术室抢救。

"那时我大脑一片空白，像天塌下来一样。"

王海荣回想起那几天不堪回首的日子，整天以泪洗面，而丈夫并没脱离危险，在生死线上飘摇。总算抢救过来了，可右腿重度残疾，双目失明。躺在病床上，郑国春忍受难以想象的煎熬。一条腿残疾他不在乎，可双眼失明他无法忍受，想到生命的余程将在黑暗中度过，看不到阳光，看不到爱人和孩子，他几乎绝望了，想到了轻生。他不知道是白天和黑夜，泪水浸湿了枕巾。可恨的肇事者逃之夭夭，一切治疗费用全由自己承担。为了治病，花光了家里所有积蓄，还欠下10多万元外债，家境一落千丈。

所幸的是他有一位通情达理不离不弃的妻子。在这个家面临灭顶之灾摇摇欲坠时，王海荣站了起来。扶着丈夫走进熟悉的家门，寂寥下来的院落他是看不见了，只能听，曾经生机勃勃的厂房，空荡荡的让人发怵。王海荣抱住郑国春的头泪雨滂沱，谁能想到这飞来的横祸竟使一个好端端的家，败落成这个样子。一阵淋漓尽致的发泄后，王海荣将眼泪擦干，重新把头扬了起来。

"这个家散不了，有我呢。"

"可是……你一个女人家。"

郑国春不是不相信他的妻子，这些年她过惯了养尊处优的生活，倏然把这么重的担子压在她的肩上，俨如泰山压顶，他有些于心不忍，这个五尺高的汉子第一次感到无助，眼泪肆无忌惮地流淌。

"放心吧，只要你活着就行。我没那么娇惯，你能做的我也能做，厂子很快就会转起来的，你就站在我的身后，我就是你的眼睛。"

爱情的力量无法计量，王海荣让郑国春重新鼓起活下去的勇气，点燃了他二次创业的希望。向来坚强的农村汉子暗下决心，生活还要继续，厂子不但要做下去，还要做大做强。几天后，沉寂几个月的绿然农产品加工厂重新焕发生气，机器的轰鸣带动流动生产线，似乎整个乌兰沟都听到了。村民们怎么也想不到，这个从死亡线上侥幸逃生的郑国春，还能把厂子转起来。准备去外地打工的员工又回来了，一个也没少，不同的是站在车间指挥的由郑国春换成了王海荣。郑国春退居幕后依然气定神闲，拄着拐杖在厂区来回行走，不时与老婆交流，企业运转的每一道工序、每一个管理细节都凝聚着他的影子，他俨如指挥若定的将军。

妻子压根就没把他当成残疾人，遇事和他请教商量，依然是她的靠山和最信赖的丈夫。夫妻间配合默契，爱得更紧密了。2004年，他们的爱情再一次结晶，儿子的降生让这对患难夫妻喜不自禁,这让那些曾经预言老婆会离他而去的人大跌眼镜。可惜他看不见儿子的模样,妻子说,和你长得一模一样,将来让他接班。历经磨难,灼见真情,这个濒临倒塌的家庭振作起来再出发后,迸发出的能量令人惊诧,他们竟然越挫越勇,越挫越强,从此欢声笑语不断,充满爱的温馨。几年后不仅还清全部欠款,而且有了比原先更多的资本积累,成为乌兰沟屈指可数的富裕户。

"你有胳膊有腿还受穷,看看人家郑国春。"村里妇女常常用郑国春揶揄自己的丈夫,郑国春也一度成了激励村里人的活教材。

他看不见外面世界的精彩,可他确有超乎寻常的想象视野,凭借敏锐的嗅觉和听力,对农业产业化的发展走向有了最基本的预判。在他的思维空间里,一个开拓性的企业扩张计划日臻成熟。他想到养育他的这片土地,想到在他危难时给予他支持和关爱的父老乡亲,他决定走合作共赢的路子,共享创业成果。在企业员工中,尽可能多地招收贫困户子女。2010年,他站在新的事业节点上,在县乡两级政府的大力支持和惠农政策的普照下,他用人品和信誉担保,多方筹措资金,创建了"绿然农产品加工合作社",主要经营杂粮杂豆、荞麦面、黄米、莜面等产品。合作社吸纳乌兰沟村民入股,有150人主动加盟。在合作社创立暨第一次社员大会上,郑国春毫无争议地当选合作社理事长。人们信任他就像信任自己一样,他的诚实有口皆碑。

合作社成立仅是事业拓展的第一步,产加销一条龙才是他设想的全部。十二吐乡盛产的粗粮口感甚好,且不用化肥农药,自带纯天然无污染的绿色标签,合作社有计划发展自己的种植基地,种植杂粮杂豆8000亩。合作社采取"订单式"生产经营模式,主导产业立足杂粮杂豆加工,建成4条生产线。为保证产品品质,郑国春严格控制好各生产环节,力求货真价实,诚实守信,生产中采取统一选种、统一技术指导、统一收购、统一包装、统一品牌的"五统一"模式,对合作社社员的农产品按照高于市场价5%的价格收购,带动和影响了乌兰沟及周边1000多户。2017年,合作社年加工生产量达到5000吨,总销售额达1200万元,年纯利润50余万元,产品远销呼市、包头、锡林郭勒盟、霍林河及吉林等地。

郑国春的成功让那些身体健康而碌碌无为的人感到汗颜,也出乎多数人的意料。现在看来起初人们对他未来的人生出现两种误判:有的人断言他将是一个废人,依靠别人的扶助生活。另一种人认为,即便是活下来,也无力支撑那个家,最起码的道理明摆着,小打小闹还勉强,这么大的摊子,好胳膊好腿的正常人都很难驾驭,他一个看不见走不稳的……别做梦了,村里人笃定他们的日子会很落魄,甚至对他老婆能和他过多久都产生怀疑。

时间会证明一切，那些持怀疑态度的人，低估了在被逼无奈状态下迸发出的潜能。前不久在乌兰察布参加一次文学笔会，聆听一位资深老作家讲座时让我深切感悟，他说："当生命被逼到绝境时，朽木也能开花。"可想而知，郑国春当时正是生命和事业被逼到死角才作出那样的选择，对此不能用正常人的行为标准去评判他，或者你认为神奇都可以。只是人们忽略了，一个非正常的人做正常人的事业，将克服和忍受多少令人难以想象的艰难与痛苦。

郑国春无疑是强者，他身残志坚，自强不息，以超出正常人几倍艰苦卓绝的付出，克服了身体上和心理上诸多障碍，创造了令人惊叹的致富传奇，诠释了"奋斗"的真正内涵。在合作社步入正轨之后，他提出入党申请，在面向党旗举起右手的时刻，他眼睛潮湿了，肩上又多了份责任和担当。勿忘初心，牢记使命，主动把自己的事业融入脱贫攻坚战略实施中，在绿然合作社固定员工中，有40户贫困人口就业，其中有8位残疾人。目前，合作社的社员有170户，本着"股份合作、二次分配、利益共享、风险共担"的原则，以"资本股、劳动股、社会股"三种股份合作方式参与经营。合作社不断开拓产业经营领域，带领社员发展无公害瓜果种植，乌兰沟瓜果种植基地被国家农业部和自治区农业厅评为绿色农产品基地。去年以来，每年种植"京欣"无公害西瓜6000亩，在市场上创出品牌，每亩收入700元以上。须知，这是在黄土高坡瘠薄的土地上的收获。

在他追逐阳光、追逐梦想的征程中，绿然合作社被评为市级示范社，他家被市妇联命名为全市最美家庭，被自治区文明办评为"全区百家十星级文明示范户"，郑国春荣获"市五一劳动奖章"，他爱人王海荣获"三八"红旗手称号。

郑国春是位胸襟坦荡为人谦和的人。车祸造成的心理阴影早已淡化了，可谓是天网恢恢疏而不漏，那位肇事者逃离八年后在北京抓到了，也是林西人。肇事者怀着歉疚的心态带着6万元登门探望，郑国春百感交集，这是造成他后半生痛苦的根源，区区6万元与他的全部开销相比从哪到哪啊，倘是在八年前，他恨不得把他撕烂嚼碎，可记忆在时间流逝中总能冲刷掉旧恨，留下来的是包容与善良，凝聚的怨恨便随之烟消云散了，他好像已经恨不起来，得知他这些年东躲西藏弄得家里也是一贫如洗，大度地挥挥手，说："算了，多少钱也换不来我的眼睛。"他莫名其妙地原谅了那位肇事者。

采访时不时被客户的电话打断，让我讶异的是他能准确地触摸接收键，通过语音与对方交谈。走出户外，绿化的厂区花草叠翠，靠东侧的果树林硕果累累，与王海荣一起忙碌的是他的女儿，清秀矜持，亭亭玉立，说起父母，她一脸的自豪。大学毕业是报考公务员还是当爸爸妈妈的帮手还在举棋不定，按父母的意思不想让女儿接手合作社，年轻人有自己的理想，鼓励女儿做自己愿意做的事情，至于合作社，他们再干十几年没问题。

与他面对面交谈时，我试图闭上眼睛，想体验一下他的思维空间，脑际间一派朦胧，那是一种难以言状的痛苦与茫然，剥夺人观赏的权利是何等的残酷啊。睁开眼睛，我俩似乎对换了角色，倒觉得他是一个正常的人。当乌兰沟乃至临近村的贫困户在这里打工，牵着一个残疾人的衣角把贫困的日子摆平，我觉得乌兰沟该是用玫瑰映红的。

郑总，再见。

第十六章 "五一"工程

新林镇党委书记张明，是位在办公室坐不住的"外向型"领导，与他联系，他把所处的方位发过来，在五星村中草药扶贫产业园，我们见到了他。

一副近视镜架在鼻梁上，斯文的气质加实干，脱贫攻坚就融进了睿智的元素。阳光太烈了，在路林阴凉处的地埂上，我们蹲下来交谈。

新林镇位于林西县北部，地势西高东低，属浅山丘陵区，水资源匮乏。新林镇立足土地资源现状，把全县重点推进的五大产业全部引进来，在新林镇形成五个一万亩的产业支撑框架，奠定了脱贫攻坚的基础。

"一万亩甜菜，一万亩马铃薯，一万亩中草药，一万亩甜玉米，一万亩青储饲料，基本实现了全镇各村农业产业化全覆盖，产业盘子做得越大，老百姓就业的机会就越多。过去新林镇老百姓比较保守，土地自己耕种，这两年经过广泛发动，土地流转已成为新林镇不可逆的发展新趋势，农民集中向五大产业流转土地，群众反过来还在自家土地上打工，等于挣了双份钱，我的想法是尽可能多地把农民变成产业工人。"

"五个一"工程是新林镇产业扶贫的精准定位，舒展开这张画纸，勤劳智慧的新林镇人开始泼墨绘彩。很欣赏产业工人这一称谓，这是现代农业的新提法，身份的转换标志着传统意义的农民已开始摒弃老守田园式的经营思想，是经营理念上的一次飞跃，我们常说用工业的思维谋划农牧业，是否就是这个样子？在"五个一"工程平面上行走，清晰地感到新林镇农业产业化自然键入发展的新常态了。2017年，全镇土地流转4.3万亩，地租水浇地平均每亩450~500元，旱坡地平均每亩120~200元，土地流转财产性收入在2000万元以上。"五个一"工程所涵盖的龙头企业，从本村或临近村大量用工，大体每年提供10万个工日，每个工日100元，工资性收入1000万元以上。

数字是枯燥乏味的，可这些数字变成实实在在的票子，就是一串幸福的音符，抚摸人的兴奋中枢。大勿兰村尝到土地流转的甜头，第二年全村土地全流转了，农民的认识也到位，"自己种一年收入也就三四百元，人家种就增了一倍多，得了地租每月打工还有两三千元收入，何乐而不为呢？有些地在有的庄稼人手里等于糟蹋了。"

此时我和张书记已经来到大勿兰村，在村南一片玉米地中间，平地隆起对称两排穹隆似的大棚。张书记介绍，这是搞食用菌的，门口竖着"丰润农业开发有限公司"的门匾。

走进公司，一则招工信息格外醒目：丰润农业开发有限公司常年招工，现招采蘑菇、剪蘑菇、装蘑菇菌袋、零活等工人，年龄18~55周岁，对工作认真负责、能吃苦耐劳者优先。保底工资男工每月2400元、女工每月1800元，包工计件另算，每月实际工资可达到2000~4000元。每月27天满勤，年底有满勤奖和年终奖。公司免费为工人上人身意外险。每年三个节日（端午节、中秋节、春节）每个工人不低于300元福利。工作一年以上（出勤300天以上）奖励价值3000元电动车或摩托车一辆。

工作地址：新林镇大乌兰

联系电话：1539124×××

"只要正经干，每天赚一二百不成问题，镇里建立劳务信息群，每天都有用工信息发布。"

张书记打开微信给我看，有除草的，有洒农药的，有抽穗的，还有做饭的，这些企业大批用工时，要建临时食堂。我真羡慕新林镇这些"产业工人"，产业规模做大，无形中增加了农民就业的机会，脱贫也在情理之中。

一路向北登上丘陵山地的制高点，山坡上按等高线修筑的条状梯田像台阶一样，呈波浪状。"岭阪上皆禾田，层层而上至顶"，梯田在我国由来已久，最早可追溯到宋朝。梯田多修建在干旱缺水、水土流失严重的坡地，十年前在江西婺源曾目睹过江岭梯田的壮观，层层叠叠，高低错落，似链似带，分外壮观，曾是最美乡村的象征。眼前的新林镇梯田虽没有婺源那样的视觉冲击力，但也层次分明，勾勒的像油画一般。贵州已经将梯田列入文化保护遗产，而我今天看到的却是干旱的象征。新林镇的坡地干旱少雨，基本是"望天收"，光板撂荒一年也是常有的事，每亩地20元都没人承包。自从种上中草药，企业把水利工程修到山顶，采取二次提水使得梯田得以灌溉，绿茵茵的中草药给昔日荒山秃岭披上漂亮的衣服，这些低产的土地也随之增值了，地租涨到120元。

"种的是黄芩。"

我的目光已经跳过玉带一样的梯田投向远端，在这里可以鸟瞰新林镇全境，山川竞秀，绿色摇滚，而身后便是与锡林郭勒盟搭界的山区，约有10万亩，新林镇正积极在自治区林业厅立项，计划栽植4万亩樟子松，2万亩经济林，不久后这里便是花果山了。

按照"1+5+n"模式，新林镇成立了脱贫攻坚联合党委，下设"产业发展、环境保护、乡风文明、乡村治理、民生改善"等5个联合党总支，党总支下属的联合党支部因需因事设立。产业扶贫的"五一"广场，就涵盖在富民振兴联合党委的大旗下。

富民振兴联合党委覆盖面最广，功能性最强。组织构架分两个层面，镇级设党总支。土地流转党总支，成员由村支书、驻村干部、第一书记及农经站、土地所、司法所、帮扶单位、企业或合作社组成，负责做好策划研究土地流转整体运作，做好宣传发动，制定土地流转流程，保护土地流转户和企业的合法权益。

"新林镇土地流转形成规模，与党总支的尽职尽责分不开。"

企业联合党总支书记苏红玉，是镇领导班子成员，业务涵盖甜菜、中草药、马铃薯、甜玉米、蔬菜、食用菌、肉牛、肉驴、黑猪、庭院经济，成员除各职能部门和驻村干部外，还有服务队和指导员，服务队由党员、村民代表、企业代表、大户代表、合作社代表、帮扶干部（非驻村的县乡机关干部）组成，指导员由职能站所、县涉农部门、帮扶单位等的专业技术人员担任，主体业务侧重产前、产中、产后服务。

"我们的服务就是要嫁接在群众最需要的地方。"

了解了富民振兴联合党委和下属党总支的职权范围和任务，就知道他们都是谋事干事的人。

来到五星村一组辛志友家，他正准备去赶集，他有一张沧桑的脸，人很健谈。

"在扶贫干部的指导下，我流转土地、打工、养毛驴、基金分红，一年收入1万多元，这贫肯定是脱了。"

年过七十的辛志友患有冠心病、脑梗，而71岁的老伴患有心脏病、脑梗、风湿病以及多种老年慢性病，三个女儿均已嫁到外地，这对被疾病绑定的老人，生活步履蹒跚，摇摇晃晃，如果没有富民振兴联合党委精准扶贫，指定难以为继。联合党委"扶智与扶本"同时发力，通过招商引资，成功引进恒光大中草药有限公司，在五星村建立中草药种植基地。全村流转土地5000亩，主要种植黄芪。头脑灵活的"老辛头"瞅准机会，把自家4.6亩水浇地和8亩旱坡地全部流转给"恒光大"，鉴于土地流转是建档立卡贫困户，土地流转党总支协调恒光大药材基地，在农忙季节安排他做些力所能及的活计，每个工日100元。

"赶上党的好政策，对我们这些孤寡老人照顾的都挺好，有低保、有扶贫，还有别的照顾政策，咱怎么也得干点，重活干不了，就干些轻快的，我老辛头不能总靠政府养活。"

靠健康扶贫政策，老辛头和他老伴的病有所减轻。他是个闲不住的勤快人，五星村村委会每逢开群众会、脱贫攻坚会，他是最积极的一个，帮忙挪桌椅，搞卫生，村里索性把保洁员的公益岗位给了他，每月工资200元。年终岁尾，县医保局驻村工作队为五星村建档立卡贫困户送来米、面、食用油、衣服等慰问品，老辛头高低不要，他认为自己已经脱贫了。实在推脱不掉勉强收下，可工作队离开他马上转手送给比他家更困难的家庭。面对来访，他坐在炕上一笔一笔算账。

"我家一年有八笔收入。"说着他从柜子里拿出一个账本，上面记着他家一年的收支流水。

"流转土地12.6亩，地租收入2400元，去药材基地打零工收入1000元，村委会公益岗位打扫卫生2000元，政府扶持政策发放的脱贫产业基金分红2000元，享受政府'三到村三到户'项目资金1800元，享受低保3520元，养一头大毛驴、一头小毛驴、13只笨鸡，合计收入15630元。"老人停下来喝口水，脸上放出红光，"靠林西县'1351'健康扶贫惠民政策，我们老两口儿大额医疗费每人就掏3000元，其余部分全部由政府报销，我是做梦也没想到会过上这样的日子。"

联合党委在脱贫攻坚工作中发挥的作用无需赘言，我特别关注爱幼支教和孝善弘德等相关联合党总支。乡村文明，民风淳朴，要实现乡村振兴，建立和谐社会，这两个方面不能忽略。

农村的孩子都在寄宿学校上学，放假后回到村里，父母忙于农活疏于管理，孩子们就如放逐的马驹，野得没边。为解除父母的后顾之忧，联合党委成立了爱幼支教联合党总支，组成志愿者服务队，聘请学区中小学教师为指导员，在各村开展"爱幼支教"公益活动，各村把党员活动室腾出来，由指导员辅导学生写作业。对学习成绩差的学生，由受聘教师义务补课。

农村的红白喜事，常常牵扯人们很大精力，且有的过于铺张，镇里成立凝心服务联合党总支，农村红白喜事、孩子升学、民俗祭祀、节日庆典、群众集会等由联合党支部统一组织，制定服务办法、程序、标准，建立日常便捷服务机制，既达到了目的，又厉行节约，移风易俗。

故乡如同一杯醇香老酒，走出去的人总舍弃不掉对故乡的情节，一个人的影子无论有多长，总也离不开脚跟。新林镇不乏成功人士，在脱贫攻坚工作中，他们动员方方面面的力量，鼓励在外打拼的成功人士建设家乡，为家乡脱贫攻坚做贡献，孝善弘德联合党总支为他们搭建平台。内蒙古锦华集团董事长苏振泉是新林镇人，出资10万元注入孝善弘德基金会，对鳏寡孤独老人每月提供100元的生活费。另一新林镇人天成矿业老板李晓波也慷慨解囊，在全镇筹集到13万元的临时救助资金。通过孝善弘德基金，在群众中开展遵守孝道弘扬传统美德活动，在年轻人中展开"孝子"和"好儿媳"评比，促进了乡风民风好转，密切了亲情。

"过些日子还得把老百姓领出去，换换脑子，'五个一'对新林镇来说，仅仅是起步，撬动了产业结构调整，距离经济转型的目标还有很长的路要走。单就水浇地而言，产出效益远没有达到理想的程度，种植业赶不上大井镇、林西镇、大营子乡，养殖业赶不上统部，经济林赶不上新城子，这些既是我们的差距，也是我们的潜力，要让群众走出去感受一下兄弟乡镇的做法和经验，力争在短期内把'五个一'扩大到'五个二'，发展高效农业和生态经济。养殖业依托统部活畜交易市场的带动，重点放在肉牛和肉驴产业上。既然想把农民转换成产业工人，劳动素质的提高就是一个迫切需要解决的问题，职业技术培训和实施科技的密度都要加大。"

看着这位斯文的书记，他的睿智和清醒彰显新时期基层干部领导方式的转变，在知识化、信息化的新农村，农民需要的正是这些有智慧的人。他说："我不赞成下乡干部去帮老百姓干活，一个人能干多少？他们需要的是谋划，需要的是思路，需要的是做法。授人以鱼，不如授之以渔，说的就是这个道理。下去一人，带活一片，这才是上级下派干部脱贫攻坚的初衷，也是组织上想要的效果。县委提出的提升老百姓的内生动力，我们基层干部责无旁贷。在基层带队伍的，就要不折不扣落实县委、县政府的决策，为老百姓搭台，让群众唱好这台戏。"

鹿山村北倚大兴安岭，南靠边墙梁，文化底蕴深厚，现存辽代四方城文化遗址，城址内散布大量辽陶、瓷碎片。很早以前，这里山高林密，风景秀美，相传康熙皇帝来游猎时，在山上射杀一头漂亮的梅花鹿，到跟前才发现这是一只鹿的影子印在大石头上，康熙惊为神鹿，鹿山的名字也由此而来。

随着脱贫攻坚全面铺开，人们几乎是每天都能看到农村的新变化，而对家住林西县新林镇鹿山村的残疾人刘强来说，就不仅仅是村庄的变化了，接二连三的喜事，让他睡觉都笑醒了。

今年31岁的刘强患双侧股骨头坏死，平日里只能拄着双拐行走，家里还有一个患精神疾病的老母亲，一直住在30多年前建的土坯房子里。以往的刘强开着残疾人助力车，拉着一点小食品到附近的集市上卖，微薄的收入别说建房，就连生活都难以维持，以前他经常做的一件事就是开着助力车去村、镇、县有关部门找领导要救济。2014年以来，鹿山村111户危房全部进行了重建和改造，不仅帮他家里建起了三间新房，还帮助他把建在路边亲戚家的三间门面房进行了改造。2015年4月，刘强的超市开张了。超市开张不到一个月，刘强又有喜事，他结婚了！2016年4月，刘强又喜得千金，娶妻、生子、盖房，人生四大喜他占了三项，且来得密集，差点把他喜晕，刘强怎能不笑呢？这个过去总是四处闹着要救济的刘强激动地说："有了固定的商店，有了老婆孩子，手里也有了富余钱，现在的日子是我过去想都不敢想的，是扶贫政策给了我一个残疾人生活的信心！"

扶贫政策开启了残疾人刘强的幸福人生，崭新的房屋、入户的自来水、家门口的柏油路、方便的超市、完善的医疗保障……每一项都是惠及老百姓的好事、实事。

与鹿山村一样，新林镇五星村自推进脱贫攻坚以来变化明显，一条条干净整洁的水泥路已经通到了村民家门口，整齐的红色砖墙，青砖与铁艺围栏围出的公共绿化带里，栽植的花草绽放得艳丽。村支书自豪地说："我们村的一大特点就是老百姓的觉悟高，内生动力被激发出来，所以我们五星村才能走到前列，成为示范村。"

为了让更多的人受惠，除老百姓积极投工投劳外，在管护上五星村还摸索出一套行之有效的办法，采取村民"拉平工"机制。在环境卫生上，每周一次大清扫，有人的出工，没人的出钱，"人力维护，机械清运"，这种机制有效维护了整个村子的整洁。五星村以发展中草药种植、畜牧养殖为目标，带动乡亲致富。土地流转后，村民反过来在自己土地上打工，相当发双工资。除大田种植中草药和甜菜外，全村家家门前的小花池都种开花的药材，由村里统一发种子，村民自己种植管理，秋后卖药材的收入归村民。五星村不仅美了，人也富了。

告别泥土路，住上安全房，喝上放心水，村里还建了长年开放的浴池，产业扶贫不但改善了农村的生产生活条件，村容村貌发生了可喜的变化，还大幅度提升了农民生活的幸福指数。仓廪实而知礼节，衣食足而知荣辱。900平方米凹字形的村级文化活动中心，生动形象的3D手绘文化墙。活动室里好媳妇、好婆婆、互助好邻里、致富能手、寿星榜、学子榜、军人榜、才俊榜等90多人成为五星村的骄傲，示范带动之星。村文化娱乐、村容村貌、古典传说等"七美"传统文化向人们展示着这个小山村的独特魅力。在村文化活动室里专门有一面村民的"笑脸墙"，一张张质朴的脸笑得像花儿一样。

已经午后两点了，食堂几次催促用餐，可我们谈兴正酣……

返回途中路过马鞍山，在一些没有棱角河卵石一样的冰白石旁停下，由此断定几亿年前这里是一片冰川，冰川融化后就把石头磨成现在的模样。一块圆圆的巨石核桃一样悬在路口山崖的石台上，没有任何支点，风吹似乎都在颤动，可千百年来就是没有滚下来，大自然的神奇现象实在令人费解。过了这道山，就是官地镇了。

第十七章 "今生今柿"

在大井镇中心村采访，总也避不开"今生今柿"的撞击，就像磁石一样吸附在大井镇的土地上，与"今生今柿"一并记住的还有一位让大井人倍感亲切的名字——兰晓娟。

大井镇中兴村地处著名的大井子铜矿区，早在4000年前，先民们便在这里开矿铸铜，开启了华夏民族青铜文化的先河。至今，草原青铜文化遗址保存完好，见证着那渐行渐远的岁月沧桑。

中兴村总面积27平方公里，907户1962口人，耕地面积11349亩。人们记忆中始终定格着中兴村以前的样子，低矮的土房、泥泞的村路、遍地的垃圾，艰困而枯燥的生活，是村民过去生活的真实写照，捉襟见肘的生活把时光变得黏稠了。改革开放春风沐浴，中兴村开始挣脱贫困的羁绊，如同马拉松，一部分跑在前头，看到了彼岸的曙光，而一部分还在泥淖中艰难拔步。中兴村加快摆脱贫困的脚步，还是在精准扶贫的政策阳光普照之后。

如今，伴随着脱贫攻坚的春风细雨，历史苍凉的悲歌早已随烟云飘然远去，一座美如画卷的新中兴正在山野里辉映着炫目的光彩。漫步中兴村，你会处处感受到幸福的味道与生活的曼妙。全村193户土危房已荡然无存，一座座宽敞的新居大院爬满了生命的枝叶，率先富庶起来的村民住进了水电暖齐全的新楼房，享受着与城里人一样的快乐生活。

让中兴村百姓感觉最直接、最便捷的还是路。村与村修建水泥路，村与镇政府和国省干道紧密相连。入夜，太阳能路灯齐刷刷地亮了，就像天上的街市。已提前在各自然村实现全覆盖的自来水、广播电视、宽带网、卫生室、文化室、连锁超市、社会保障等，让村民的幸福之梦绚丽绽放。当然，如果没有"今生今柿"，或许大井镇乃至中兴村的名声不会像现在这样响亮。"今生今柿"是大井镇扶贫产业园的招牌瓜果品种，专供五星级酒店等餐饮场所，属于高端消费绿色农产品。

六月中旬首次介入林西县采访脱贫攻坚，瓜果刚刚孕蕾，干旱悬浮在林西的上空，田野是浅浅的绿。第二次采访正值酷暑，三十几度的高温常常让人莫名其妙的焦躁，好再下了几场雨，林西大地生机勃勃。再次来到林西，果树上的果实已经开始采摘了，玉米穗露出黄澄澄的"牙齿"。

　　林西的中秋向来色彩斑斓，红黄绿搭配得和谐，天气不冷不热，昼夜的长短也划分得均匀。湛蓝的天，舒卷的白云，秋高气爽，醇香氤氲，我尽力扫描林西"退出"后的第一个秋天与往年有什么不同。每次补充采访总有让我眼前一亮的地方，这次更是收获颇丰。在十二吐达康产业园钻了几个大棚，就匆匆赶往大井镇，恰遇县委常委、宣传部长汪丽娜在这里调研，陪同的镇党委书记石尚会，还有一位仪态端庄的女士，她就是驻大井镇脱贫攻坚工作队长兰晓娟，此次我无论如何也要采访她。

　　初次见面，竟不能把这位文雅的"城里人"与扶贫干部联系在一起，可当地老百姓说，在城里她是科长，而在乡村她就是和我们一样的农民，常年穿一身运动装，经常一脚泥巴一身土，有说有笑。在林西县大井镇各村，说起兰晓娟，除了她的市脱贫攻坚推进组驻林西县大井镇工作队长的"官方"身份外，贫困户和村民们更愿意把她看做是"娘家人"，我不止一次听到年轻的村民叫她兰姐。她为人谦和，麻利爽快，只要是对村民和贫困户有帮助的事，她总是第一时间尽力去办，且有始有终。

　　巧合的是，这一天大井镇中兴村"精准扶贫爱心超市"宏张开业，真情点亮希望，爱心传递梦想，在镇领导和兰晓娟的陪同下，与汪丽娜部长一起走进爱心超市，感受到阳光一样的温抚。兰晓娟是"爱心超市"的幕后策划师，我们的采访就此开始。

　　林西县各乡镇都有"爱心超市"，模式和经营方式各具特色，但相较而言大井镇中兴村独具匠心，对树新风、促进乡村文明凝聚力更强一些。

　　兴办爱心超市是为了整合帮扶资源，创新脱贫载体，做到"扶贫"与"扶志"相结合，资金和物品来源主要以包联单位和驻镇机关党员干部及爱心人士捐赠为主。石尚会介绍，爱心超市服务全村所有常住户，超市物品全部是居民日常生活用品，对建档立卡贫困户实行全覆盖，按照人居环境、家风良好和配合扶贫工作等方面进行考评，每周考核一次，无扣分每次奖励20分，贫困户可随时凭爱心卡上的积分兑换相应商品。一般户通过评选星级文明户获得积分，各自然村按住所每10户为一组划分，每半月以小组为单位评选一次，自然村排名第一的小组，每户每次积累爱心星一颗，奖励20分。爱心家庭含模范家庭和孝道之星家庭，模范家庭主要表彰优秀星级文明户，孝道之星家庭主要表彰"爱亲敬老、团结邻里、勤劳致富"的孝心家庭，弘扬以孝为先、以德为先的"孝心村"，爱心家庭每年度评选1~2次，模范家庭和孝道之星家庭5~8户，除村里给予的奖金外，每户再一次性奖励200分。模范家庭和孝道之星家庭的荣誉不是固定的，一旦出现有忤逆爱心家庭条款的，撤销荣誉。村民们说，被摘牌那可是光腚推磨——转圈丢人了，谁也不想失去荣誉，争荣誉难，保住荣誉更难，需要一种持久性的坚持。

在中兴村，爱心超市成了民心所向，得到村民空前的重视和认同，成为改变陋习、促进民风民俗好转的正向激励机制，2017年表彰的13户模范家庭和孝道之星家庭，被认为是至高无上的荣誉。在来中兴村采访时，正赶上有十几户贫困户或模范家庭和孝道之星家庭，刷爱心卡领走了自己心仪的生活必需品，脸上洋溢着骄傲的神情。有一户贫困户转了一圈就走了，一问方知，他家爱心卡积分20分，可以兑换一桶"金鱼"油，可他想兑换一袋大米，还得回去继续积分。另一户就有些尴尬了，他说他们那个组这半个月评比靠后，积分不到10分，有两户院内卫生没搞好，拖了后腿，只能指望下半月做得好一些，老是名次靠后脸上无光。如今，中兴村每天都有人主动清扫街巷垃圾，邻里和睦，年底评选出十大孝子披红戴花，像得了奥运冠军一样。一次村总支书记王爱军在村里行走，发现一位妇女在邻居家刷碗打扫卫生，好奇地问："你咋给人家刷碗？"妇女的回答朴素自然，说："他们两口子地里活多，起早贪黑没时间搞卫生，我闲着也是闲着，顺手打扫一下。"这本不在爱心卡的积分范围，王爱军当场拍板，奖励10分。

乡村文明在中兴村悄然而起，蔚然成风。从中兴村回来，我们再续采访话题。

"我没有农村工作经验，最初来到大井镇，对自己能不能胜任脱贫攻坚工作队长心里也没底，可与群众接触一段时间，觉得只要用心用情去沟通，与他们打成一片，帮助群众办实事，赢得群众的信任，工作就好开展了。"

兰晓娟心有感触，在大井镇参与脱贫攻坚，是她此生最值得回忆的人生经历。从入驻大井镇那一天起，她利用一切时间，坚持入村入户，交朋友，会乡亲，从家长里短到生产生活，从衣食住行到民风民意，整整用了一个月的时间，走遍了全镇九个行政村一千多户贫困户。通过走访不但了解了全镇贫困户的收入、健康、住房等基本信息，还了解到了几个重点贫困村发展生产的思路和困难。

大井镇东风村贫困户童明雨患有脑出血，多年无人照顾让他对生活失去了信心。扶贫干部入户之初，他不相信党的扶贫政策会真的落实到贫困户身上，对扶贫干部的到来总是带着强烈的抵触情绪。了解到这一情况，兰晓娟主动"请缨"，一次次上门做工作，从帮助童明雨重拾读书爱好开始，一点点帮他树立生活信心，讲解扶贫政策，落实扶贫小微项目，在根本上转变童明雨的思想认识，让他对生活充满信心和希望。现在，童明雨不仅享受到了林西县的扶贫保障政策，还通过代养分红和保洁公益岗，增加了收入。

红星村"五保户"史禄，孤身一人，患有精神疾病，贫困潦倒使他对生活已近绝望，可偏偏又很固执偏激，这些年从不让任何人进屋，即便是他亲弟弟和村干部也不行，他家成了神秘的"百慕大"，几次试图走进他家探个究竟，都被他吹胡子瞪眼骂出来。听说老人爱看武侠小说，兰晓娟买一套《三侠五义》放在他家窗台上，转身就走。过几天又送来一本，三番五次地送书感化了史禄，那天去史禄家，史禄破天荒地站在门口迎接，恰好阳光斜照，史禄的衣服泛着油光，兰晓娟暗忖，这也不算贫困户呀，还穿皮夹克呢。可走进一看让她大吃一惊，这哪是皮夹克，分明是衣服多年未洗污垢的颜色，兰晓娟鼻子发酸。走进屋，暖瓶、茶杯、被褥已辨不清颜色，黑咕隆咚像走进洗片的暗室。兰晓娟找到王镇长，协调在村里施工的工程队，一阵翻天覆地大扫除，重新吊顶，粉刷墙壁，被褥和使用家具全换新的，六个人整整忙乎三天。帮扶单位中昊林西分公司对他个人用品及所有生活用品进行了更换，村里又为其购买了电视，安装了卫星接收设备。修缮的"小黑屋"焕然一新，兰晓娟对史禄说："大爷，以后不能那样过了呵。"史禄领首点头，"嗯"的一声闷闷回应，让一个精神颓废的老人走向阳光。得知他爱拉二胡，兰晓娟与副队长县文体局副局长谭福臣商量，你们乌兰牧骑有没有旧二胡？谭福臣回去果然找来一把二胡。史禄家院里有棵老树，树皮皲裂，看似老朽但年年绽放嫩枝。从此，每天夕阳西下，史禄坐在老树下，不厌其烦地拉二胡，可他的曲目有些单一，"共产党好，共产党好！共产党是人民的好领导，说得到，做得到，全心全意为了人民立功劳……"有人过来劝他，说："老史，还会拉别的不？换个曲子。"史禄马上换了一首，"没有共产党就没有新中国，共产党辛劳为民族……"

兰晓娟话语不多，和蔼近人，与农民用心交流，群众与她走得更近。一位特困户的孩子上不了学，起因是孩子的母亲生下女儿后就不知去向，孩子的户口一直没解决。兰晓娟想办法帮孩子上了户口，走进了学校，并安排这一家住进幸福互助院，纳入建档立卡贫困户，重点帮扶。

"我们确定的扶贫项目，特别是产业就业扶贫项目，也要适销对路，符合贫困户的实际，是贫困户想做愿意做的事情，因户因人施策，这样贫苦户的内生动力就起来了。"兰晓娟的话实实在在，这是她实践的体会。

史毅是林西县大井镇红星村的一名贫困群众，脱贫攻坚战打响以来，因病致贫的史毅在驻村工作队和帮扶责任人的鼓励支持下，他不依赖于政策帮扶、不依恋于政府救济，甩开膀子，迈开步子，用自己的双手书写了一部创业史，用自己的努力诠释着奋斗的美好。

"史毅，好样的。"红星村的老百姓都对他竖大拇指。史毅虽然是一名普普通通的农民，但头脑活络，有想法、点子多、有魄力。自2006年开始，他自筹资金25万元建起了200

多平方米的育肥牛棚圈，搞肉牛养殖。经过8年滚动发展，肉牛存栏达到30多头，肉羊存栏200多只，年收入达到10余万元，日子过得有滋有味，无忧无虑。正当他想扩大养殖规模时，一场重病击碎了他美好的生活愿景。2013年，史毅患上了脑血管瘤，两次开颅手术费用和医药费用高达35万元，花光了全部积蓄，又欠下外债2万元，他家的日子过山车式倒向另一面。史毅没有被生活的困难打倒，病愈后，在经营耕地的同时，搞肉羊养殖，努力还债，勉强维持生活，偏偏又遭遇了另一场磨难。2017年，史毅的妻子因骨癌去世，使这个家庭雪上加霜，债务又增加了20多万元，儿子跑出租是这个家的唯一经济来源。双重打击把史毅彻底击垮了，史毅的人生陷入了低谷，自己感觉到生活没有了希望，日子没有了奔头。

"我们帮帮他。"

兰晓娟和镇党委、政府研究，与扶贫工作队、帮扶单位和红星村两委班子一起制定帮扶措施，得知史毅虽有劳动能力，但缺资金、缺技术的特殊情况后，兰晓娟多方努力为他寻找一条切合实际的脱贫路子，让他重拾过上好日子的信心。经与中昊林西分公司对口帮扶单位商议，形成帮扶共识，把扶贫与扶志结合在一起，既富"口袋"又富"脑袋"，首要的是恢复他的自信，只有这样才能让史毅彻底告别贫困生活。按照这样的思路，中昊林西分公司本着"短期见效益、长期可致富"的原则，给史毅家送小鸡30只，销售鸡蛋每年能够给史毅带来3000多元的稳定收入，镇里又给他安排了低保，兰晓娟建议给他安排公益岗，年收入3000元。经济条件的逐步好转，让史毅觉得生活不再是一片阴霾，也让他萌生了早日脱贫的想法，那个爱动脑筋、致富欲望强烈、勤劳肯干的史毅又回来了，生活渐有起色。他说："因为得病成了贫困户后，国家给了我政策，给了我救济，让我有了基本的生活保障，以后还是靠自己的努力把日子过好。"

看到史毅身上的干劲和摘掉贫困"帽子"的信心，扶贫工作队决定"扶上马，再送一程"。他们帮他把闲置的肉牛养殖圈舍改造为生猪养殖棚圈，筹资2.3万元购进猪仔29口，中昊林西分公司免费提供浓缩饲料并负责联系销路，畜牧部门上门进行防疫，养殖大户东方红村党支部书记陈国志免费提供技术指导，生猪出栏时可增加收入3万~4万元。同时他还种了40亩地，县农牧业局免费提供技术指导，种植业一年约收入2万元，这样养殖业、种植业双向发力，能够让史毅彻底摘掉贫困户的"帽子"。

"国家政策好，政府积极扶持，又让我找回了过上好日子的斗志。幸福是奋斗出来的，好日子都是干出来的，我绝不会让大家失望的！"史毅既感慨万分又信心十足。

在兰晓娟和扶贫工作队员的努力下，同样重拾信心、积极生活的还有大井镇黑山头村三组贫困户申和有。

"申和有今年66岁，被确诊患有双侧重度膝关节、骨关节炎，妻子今年67岁，也无劳动能力，老两口儿觉得生活没啥前景，等、靠、要思想非常严重。2017年11月被评为建档立卡贫困户，属典型因病致贫。针对申和有家实际，我们联系林西县医院为他做了双侧膝盖关节更换手术，手术费共14万多元，因建档立卡贫困家庭大病住院享受'1351'健康扶贫政策，申和有个人自付不到3000元，手术非常成功。随着身体的康复，让老两口儿进一步增加了生活信心，他们克服等、靠、要思想，充分利用自家院内大棚和左邻右舍的闲置耕地，种植蔬菜、玉米和优质饲草，一方面节省生活开支增加收入，另一方面满足家里猪和羊的饲料需求。县自来水总公司的帮扶责任人经常到家中问寒问暖，送米、送面、送钱，申和有利用帮扶资金购买了两头小猪，现在已长到200多斤。老两口儿商量着在中秋节前后出售，能卖个好价钱。申和有表示，这样的关怀，这样的照顾，过去的时候想都不敢想，像做梦一样，非常感谢帮扶单位和各级驻村干部。闲暇之余，老两口儿养养花、浇浇水，丰富自己的精神文化生活。盆花争奇斗艳，象征着他们的生活会越来越美好。"兰晓娟的介绍就像在讲故事，时间地点人物，正是这些平凡普通的故事，使林西县脱贫攻坚的过程生动而感人。

"共产党的扶贫政策从上到下不折不扣地落实到了老百姓的身上。感谢党对我的扶贫照顾，今生我本人无法回报，我要好好康复，让儿女好好干事业，来回报党的恩情。"毋庸置疑，这是申和有发自肺腑的心声。

兰晓娟是市发改委下派到林西县大井镇的推进组组长，她除了深入各村做通贫困群众思想工作，还根据自己从事发改工作的经验，实地调研各村发展瓶颈性问题，与大井镇党委、政府班子一起，谋划、启动符合镇村实际的项目建设。一是争取，二是引进，像办自家事一样，让大井镇人感受到了什么是助力和推动。

2017年争取到京蒙对口帮扶项目三个，项目总投资793万元，其中，投资180万元的漫撒子沟蛋鸡养殖合作社2000平方米鸡舍建设项目，目前已完成主体建设，项目带动35户71人致富，其中建档立卡贫困户18户24人。投资363万元的大井生态扶贫产业园34个温室大棚项目完工并投入使用，项目带动47户82人致富，其中建档立卡贫困户19户36人。投资250万元的大发村设施农业项目已完成可研批复，项目带动60户128人致富，其中建档立卡贫困户52户100人。

2018年大井镇脱贫攻坚力度进一步加大，兰晓娟再次争取到京蒙对口帮扶项目两个，项目总投资250万元。其中，投资125万元膜下滴灌项目，带动60户100人致富，包括建档立卡贫困户30户60人。投资125万元牛舍建设项目，带动53户113人致富，包括建档立卡贫困户32户74人。2018年，她为大井镇争取到节水灌溉项目，计划投资150万元膜下滴灌改造帮扶项目在全镇推广。投资480万元在大发村新建冷棚种植大田蔬菜，投资180万元在中心村扩建暖棚38处，种植食用菌。这些项目的引进争取，与兰晓娟的积极参与和协调密不可分，项目建设近期和长期结合，经济效益与社会效益并重，有的项目还辐射到了周边乡镇甚至全县，这一串带着感情的数字走进百姓之家，化成细雨滋润心田，为大井镇各村脱贫以及今后可持续发展奠定了良好的产业基础和发展后劲。

产业化是现代农业发展的必然趋势，兰晓娟和驻大井镇脱贫攻坚工作队十分注重推进当地产业化进程。引进内蒙古今生今柿生态科技农业有限公司，盘活了中兴村产业园区，提升了园区产业水平。引进内蒙古乾福农业科技有限责任公司，计划投资4000万元，发展中草药和马铃薯基地3000亩。通过务工、土地流转带动农户38户79人致富，其中建档立卡贫困户14户33人，仅流转土地一项，人均增收300元。协调中化集团帮扶大井镇大榆树村种植马铃薯和中药材项目，投资218万元。其中，投资50万元新打配套机电井3眼，新建井房3座；投资90万元实施膜下滴灌及配套设施、农药等项目。

乡村旅游是大井镇的短板，牵头谋划生态旅游项目，为大井镇经济发展增添活力。经过多次洽谈对接，东方园林集团与林西县人民政府就大井镇生态旅游、新城子"特色小镇"、支线机场景观提升等全域旅游项目达成一致，并于2017年12月8日签订战略性框架合作协议。

在兰晓娟积极争取引进的项目中，"今生今柿"是最具华彩的一笔。来到中兴村调研走访，发现102个暖棚只利用25个，其余75个都空着，心里泛起说不出来的滋味，这无疑是资源和投资的浪费。她倏然想起那次配合市政协委员进行的产业化调研活动，一同调研的有内蒙古今生今柿生态科技农业有限公司老总，他们在赤峰南部旗县种植今生今柿效益很高。她立即与老总取得联系，当时老总正在另一旗县考察立项，应邀来到大井镇，对中兴村的暖棚设施感到满意，遂取消了在他地立项的动议，与大井镇签订了长期合作协议，投资400万元在大井中兴生态扶贫产业园75个温室大棚种植"水果西红柿"。公司采取租用大棚合作方式，依然由农民种植，公司负责技术指导和回收，春夏季每斤回收价6元，秋冬季6.5元，每个棚毛收入6万元以上，通过务工等形式可直接带动50多名贫困人口就业，月工资在2600元左右，实现了稳定脱贫。

"今生今柿"在大井镇落地生根，兰晓娟与公司协商拓展产业链条，让"今生今柿"走进普通消费者家庭。"今生今柿"与普通柿子不同，含糖量低，维生素E、C含量高，属于高端的绿色健康食品，通过精包装将"今生今柿"做成礼品，出现在婚礼或宴请餐桌上。

作为扶贫工作队长，在率先垂范的同时，还要把工作队员和帮扶单位的积极性调动起来，大家共同发力。大井镇东风村张丽萍，53岁，早年丧偶，一个人拉扯着儿子。因生活过度劳累，腿患上严重的类风湿，不能从事重体力劳动，11亩水浇地只能以1000元左右收益流转给他人耕种。2013年家庭人均收入只有2200元，2014年5月被识别为建档立卡贫困户。针对张丽萍家实际，兰晓娟协调东风村对口帮扶单位市发改委和县统计局，制定了专门扶贫扶志方案，为张丽萍申请了农村低保并享受每年3000元的公益岗。帮扶责任人县统计局副局长刁建军，帮助张丽萍把11亩土地种植青储玉米，并承担春季播种费用，当年获利11000元。同时又提供笨鸡雏50只，当年出栏获利近5000元。市发改委每年送来2000元现金，用于购买化肥农药等生产资料。2017年家庭人均收入近20000元，彻底摆脱了贫困。在扶贫的同时也扶志，镇包扶领导李宇涛多次鼓励她儿子小张复习考试，并提供各种书籍和信息。经过多方努力，小张终于如愿以偿考录到大井镇农业站。如今，小张和其他干部一样，也走在精准帮扶的路上，小张自豪地说："别人帮我家走上致富路，我也帮别人发家致富一起奔小康。"

人是要有一点精神的，特别是物质上得到一定的满足后，提升精神生活的品位就显得尤为重要，物质转化成精神，反过来能直接或间接激发出内生动力。随着脱贫攻坚工作的深入推进，贫困户生活条件逐渐改善，农村的物质生活水平提高明显。兰晓娟立足于提升村民发展自信心，从精神扶贫和文化扶贫入手，扶贫扶志，志智双扶。在各村走访，发现有的家庭妇女农闲时无所事事，仨一帮俩一伙聚在一起东拉西扯，空耗时光。兰晓娟鼓励她们跳广场舞，妇女们兴趣很高，可现实的问题是她们除了会扭几步大秧歌，没有人会跳城里时兴的广场舞。有人建议请个教练，兰晓娟微微一笑，说："请什么教练，我就是现成的。"姐妹们热情颇高，可教起来让兰晓娟吃尽了苦头。这些习惯于田间薅草搂锄的农村妇女，对艺术和舞蹈的理解几乎一片空白，胳膊和腿跟木棍似的生硬，一个一个地校正，手把手地教，第二天又忘了，简直比教文化还费劲，每次从村里教完回来，像是在工地上干了一天的重活，身上没一处不疼的。大榆树村三村村民王桂枝，67岁，语言一级残疾，有两个女儿，一个儿子。儿女相继成家，各自忙于各自的家庭生计，回家陪伴父母次数很少，老两口儿已经空巢多年，因语言上的沟通障碍，平时很少出门，患上抑郁症，已有严重轻生倾向，儿女和老伴劝解收效甚微，束手无策。自从村里成立秧歌队，天天在小广场跳广场舞以后，老伴领着她参与了几次，在老姐妹们的鼓励带动下，伴着欢快的音乐，在欢声笑语的感染下，久违的笑脸重新出现在王桂芝老人的脸上，积极向上的心态悄悄回归。走出了家门的王桂枝看到了广阔天地的精彩，看到了日新月异的变化，她的广场舞跳出了自信。儿女们高兴地说："我妈自从跟着老姐妹们一起扭秧歌跳广场舞后，可高兴了，也不胡思乱想了，我们也不用天天轮班守着她了。"

2018年5月19日，对学广场舞的骨干学员来说是个难忘的日子，如同节日一样。兰晓娟为镇村免费开办的农民广场舞培训班结束了，培训学员21人，她们分散到各村为群众领舞。市群众艺术馆对她普及农村广场舞倍加赞赏，培训人员水平之高令他们惊讶，都说："你是全市培训村级广场舞第一人。"在结业典礼上，学员们从市群众艺术馆馆长手中接过市级教练员结业证书，激动得难以自制，有的姐妹伏在兰晓娟的肩头泣不成声，这些面朝黄土背朝天的农村女人，对艺术和美的渴望被压抑在垄沟里，一旦释放出来，就像梦醒一样。市群众艺术馆赠送两套音响设备，跳广场舞成了大井镇乡村的一道亮丽的风景。她教农村妇女跳广场舞只是形式，真正目的在于提振老百姓的精气神，精神爽了，自然能增强脱贫致富的信心，精神的力量向来是伟大的。让兰晓娟难以忘怀的是全县广场舞专场晚会，农村刚刚兴起，初次登台的大井农民演出队的队员各个战战兢兢，而城里早已流行多年，炉火纯青，城镇代表队根本没把这些"土包子"放在眼里，那种不屑的眼神让兰晓娟看着难以承受，她走到舞台中央，说："姐妹们，今天我带来的是唯一一支从贫困农村选出来的代表队，我也和她们一起跳舞。她们的表演水平的确无法和你们相比，这种先天不足是农村封闭的环境和落后枯燥的文化生活造成的。她们祖祖辈辈都是农民，多么渴望和你们一样过上城里人的生活，她们刚刚放下农具，没指望得到什么名次，能参与进来就已经知足……"兰晓娟哽咽说不下去了，幕后准备登台的各代表队有的早已梨花带雨，热泪盈盈。城里代表队主动握住乡下姐妹的手，说："你们先上吧，你们是最棒的。"不久后，大井镇农村演出队还参加了全市农牧民汇演，有的队员竟然是第一次去赤峰。

我的桌案前放着2018年8月30日出版的《赤峰日报》，第七版头条位置《对"志智双扶"的一点思考》就出自兰晓娟的手笔。通读一遍，对扶志扶智的内涵有了全新的理解。给钱给物只能缓解一时，不能顾及一世，我很欣赏她的见解："扶志再扶智，着力激发贫困村民的内生动力，让贫苦村民自己有迫切致富的志向，然后因势利导。"她认为志智双扶在脱贫攻坚过程中不能偏颇，要树立正确的扶贫观，把参与度作为扶志的核心，形成扶志的正确导向。授之鱼不如授之以渔，让贫困人口树立起自尊自信，比解决物质贫困更重要。她特别强调了丰富农村文化生活对促进脱贫攻坚的重要性。

　　为提振乡村生态文化旅游，她指导大井镇周边的几个村种植油菜花，花开时节金黄耀眼，极具视觉冲击力。她组织了产旅融合的大井首届扶贫赏花摄影节，各地摄影爱好者参与踊跃，在按动快门的瞬间，把大井乡村最美的一面展示在世人面前。日趋活跃的基层文化生活，助力乡村振兴，赋予大井镇这个边陲小镇更多内涵与活力。

　　让中兴村与昨日彻底告别的还有那曾经荒凉的山野。在"留住青山绿水"、发展特色产业的理念下，村两委因地制宜确定的以"三岭一园"为核心的产业发展体系已经形成，兰晓娟与村两委班子商议，不断拓展新内容，与时俱进，让昔日的荒山秃岭成为了永续利用的"绿色银行"。

　　午后阳光柔和，我与大井镇领导和林业局负责人一起登上"红松岭"。两万亩红松果林一望无际，满目苍翠。县林业局长刁建华介绍，这是从黑龙江引进的新项目，这些采用新技术嫁接的红松果树明年就会结出香醇饱满的果实，村里每年都会得到上百万元的固定收益。"红松岭"对面的山野便是"金鸡岭"，小笨鸡富民项目已经成型，成排的蓝色鸡舍下面800亩林地就是鸡的家园，这些以捕捉蚂蚱和蜻蜓为食的鸡才是纯天然的。在领头人崔淑梅的带领下，笨鸡养殖合作社已发展社员80多户，形成了年出栏笨鸡15万只的养殖、屠宰、加工、冷冻和包装一条龙生产链，产品已在北京等地超市站稳了脚跟，社员每户年收入达10万元以上。同样在山野里落户的"富羊岭"养殖合作社，已建成占地80亩的养殖小区，发展社员80多户，年出栏黑头大尾羊6000多只。南面的山野是占地500亩的榛子园，郁郁葱葱，乳云似锦，这些从黑龙江引进的新品种植根"三岭一园"，用不了多久，就会成为吸引城里人休闲观光的"生态园"。

　　日头西斜，清风里裹着青草的气息，在镇党委书记石尚会的引领下来到产业园区对面的山坡上，山腰横起一道大坝，大井铜矿地下水源充足，每天几个水泵不停地抽，排水量大，喷出白花花的水柱，这些无污染的地下水多年随意排放，利用价值低。铺设引水管道把巷道里的地下水引到山坳处，就有了大井的"天池"，既可养殖，又美化了环境，周围兴建度假村和农家乐。从林西镇到这里不到半小时车程，与大井铜矿遗址、中兴产业园、油菜花摄影节等连成一片，自成一条特色旅游精品路线。

　　"大井镇的脚步不会停下来，而且会越来越快。"兰晓娟说得坚定。

　　林西县已经正式退出国贫县，兰晓娟和她的推进组队员们阶段性任务已经完成，下一步扶贫工作队的主要任务和帮扶的重点放在成果巩固上。她谦逊地认为，大井镇脱贫攻坚取得一点点成债，绝非一个人的作用，所有下乡扶贫工作队的干部都和她一样，做了应该做的事情，只要置身脱贫攻坚的实践中，如火如荼的攻坚氛围就会激发出跃跃欲试的冲动。勿忘初心，牢记使命，这是每一位共产党员应有的职守，她特别提到自治区派驻林西县脱贫攻坚工作总队队长云翠荣，老大姐走乡串户的身影历历在目，永远是他们的示范。兰晓娟荣获全市"五一"劳动奖章、优秀公务员、脱贫攻坚先进个人，这是对她推进脱贫攻坚工作的肯定，可她根本没在意这些，颁奖现场都没去，那段时间国贫县三级验收到关键时刻，每天都是夜间十一点多才睡。纯朴厚道的大井人不会忘记她，全镇9个行政村40多个自然村，她逐村地跑，她的身影每天都出现在群众中间，有的村一天就跑三遍。在工作上，她正确认识自己所处的位置和担负的责任，坚持原则，实事求是，当好助手，做好参谋，自觉做到到位不越位，补台不拆台，力争为群众多干实事、多办好事，尽职尽责做好扶贫工作队的助力推进工作。兰晓娟从不计较个人得失，发扬无私奉献精神。同时，认真遵守工作纪律，廉洁自律，驻村工作队全部在镇食堂吃工作餐，从未有过工作之外的任何要求。她说："扶贫工作队应恪尽职守，不仅要自觉做好脱贫攻坚政策的'解说员'，还要积极做好推动农村稳定发展的'宣传员'，归根到底是做好为农民群众答疑、解惑、办事的'服务员'。"

忙碌中时间流逝的就快，不知不觉间她在大井已经度过两个秋天。近两年时间里，她坚持积极协调有关单位、部门、企业，积极向单位汇报，争取扶持资金和项目，为东风村贫困户捐资1.5万元，为东方红村捐资3万元用于维修和维护农田灌溉井，有力地促进了贫困村的发展。自治区督导组，市扶贫办，林西县委县政府、县扶贫办及各帮扶单位、大井镇党委政府有关领导多次到镇里、村里指导和开展工作，也给了她强大的支持，正是这种来自于各方面的支持，使她更加坚定了工作的信心和决心，也使她从不敢有丝毫懈怠，不忘初心，一个目标实现了，又有了新的目标。她说："她也不会忘记大井，不会忘记这片充满希望的土地，不会忘记朴实而善良的人们。尤其不能忘怀的是今生今柿，希望它不要成为中兴村的专利，如果林西县九个乡镇都有今生今柿，那才是最圆满的。"

许你今生，还你一世（柿）。兰晓娟和她带领的扶贫工作队，又开始了调研行程，他们已开始布局明天。

第十八章　润物细无声

七月中旬，骄阳似火。进机关，下企业，走村串户，不觉已是八月初，除了中午燥热一阵，早晚凉爽，遛弯的人都加厚了衣服，有的慢走，有的快跑，有的打太极，生命在于运动。想起昨天在马鞍山村杜德军家，女主人苏国琴扭着身子吃力行走的样子历历在目，印象颇深的是她脸上洋溢着自信，她家能够脱贫，放在两年前是不能想象的，遗憾的是她不能像眼前这些居民一样悠闲，遛弯的权利被上帝剥夺了。连日来，听到太多的百姓脱贫致富的故事，一桩桩，一件件，缱绻在胸。每次回到驻地，我都像反刍动物一样回味一遍。林西县能够"退出"，离不开这些故事的诠释。

我还是想讲一讲马彩玲的故事，尽管在本文中曾经提到过她，可如果不把她的故事展开，似乎是一份没有完成的答卷。在林西，贫困户马彩玲脱贫致富的故事像清风一样吹拂。扶贫办主任赵光明送来1万元，马彩玲家就有了猪舍。望着三十几头猪，马彩玲盘算年底至少卖出二十头，猪圈是不是再扩大一些？明年可能要饲养四十头猪。马彩玲家日子出现转机，就是从养猪开始的。

马彩玲的经历有些艰涩和坎坷，令人唏嘘。命运似乎有不平整的一面，背运的是都让她赶上了，她的人生本该像花一样浪漫，可当她刚刚步入花季，一场突如其来的早霜彻底颠覆了她的人生轨迹，绽放的花过早枯萎了。

1989年，马彩玲以优异的成绩考上了赤峰卫校，攻读护士专业。坐在教室里，憧憬未来天使般的神圣，然而好景不长，刚入学三个月，马彩玲的父亲因心肌梗死突然去世。送走了父亲，面对家徒四壁，一个聋哑哥哥，一个聋哑弟弟，体弱多病的母亲无力撑起这个家。马彩玲彻头彻尾地沮丧，她走了，这个家可咋办？无情的现实彻底抽走了她重返校园的勇气，除了辍学别无选择。有亲戚给她出主意，把哥哥和弟弟送到别人家做劳力，把母亲送到工地给工地做点饭，总能有口饭吃吧，言外之意还是劝她不要放弃学业，医生和农民，天壤之别呵。马彩玲断然否决了，说："我们这家人，不管怎样都要在一起，绝不分离。"她完全没有料到，生活的艰辛远比她想象的残酷，孑孓行走，背负越来越重，有一种高原缺氧的感觉。

第二年开春，尚且稚嫩的马彩玲毅然带着一家四口人外出盘锦打工。带有牺牲式的选择展示出不屈不挠的抗争，可残酷的现实让她清醒，倘若她的家人都是健康正常的人，尚可靠劳动获得回报，可她家的其他成员连力工的起码条件都不具备，要想生存唯有靠一技之长，由此她念念不忘的还是文化，一家人不能都没有文化，只有掌握了科学知识才能有更好的出路。虽然哥哥和弟弟因为遗传因素不能像正常人一样生活，但是弟弟聪明，而且年龄尚轻，还是可以学习一门技术的。于是，她和哥哥负责摆摊挣钱，把弟弟送到了残疾人特殊教育学校读书。不管是脏活还是累活，马彩玲都不顾一切地干，她修过自行车、修过鞋、卖过小吃。几年下来，她的手起茧了，曾经白皙的面颊也被岁月的沧桑洗染，未老先衰，成熟写在脸上，由白天鹅变成灰姑娘。她并没灰心，始终确信，只要是靠自己的双手挣来的钱，能让一家人在一起，生活尽管依然艰涩，可她是知足的。怀着对生活的自信，她在外漂泊打拼，一个弱女子迸发出的坚强令人诧异。

转眼五六年过去，到了该给哥哥和弟弟成家的时候了，马彩玲四处张罗，托人给哥哥介绍了一个农村姑娘，只是这个姑娘患有脑瘫，行为痴傻，跟哥哥马金财成家两年后被娘家人领了回去，哥哥自此没有再娶。弟弟马金刚在特殊教育学校毕业后，自己开了个修理自行车摊，认识了一个聋哑姑娘，虽然都是残疾人，但是两个年轻人两情相悦，马彩玲拿出了全部的积蓄为弟弟张罗了婚事。第二年，可爱的小侄子出生了，依然是个聋哑人。

她迷茫了，暗暗诅咒上帝，为何老和她家过不去，这一年马彩玲31岁。

时光如流水，马彩玲早已到了该谈婚论嫁的年龄。"可是，什么样的人能接受我们这样的家庭？"马彩玲难掩忐忑与无奈。1998年，马彩玲经人介绍，结识了鲁庭国。鲁庭国为人憨厚，善良朴实，踏实肯干，只是因患有小儿麻痹症，致使右腿残疾。马彩玲心想："只要他能接受我这个家，只要能吃苦耐劳，有点残疾又能怎样。"于是，马彩玲嫁给了鲁庭国。第二年，他们的儿子出生了，从此一家8口人"幸福"地生活在一起，过着他们的"大"日子，好心的街坊都感到唏嘘，八口之家5个残疾人，这日子咋过？在马彩玲的带领下始终没有失志，日复一日地打发着循环困窘的生活。

2000年，全国开始进行第五次人口普查，对于长期外出务工、不在户籍所在地的人口将进行销户。马彩玲得知消息，与一家人再三商议，决定举家搬回家乡。

阔别多年回到甘珠尔庙，一切又得重新开始。马彩玲带领一家人种地、打零工、养牲畜，日子渐渐地有了起色。就在2004年，她家购买了工程机械车，凭借着丈夫的手艺，每年的收入也很可观。

生活绽放出绚烂的色彩，挥之不去的是对文化的眷恋，时常把卫校那段暂短的记忆翻出来，长长一声叹息。马彩玲心中一直沉淀着一份执念，不管生活多么艰辛，在她身上留下的遗憾不能再延续下去，她坚持送小侄子到辽宁特殊教育学校读书，送儿子到县城里教学质量好的小学读书，送弟弟到沈阳学习吊炉烧饼手艺。功夫不负有心人，小侄子很争气，门门功课都是100分，而且在美术方面还有特长，被俄罗斯文化交流学校看中，待特校毕业后就可以到俄罗斯留学深造。儿子学习也很努力，弟弟的手艺也已经学成，马彩玲的脸上终于露出久违的笑容。

命运似乎总与她开玩笑，印证了"天有不测风云，人有旦夕祸福"那句名言，就在一家人沉浸在生活的希望与喜悦中时，马彩玲的母亲于芳生病了，老人患上了严重的心脏病，一年内6次住院治疗，不仅花光了家里全部的积蓄，而且举借大量外债。无奈马彩玲与丈夫鲁庭国商量把工程车卖掉，可这是他们家的挣钱之道，两口子为此犹豫，要车，还是要妈？她望着丈夫，鲁庭国理解她，说："我听你的。"马彩玲坚定地说："车没了，可以再挣再买，可是妈没了，我最亲的亲人就没有了。"马彩玲将家里唯一值钱的工程车抵押出售，卖车的钱全部用于给母亲治病。

长期积劳成疾，劳心费神，就是个铁人也快散架了。马彩玲也病倒了，她患上高血压、心脏病，身体每况愈下。突如其来的变化把这个苦命的女人再次推进艰困的泥淖里，病人、残疾人、需要供养的学生，命运多舛，这个家庭再次陷入风雨飘摇中。2014年，林西县开始评定建档立卡贫困户，马彩玲一家8口人全部被评为建档立卡贫困人口。得知这一消息，马彩玲心里五味杂陈，眼泪直流，她只说了一句话："当贫困户不光荣，人要活得有骨气。"

2017年，林西县统部镇与春华养猪合作社达成协议，采取"合作社+贫困户"模式，帮助贫困户发展养猪，年初合作社将仔猪赊给贫困户，年末再以不低于市场价回收，扣除年初仔猪成本，贫困户由此获得纯收入。春华养猪合作社共帮扶建档立卡贫困户100户，发放仔猪200头。

马彩玲得知这一消息眼前一亮，这个要强的女人立刻行动，兄妹三人共在合作社赊欠了8头仔猪，高高兴兴地带回家饲养。马彩玲还专门买了科学饲养的书籍，和弟弟一同研究科学养猪的"门道"。一年来，马彩玲忙了外头忙家里，忙完地里的农活，又洗衣做饭喂猪清理圈舍。她带领一家人，像旋转的陀螺一样，一刻也没有停下来。

天道酬勤，在马彩玲一家人悉心饲养下，她家的8头仔猪都长成了膘肥体壮的商品猪。其中4头公猪，因科学饲养，全部长到了180斤左右，肉质香嫩，均以高出市场价1~2

元的价格出售。剩下的4头母猪，被养成代孕母猪。2018年3月，4头母猪共产下40多头仔猪，马彩玲一家光养猪一项纯收入达到3万元，人均纯收入达到3750元，自此成功脱贫，并将成为当地养猪大户。

用砖木搭建的临时猪舍，倾注了马彩玲一家的心血。猪仔嗷嗷的叫声不时从猪圈里传出来。"把这些猪糠打完，我们就张罗着把猪舍建起来，小猪都长大了，不能没有圈舍，年末再给弟弟租个门脸，把烧饼铺开起来，然后跟政府申请脱贫，这贫困户的帽子不好戴，太沉了。"马彩玲的心里有了新的盘算。

"大哥，你把这些秸秆全都放到打糠机里打出来，然后装到这些袋子里……"大哥马金财不住地点头。

"金刚，咱们再开车去附近收点秸秆，给这些小猪多备些饲料，把它们喂好了，咱家这日子就好过了……"小弟马金刚一边点头，一边启动了农用三轮车。

马彩玲一如忙碌，五间彩钢瓦砖房，外墙没有粉刷，室内也没有铺地，她说："这些都好办，眼下顶要紧的是把猪舍建好，等我腾出手来就收拾利利索索。"

已是八月秋初，正是玉米灌浆的时候，马彩玲焖了一锅嫩玉米，香味飘扬。由于没有风，炊烟袅袅升起。驻村第一书记和扶贫工作队干部是她家的常客，马彩玲与贫困顽强抗争的经历，把驻村干部都感动了。第一书记胡景龙说她简直就是一个铁人。

"明年再来，那时我家就会变样了。"实际上她家已经变了，就像院里的果树结出的沙果半青半白，只需饱足阳光就会成熟。岁月似一把刀，当年从卫校辍学时她18岁，如今整整过去20年，马彩玲头上增添了几根白发，眼角也爬上皱纹。二十年来与命运博弈抗争，遭遇的挫折和坎坷放在任何一家都难以忍受，可她竟然没被击垮，有几次被打趴在地，她坚强地站起来，再趴下，再站起，成功属于强者。她很少用化妆品，可她的朴素无华却是无以言状的自然美，岁月的磨砺给她平添了些许的沉稳和自信。

"人并不是因为美丽才可爱，而是因为可爱才美丽。"列夫·托尔斯泰这句话好像是专门说给马彩玲的。劳动赋予她内在美，永不放弃最终迎来曙光。甘珠庙村第一书记胡景龙对我说："马彩玲的养猪场还将扩大，她主动要求取消她家建档立卡贫困户待遇，她说戴着贫困户的帽子感觉难受。"胡景龙："暂时还不能取消，扶上马，还得送一程。"

来到水泉沟村，扑入视野的是绿油油的甜菜，从硕肥的菜叶就可做出预判，当年的甜菜注定有个好收成。在驻村干部的引领下，走进一户农家院，门口拴着4头牛，院子里还不时传来羊"咩咩"的叫声，这便是付占山的家。"真没想到付懒汉的日子还能火起来。"邻居慈凤祥告诉我，与付占山邻邻居居这么多年，他家过去日子啥样他最清楚。显然，付懒汉的脱贫出乎很多人意料。

　　一个大男人倘若背上懒惰的名声，日子自然好不到哪去，林西县五十家子镇水泉沟村付占山就是有名的懒汉，不过那已是过去的事了，现在的付占山变得勤快多了，他家也能脱贫，在全村很有说服力。

　　懒汉付占山是水泉沟村的建档立卡贫困户，家中3口人，他和妻子40多岁，女儿18岁，正在上中专。本是当壮之年，可就是惜力如金，整天就跟"考拉"一样没睡醒似的。付懒汉和妻子平日里经营着自家的10亩山坡地，过着靠天吃饭的日子。付懒汉没有劳动的积极性，他不愿意劳动，也不愿意外出打工，日子过一天算一天，大家习惯称他"付懒汉"，有的甚至把"付"姓也去掉了，年幼的直接称呼他"懒叔叔"。这个不雅诙谐的绰号叫了多年，他也懒得去计较，甚至懒得吵架。提起付懒汉村支书就叹气，说："他就是拖着腚地懒，你看他家那地拾掇的，草和秧苗不分，别人早上干半气活了，他刚刚起来。"支书进一步补充，"他不但懒还有些犟，他认定的事，别人怎么劝都改变不了，九头牛都拉不动。"

　　林西县组成驻村扶贫工作队，帮扶工作落实到全县每个村。经过调查了解，付懒汉自然成了重点扶持对象。起初，驻村工作队员每次来到付懒汉家，他不是在睡觉，就是在打牌，或者是在喝酒，家里人管不了，但凡鼓励他下地干活或给他联系打工，他就急，让他发展产业也是摇头。政府给他发救济款，付懒汉高兴得手舞足蹈，拿到钱就大吃大喝，没多久钱花完了，他又回到了穷困潦倒的生活，等待送救济款的上门。于荣奎气愤地说："真是恨铁不成钢啊。"更可恨的是尝到了甜头的他经常找到驻村工作队，耍无赖，死缠烂打，要钱要物，搞得工作队都不敢见他。

　　林西县的脱贫攻坚工作实施精准扶贫，注重六个精准，坚持分类施策，因人因地施策，因贫困原因施策，因贫困类型施策，通过扶持生产和就业发展一批，通过易地搬迁安置一批，通过生态保护脱贫一批，通过教育扶贫脱贫一批，通过低保政策兜底一批。驻村工作队详细了解和分析了付懒汉的情况，知道他是块硬骨头，第一书记于荣奎亲自做他的工作。于荣奎每天都对他进行宣传引导，讲清讲透扶贫政策的利好，一次讲不清就多讲几次，用文件讲不清就用脱贫的例子讲，经过多次与付懒汉促膝攀谈，询问情况、分析原因，驻村工作队为他制订了详细的脱贫计划。

　　他不愿外出打工，驻村干部联系县、镇两级政府为付懒汉争取到了"三到村三到户"项目资金，帮助他购买了1头基础母牛和2只绵羊。付懒汉当时勉强答应了，后续驻村干部又多次去他家为他讲解养殖技术，聘请养殖大户给他传授养殖经验，帮助他修建棚圈、做好防疫、解决饲草，付懒汉被干部们的真情实意打动了，他逐渐对养殖上了心。

经过付懒汉与妻子几年悉心经营，养殖规模逐渐扩大，母牛发展到了8头，马发展到了5匹，绵羊发展到了60余只，每年只需卖出20只绵羊或2~3头牛犊，收入就能达到1万多元。几年下来，付懒汉一家人的收入早已超出脱贫标准，付懒汉也成了水泉沟村第一个脱贫户。当他得知自己终于摘掉了贫困户的帽子时，他拉着于荣奎的手久久不肯松开，竟然激动得有点语无伦次，"我也不知道怎样感谢你，感谢政府，请你们放心，我一定好好劳动，不让政府再为我操心了。"

付懒汉尝到了劳动的甜头，更增强了致富的信心。2014年，水泉沟村争取到了坡改梯项目，将2000亩山坡荒地改造成了良田。就在此时，付懒汉看准了时机，他承包了村里40亩土地，开始种植甜菜，他披星戴月，每天都和妻子认真劳作。一年下来，40亩甜菜纯收入达到了2万多元。乡亲们都开玩笑说："你这懒汉居然成了致富典型，我们得好好跟你学学。"他的变化大家都看到了，从此村里再没有人叫他不雅的绰号，改口叫他老付了。振作起来的付占山颇有感慨："年轻也好，七老八十也罢，如果没有上进心，指定完犊子。"

2016年，村里开始实施易地扶贫搬迁项目，按照脱贫不脱政策的要求，老付一家又是第一批受益者，在政府每人2万元建房补贴的帮助下，老付又自筹部分资金盖起了三间砖瓦结构的新房，在这年冬天来临之前，一家人幸福地搬进了新家。同时，经过驻村工作队的多方努力，帮助老付的女儿付海燕落实了"雨露计划"扶持政策，付海燕每年都会获得1500元的教育资助。

如今，驻村工作队再到老付家走访，听到的都是喜事连连，女儿在学校又获得了奖学金，去年购买的母牛新下了小牛犊，家里新添置了液晶电视和全自动洗衣机……至此付懒汉在政府的帮助下，在政策的扶持下，走上了一条奔小康的康庄大道。

"要是早点这么干就好了。"付占山回想过去混日子的时光有颇多感慨，让人叫了这么多年"付懒汉"脸上还有些发热，妻子安慰他，说："你那时懒，我也不勤快，赶上现在的好政策，再不干真的说不过去了。"振作起来的付占山夫妇铆足了劲，为了活得有尊严，他们用实干又创造出一个春天。

初次听到"冬不冷"的村名，我想到昆明，以为这里四季如春呢，其实错了。

初春季节，外面还是春寒料峭、万物待复苏的景象，可是林西镇冬不冷村一排排整齐的蔬菜大棚里，却是瓜果飘香，红红的草莓甜美多汁，翠绿的黄瓜娇嫩欲滴，一派生机盎然的景象，产业扶贫的效果展示得淋漓尽致。

走进村民杨凤琴家的草莓大棚，几个年轻的姑娘正在边品尝边采摘草莓，一问才知道，她们是从县城开车专门来大棚采摘的。杨凤琴说："自己种了三个温室大棚，全是无公害蔬菜，大棚草莓种了两年，一次都没出去卖过。"

"现在通我们村的全是水泥路，县城里的人开车到大棚来采摘只需几分钟，就和到自己家菜园子差不多，我的菜在棚里就都被买走了。"

冬不冷村距林西县城仅有4公里，全村共有6个自然村，生活着蒙汉两个民族1613人，以农业为主，全村总耕地面积3126亩。冬不冷系蒙古语"准布朗"的音译，意为"东山湾"。

在脱贫攻坚工作中，这个村的蔬菜种植种出名堂，冬不冷的辣椒特别有名。一到秋天，外地的菜商抢着来收。可是过去遇到阴雨天因为街巷泥泞进不来车，眼瞅着菜拉不出去烂到地里。自从实施脱贫攻坚工程以来，冬不冷村先后投入700余万元完成了街巷硬化3公里，危房改造121户，安全饮水448户。不仅建起了便民超市、标准化卫生室，还修建了一处600平方米的文化活动中心，硬化休闲广场3000余平方米，绿化美化6000余平方米。村村通电、村村通广播电视已经实现覆盖，村庄环境整治工作也实现了"四清四改四化"的建设目标。

借着脱贫攻坚的东风，冬不冷村因地制宜，确定设施农业、大田蔬菜、综合服务等主导产业。成立蔬菜种植专业合作社，建设日光温室大棚42栋，冷棚125处，种植大田蔬菜2000余亩。村民薛桂华自豪地说："我忙时种地养牛，闲时闹秧歌，生活可丰富了，和你们城里比起来不差啥，连人都越活越年轻了！"

居民口袋里有了钱，心里就有了底，脱贫攻坚美了乡村，富了百姓，从忙碌的冬不冷老百姓的脸上，我们看到又一个播种希望的季节来到了。

在七合堂村富裕户比比皆是，像王玉荣这样的贫困户的确不多了。王玉荣是林西县新城子镇七合堂村一名勤劳朴实的农村妇女，脸上总是带着笑意。2003年的一场车祸导致王玉荣丈夫迟凤刚卧床不起，失去了生活自理能力。那年她才31岁，突来的意外并没有打垮她，此后15年不离不弃照顾丈夫的饮食起居，一日三餐，一口一口地喂饭，一天十几次翻身，把丈夫照顾得很好，从来没有生过褥疮。

她把家里小院收拾得干干净净，60平方米的砖房窗明几净，日子过得风生水起。她是一个乐观向上的人，正是她的坚忍与勤劳，才撑起了整个家庭。王玉荣告诉来访者，起初她也是每天以泪洗面，面对卧床不起的丈夫，还有不满十岁的孩子，她也曾一度迷茫，看不到出口，但是日子终归要过下去。她咬紧牙关，撑起了整个家庭的重担。刚开始丈夫都不能接受自己的现状，一度对生活失去了信心。在妻子的劝解及耐心照料下，他重新鼓起了生活的希望，与妻子共同面对困难。2014年她家被纳入建档立卡贫困户，帮扶责任人开始对她家进行帮扶。

在七合堂村两委的帮助下，她自己一个人种了10亩果树，还加入了九佛山野果种植合作社。平时白天在果园里劳作，两个小时回家一次，照顾丈夫，虽然很累，但是她很珍惜一家人能够在一起相濡以沫的幸福。在自己的努力与众人的帮助下，日子一天天有了起色。

"我家现在果树收入一年1.7万元。去年种植樟子松6亩，再过2年每棵树苗可收入40元。"

常年的劳作使她得了腰椎间盘突出，新城子镇卫生院为贫困户体检时了解了她的家里情况及病情，从2017年年末到现在，每个月都会免费为她送来药品，经过治疗病情有了好转。在镇村的帮助下丈夫申请了一级残疾认定，得到了残疾补助每年450元。帮扶人又向民政部门为他们一家三口申请了低保，解决了部分生活支出来源。儿子已经上大学了，申报了贫困大学生3万元补助，又享受了建档立卡"雨露计划"每年1500元补助。2018年开始实习，每月自己可以收入2000元，也可以为母亲分担一部分压力。王玉荣说："我自己种果树的收入，加上其他收入算下来一年有25000元，2015年我就脱贫了。"

王玉荣热心肠，是村里的果树嫁接及剪枝能手，谁家里有需要，她都会热心地去帮助。她说："在我最困难的时候是邻里们扶了我一下，我才把日子逐渐过好。滴水之恩，当涌泉相报，在别人有需要的时候我也会尽我所能去帮助他们。"

如何在现有的果树种植、销售上做文章，将自己的钱包变鼓，她首先想到了现在流行的电商微商，如果把果品从果园直接卖到消费者手里，省去了中间商的环节，果品售出的收入会更高。2018年开春林西县商务局来村里举办电商培训，她积极参加，学习了很多互联网销售的知识，获得了电商扶贫培训结业证书。她决定要做线上销售，以拓宽果品销售渠道，让自己的收入更多一些。

一进院门环顾四周，这是一处典型的农家小院，各种物品摆放得井井有条。进入屋内，虽然简陋，但干净、明亮、整洁，不难看出这是一户勤劳朴实、踏实肯干的人家，这就是南门外村二组精准扶贫户姚春家。

姚春中等身材，黑红的脸庞已布满岁月的痕迹，眼神中透露着些许无奈与无助。在交谈中得知姚春一家四口，以前在南门外绝对是首屈一指的富裕户，但儿子突如其来的一场大病几乎压垮了这个家庭。十几年前儿子姚童心被确诊为尿毒症，为了给儿子换肾，他把家中的四间砖房以及所有值钱的家当全部变卖，但这对于高昂的治疗费用来说仅仅是九牛一毛，没办法，姚春只能向亲朋好友借钱，终于凑够了二十多万元，给儿子做了手术。

术后儿子的情况还算稳定，但仍需昂贵的进口药来调理，这对于已经无家可归的姚春来说，无异于一块大石压在胸口，根本喘不过气来。一方有难、八方支援，南门外村委会得知他家情况，组织了捐款活动，并免费提供一块宅基地，帮助他盖起了三间砖房，他家总算有了落脚之地。为了减轻家里的经济负担，尚未康复的儿子姚童心不得已中断后续治疗，走上了艰辛的打工之路，可一年后姚童心旧病复发，换肾无望，只能靠每周透析三次来维持生命，每月透析费用就要8000多元，加上口服药，一个月的治疗费用就要1万多元，除去新农合报销，每月的花费也要6000多元。姚春本人也积劳成疾，患上了心脏病、高血压、糖尿病等多种疾病，这对于本就经济困难的他来说更是雪上加霜，一度使他陷入绝望。

党的十八大以来，脱贫攻坚成了中国全面建成小康社会的底线任务和标志性指标。姚春一家很幸运，2014年被识别为精准扶贫户，在政府和帮扶单位的帮助下，他把自家的2亩水浇地盖成了蔬菜大棚，一般一个大棚每年种植两茬蔬菜，他种三茬，每茬纯收入2万多元。同时，驻村干部又积极与民政部门协调，帮助其家里两口人办理农村最低生活保障，又帮助其妻子任桂云上了一份失地保险。在疾病治疗上，除合作医疗外，还有大病救助和民政救助，基本解决了姚春家的后顾之忧。2016年底姚春家脱了贫，摘掉了贫困的帽子。为使姚春一家真正稳定脱贫、不返贫，2017年林西镇政府将姚春一家确定为脱贫不脱政策的扶贫户，继续享受扶贫政策。通过各项扶贫政策的扶持，截至2017年底，姚春一家人均纯收入达到了8000多元，已实现稳定脱贫。姚春的脸上露出了久违的笑容，他逢人就说："感谢党，感谢政府帮助我家走上了小康之路。"

小康路上一个都不能掉队，这是当代中国共产党人做出的庄严承诺，姚春一家就是这项政策真正的受益者，在林西县像姚春这样沐浴在党的优惠政策下的贫困户还有很多，他们见证了这个时代。

回眸脱贫攻坚采访路上的历程，每一个脱贫故事都让人难以忘怀。有自强不息的贫困户，有返乡创业的带头人，有扶贫一线奋斗不止的党员干部、扶贫工作队员，他们的角色不同，却为同一件事"脱贫攻坚"而共同努力。

听了官地镇纪检书记庄富春讲述马鞍山村一对残疾夫妇的脱贫故事，决定到实地看一看。

从官地往北行驶十几公里，避开主干道斜插西北方向，就开始爬坡了。山不是很高，但连绵起伏，波浪一样。拐上窄路，便滑向谷底，从沟谷爬上来，与山脚下的村庄撞怀，抬头仰望，两个山包突兀在山顶，真如一副马鞍，太形象了。这就是马鞍山村。庄富春打趣，新建村部时门口冲着马鞍山的方向，寓意快马加鞭，可这些年这匹静卧千年的马一直没有跑起来。庄富春在马鞍山联系帮扶多年，对村里的住户熟门熟路，左拐右拐，穿过几条胡同，来到一家门前。

"这就是杜德军家。"

院子宽敞，左侧是低矮的仓储房，右侧是圈舍。三只狗拴在不同方位，其中一条高大健壮，毛色金黄。见生人进来，齐声狂吠。杜德军出去放羊，只有女主人苏国琴在家，她行动有些迟缓，挂着一根木棍，走路一扭一扭的，看着费劲。这条木棍已使用多年，顶部被手磨光了。她厉声呵斥三条狗，立刻噤声。室内收拾很干净，电视没有关，正播放一部古装电视剧。墙上贴着贫困户登记卡。

杜德军，马鞍山村一组。

贫困产业基金3000元。

养殖收入8000元。

"一卡通"收入11884.34元。

家庭总收入22884元。

人均纯收入6628元。

"这是2017年的数字，2018年的情况略好一些，这样的贫困登记卡一式两份，另一份在镇里存档。"庄富春替苏国琴解释。

官地镇马鞍山村村民杜德军夫妇俩都是残疾人，十几年前杜德军因一次意外受伤失去了左手，是家里的"一把手"。妻子苏国琴也因小时候摔伤导致双腿残疾，夫妻俩靠种几十亩田地过日子，生活举步维艰。2014年，新一轮脱贫攻坚启动后，杜德军作为扶贫对象，村里利用"三到村三到户"扶贫资金给他家分了9只羊，自己又借了2万元贷款买了16只羊搞起了家庭养殖业。经过一年的发展，羊存栏量达到了70多只，年出栏30多只，一算账，一只羊纯收入300多元，当年就脱了贫。2017年，夫妻俩想扩大养殖规模，但资金却出现了缺口。驻马鞍山村第一书记武大雨和工作队员入户调查时，知道杜德军的想法后，及时协调帮助他借了5万元富农贷款，购买了26只羊。如今，他家的肉羊存栏量已达到100多只。采访时，杜德军的妻子苏国琴告诉我，2018年信用社的贷款到期了，至少出栏60只肉羊，才能把5万元贷款还上。她说："虽然我们是残疾人，但过日子不能让人瞧不起，国家的好政策让我们过上了好日子，决不能让国家照顾一辈子，腿不能正常走路了，还有手，靠自己的双手奋斗出的日子才踏实！"

"'一把手'啥时回来？"

"还早呢，估计得下午。"苏国琴笑了。

她执意要送送我们，实在不忍心看她走路的姿势，婉言谢绝。可走到院门口回头，见她还是出来了，倚着门框。

同样是残疾人的袁春龙也是马鞍山村民，今年46岁，聋哑人。前几年一直在外地打工，由于患糖尿病不得不回家治疗。失去了工作，没有了经济收入，治病又花光了所有的积蓄，忧愁和郁闷爬满了心头。镇村干部和驻村工作队在入户走访时了解到他的情况后，看他还年轻，自己劳动挣钱应该是没问题，于是三天两头往他家跑，并通过他哥哥袁春奎共同做他的思想工作，经过近一个月的软磨硬泡，苦口婆心，袁春龙终于回心转意，在哥哥的帮助下，2018年春天，他自己动手盖起了一栋猪舍，买回8头仔猪。

哥哥袁春奎说："再有两个月，8头猪就能出栏了，一头猪卖2000元的话，8头猪就能收入1万多元钱。"

"他现在的劲头可足了，这批猪还没出栏呢，就已经打算进下一批猪了，还要再进两头基础母猪，到时候能自繁自育，就不用再外出买猪崽儿了，这样收入就能更多一些。"哥哥说。

挨着猪舍的左侧，还有一栋鸡舍，袁春龙打手语，靠哥哥翻译大致意思是，他还要发展养鸡业，30只小笨鸡已经进回来了，放在鸡笼里，2018年年底，小笨鸡加上笨鸡蛋，收入又增加了一大截。

身为残疾人，硬是把养殖业搞得风生水起，其中的艰辛只有他们自己知道，但从他们的眼中，我没有看到丝毫的苦难和忧愁，他们带给我的始终是满脸的坚毅和笑容，他们不等不靠，用坚强战胜了自己，战胜了贫困，他们内心的强大征服了每一个人。

在十二吐乡西山根村采访时，刘占林不止一次提到耿立伟，在八月末的一个下午，我见到了他本人。耿立伟原来是建档立卡贫困户，由于家庭困难又身患疾病，生活极端贫困。为了帮他树立生活的信心，西山根村两委班子想引导他种植暖棚脱贫致富。然而思想一根筋的耿立伟却始终不相信种大棚能赚钱，硬是做不通思想工作。没办法，身为村党总支书记的刘占林多次带他到外地考察，学习种棚经验，又带头亲自种了两个暖棚西红柿做试验，真正见到成效后，耿立伟才动了种棚的心思。2014年，在村委会的扶持下，免费为他提供四个暖棚种植西红柿，没想到一年下来，四个棚收入达到了十万多元，不但脱了贫，还买上了农用四轮车、家庭小轿车，生活一下子变了样。在他的带动下，在外地打工的谭明军、褚建伟等10多户村民相继回乡种起了大棚，耿立伟还当上了技术员，免费为这些种棚户进行技术指导。2018年由于市场行情好，村民们的西红柿都卖上了好价钱。如今，西山根村利用设施农业这一优质资源,带动全村55户建档立卡贫困户种植暖棚,实现稳定脱贫,设施农业已经成为村民致富奔小康的"绿色银行"。西山根村党员干部和群众一起发展产业,有效激发了百姓的内生动力,彻底改变了群众心中"靠在墙边晒太阳,等着政府送小康"的懒惰思想,让群众脱贫致富有了目标,有了方向,能够实现脱真贫、真脱贫。

林西县坚持以"让群众搬到好地方,住上好房子,用足好政策,过上好日子"为着力点,走活"易地搬迁+"这步棋,大力实施"易地搬迁+光伏产业"、"易地搬迁+设施农业"、"易地搬迁+产业园区"等扶贫模式,让群众居住环境得到了有效改善,通过农牧业产业发展带动了农民增收,提升搬迁户的幸福指数。

2016年,五十家子镇结合当地自然条件,将搬迁安置与发展产业相结合,对26户贫困户、81人以"拔萝卜"的方式整体迁出,建设东边墙易地扶贫搬迁新村。同时实施光伏发电工程,集中安置、集中管理、集中扶贫、集中脱贫。如今,光伏工程已经并网发电,村民每年坐在炕头上就能收入3000多元钱。贫困户童文虎特别激动,说:"党的政策就是好,做梦都想不到不但能住上新房,还能月月有收入,农民的日子一定会越来越好!"

统部镇曹家屯三道沟村民薛兰成也是易地扶贫搬迁受益户。他和村里24户贫困户搬到新村后,不但住上了新房,而且每口人分到了一栋蔬菜大棚。2017年,老两口儿依托统部双赢农机合作社,在棚里种植了南瓜,年收入达到1万多元,很知足。对未来的生活,他信心满满地说:"在党和政府的帮扶下,我终于光荣脱贫了,以后还要撸起袖子加油干,努力创造更幸福、更美好的生活!"

易地搬迁,让搬迁的居民过上了蒸蒸日上的幸福生活,他们脱贫奔小康的梦想已不再遥远。

采访路上,每到一处,走进每一个贫困户家庭,见到每一个摆脱贫困的老百姓,我都深深地感受到,如今的林西大地最美的风景是贫困户们发自内心的幸福笑容!

一路走来,被真情感染,被故事打动,采访路上马不停蹄,自是疲惫,但一次又一次的感动和震撼,疲惫顿消,胸中塞满百姓故事。在下榻的宾馆,宣传部、扶贫办提供的参考资料一大摞,我反复观看几年来新闻媒体采访录制的《林西县900多个农民专业合作社成脱贫先锋》、《林西县易地搬迁"挪出穷窝"、产业发展"斩断穷根"》、《林西县"1+4"组团造血拔穷根》、《不等不靠不要,身坚志残甩穷帽》、《林西县健康扶贫为百姓"拔穷根"》、《林西县旅游扶贫奏响富民曲》、《林西县金融扶贫扶出农民好日子》、《易地搬迁:走出深山幸福来》、《易地搬迁圆富梦》等反映林西县脱贫攻坚取得显著成效的新闻作品,思绪打开一扇窗。

一件小事实事,纳溪成流,汇聚着林西县各族干部群众的辛勤汗水。变化的乡村,变化的百姓,记录着群众脱贫致富坚实有力的步伐和日益坚定的信心,记录着与贫困决战的不屈精神。每个贫困户满足的笑脸,每个扶贫干部坚定的笑脸,绘就成一幅脱贫攻坚的截图,他们活的有尊严,活的有自信。有尊严地活着,本是最基本的生存标准,可那些极端弱势的特殊贫困群体,他们的尊严常常被压抑在自卑的背后。多少年来,他们一直没放弃对正确人生之道的追求,多么渴望像健康人一样寻求正确的人生姿态,冷眼和歧视事实上是存在的,而脱贫攻坚帮助他们找到了人生坐标,让他们找回了尊严。这些人富足起来,其意义已不局限在贫困户本身,彰显的是一种文明,一种社会的进步。

"迟日江山丽,春风花草香。"清晨,丝丝缕缕花草的清香溢满了整个林西县林西镇黄河子村。

六队的孙有财老汉家里热闹非凡,"嘎嘎嘎……"、"咩咩咩……""咕咕咕……"一听就是鸡鹅和绵羊的叫声,高低起伏,仿佛动物大合唱。

有财老汉一会儿给羊添点草料,一会儿给后院的大白鹅喂点水,转身又给帮扶单位发的"扶贫鸡"扔点野菜,脸上洋溢着幸福的笑容。

有财老汉是名地地道道的农民,今年71岁了,患有高血压、心脏病,胳膊做过管轴手术,妻子因肾衰过世,欠下了8万多元的外债。他也因此心情郁结,一度消沉,看不到未来的希望。2015年,他被识别为村建档立卡贫困户,县直帮扶单位科学技术协会和林西镇政府派驻专人进行结对帮扶,为其办理了低保,修缮了房屋。2017年,搭上产业扶贫直通车,通过落实发放脱贫产业基金收益分红,实施孝扶共助等措施帮助他脱贫。

曾经是老三届的有财老汉常说:"人就要有一种不服输、不认输的精神,什么都不能靠等。"言犹未尽,他补充道,"如果不是老伴有病,说我贫困,我不同意。"生活有了奔头,老汉开始规划起自己的小日子,他先用政府发的1000元脱贫产业基金收益分红款、孝扶共助资金、低保费再加上借来的钱,买了20只小鹅和12只羊羔,又种了30亩玉米。目前小鹅和羊羔已经长大,鹅蛋卖出4000多元,繁殖的羊羔达到22只,已卖的羊羔收入了4000多元,玉米也卖了1万多元,目前年收入已超万元。

有财老汉的腰包渐渐鼓起来了,生活慢慢露出富裕的曙光,在家人的撮合下,老汉娶了贤惠的刘凤兰大娘做老伴,结成夕阳家庭,两个人的日子越来越好。有财老汉说:"习近平总书记说过'幸福是奋斗出来的',这话说到我心坎上了,在这么好的政策带领下,我们自己也要勤劳致富,想想现在的日子真像做梦一样。"

有财老汉的"有财梦"实现了，老人家未来的日子将与幸福同行。

走进鞠森家宽敞豁亮的大门，迎面是一排四间大瓦房，窗玻璃擦得一尘不染。房前小院里规划得整整齐齐，院子满铺水泥面直到大门口。正对大门口，一排厢房改造的猪舍里一群小猪正在嬉闹。谁能想到，2016年他家还是没脱贫的贫困户，房子破，院子破，身上的衣服破。

鞠森是大营子乡东荒村的贫困户，今年53岁，患有双侧股骨头坏死，51岁的妻子李景学是家里的主要劳动力。一直以来，主要靠李景学种地、务工艰难维持家庭生活。这样的两人家庭，生活的困难可谓压实了老鞠两口子的肩膀，让他们有些喘不过气来。他一直想不出如何让家庭走出困境的办法，日子久了，也就麻木了。

大营子乡的确不小，林西镇以北以西，乃至"坝后"统部镇前面那道山梁以前，都属于大营子乡领地。全乡经济元素比较齐全，有平川，有山区，还有城郊型的，因而各村在发展上也不同步，既有土庙子村这样的"林西首富"，也有东荒村这样在后头"打狼"的，鞠森是东荒村建档立卡贫困户。这个家庭的转折点出现在2017年，全县脱贫攻坚全面铺开，大营子乡和东荒村决心很大，为引导贫困户有志气、有自尊、有信心，帮助多名贫困户自力更生"拔穷根"，东荒村委会和驻村工作队来到鞠森家集体"会诊"，动员老鞠养猪，并承诺到时候帮助他销售仔猪。于是，老鞠从天津的妹妹那里借钱养了5头基础母猪。头一年养猪，家里种的是甜菜，饲料不是很够。鞠森的妻子李景学忙完地里的活后，在劳务市场待了几天，没赚到多少钱。一咬牙，留下鞠森在家，只身到邻近的克旗郝氏矿业打工。李景学真是能干，两个多月赚了8000多元，解决了饲料问题。2017年末，出栏了6头小猪，每头卖了800元，还多增加了一头基础母猪，鞠森老两口儿的付出终于有了回报。2017年底，他家人均收入6000余元，各项指标均已达到贫困人口退出条件，顺利通过了县乡两级验收。

脱贫不是一件简简单单的事，其中艰辛只有鞠森两口子自己知道。他经常说，自己有手有脚，戴着贫困帽子等、靠、要，脸上总觉得不光彩，走在路上感觉目光刺背，只有自力更生、自立自强脱贫才光荣。

"只要找对路子，勤劳肯干，就能脱贫致富。"鞠森两口子认准这个理。有了第一年的发展基础，他们详细拟定了新的发展规划。鞠森说："现在我这圈里已经有19头小猪了，预计每头最少能卖600块，我盘算着今年再多养几只基础母猪，养上15头，我这个身体最多也就能养这么多。"还有配套措施，李景学说："今年地里种的都是玉米，我都种完了，过两天我还得去劳务市场打工，村里还给我在就业局扶贫就业服务中心报了名，让我当月嫂，先去培训中心培训一个月，我俩这日子是越来越有奔头了！"李景学是笑着说的，笑容里既含着满足，也包含着对政策的感恩。

在林西镇常胜村，有这样一户家庭，儿媳妇还没过门，却先成了婆婆家的顶梁柱，每天去婆婆家干活，婆媳俩唠起来就没完。婆婆丁玉芝，儿媳孟庆霞。孟庆霞之所以先入为主，是婆婆家的情况有些特殊，再就是他与丁玉芝的儿子程国立有个约定，啥时日子过好了，啥时结婚。

早晨孟庆霞照例去婆婆家"上班"，直接去了地里，昨天进的辣椒秧，今天要全部栽上。不一会儿，婆婆也到了。

"今天栽完这些辣椒秧，咱家的8亩地就全种完了……"

"嗯，看今年这雨水，年头应该差不了，咱家这些地到秋天能有个好收成……"

丁玉芝和儿媳孟庆霞在菜地里边干活，边聊天，有说有笑。

丁玉芝家是林西县林西镇常胜村建档立卡贫困户。孟庆霞来自于新林镇上升村，心地善良。2014年，孟庆霞与程富忠的儿子程国立相识，小伙子诚实能干，孟庆霞对他颇有好感。第一次走进程国立的家，她对这个因为疾病、残疾而导致极端贫困的家庭惊诧不已。程国立的父亲程富忠，患有脑血栓后遗症，行动不便，走路一蹦一蹦的，长期靠药物维持。母亲丁玉芝61岁，双膝软骨受损，不能从事重体力劳动。妹妹程国新患有先天性脑瘫，生活不能自理。

"你们家……咋这样啊？"

看到程国立的家庭条件，孟庆霞皱起眉头，她犹豫不决，是否走进这个家勇气不足。程国立诚实善良，老实憨厚，对自己的家境不藏不掖，坦诚面对，他不勉强她，能不能继续交往由她自己决定。程国立是有名的孝子，这一点让孟庆霞十分感动。于是，她决定和程国立一起撑起这个贫困又多灾多难的家庭，并于2017年12月29日与程国立订了婚，正式成为程家的准儿媳。

为了让婆婆家尽早摘掉贫困的帽子，孟庆霞让未婚夫程国立继续外出打工，她自己几经奔波，在县城内找到了一份工作，一边打工一边照顾家里。公公婆婆的常用药没有了，她把药送过来，小姑子病了，她领着看病抓药。不仅如此，林西镇鼓励贫困户发展小养殖，需要扎鸡圈，婆婆打电话给她，孟庆霞立刻赶回来清理场地，扎好鸡圈。土庙子种大田蔬菜致富，她鼓动婆婆家试种。春耕开始了，她请假回来帮着婆婆整地栽秧。

孟庆霞不嫌贫爱富，甘愿当贫困户家的儿媳妇。婆婆家的活实在太多，程国立常年外出，家里没一个硬棒的，索性放弃外出务工机会，自愿回到家乡照顾婆婆一家，成了主要劳动力。

"自从小孟来到了老程家，这一家老小总算有人照顾了，日子过得也比以前红火多了，他们家真是说了一个好媳妇。"邻居张婶对懂事的孟庆霞夸赞有加。

婆婆丁玉芝更是有说不尽的话，说着说着就流泪，她激动地说："上辈子修来的福，摊上这么好的儿媳妇。儿媳妇在街里打工，每隔几天就会回来一趟，对我们掏心窝子的好，自己的亲闺女也就这样了。"

孟庆霞无怨无悔地扛起了照顾公婆、操持家务的重担，她有一颗善良的心。一年四季，春种秋收，起早贪黑，忙得手脚不闲。两年过去，程国立家经济条件明显改善，她心里默默盘算，年底和程国立把结婚证领了，两家人坐在一起吃顿饭，就算把婚事办了。

第十九章　九佛山不会忘记

自从盘古开天地，大自然进行了优化重组，演化出的大千世界姿态万种，令人称奇。雄坐于林西南部的九佛山，南临西拉沐沦河，北望沃野千畦，弥荡着冥灵仙气。山顶被岁月风蚀成一个光秃秃的冰臼平面，周围大大小小的冰臼棋布，如钵如锅。对面是一排断崖，大自然的鬼斧神工把峻石劈削成九尊佛的样子，法相庄严，形象逼真，栩栩如生。登高远眺，尊尊佛峰，上下九重，九佛山以深邃的底蕴默默加持天佑林西。当脱贫攻坚在全县唱响，无数只佛手伸展出来，为林西县脱贫攻坚加油助威。于是，九佛变身成九扶。林西县能够精准退出，不能忘却他们。

内蒙古自治区派驻林西县脱贫攻坚工作总队队长、内蒙古自治区妇联副主席云翠荣，她的身影经常出现在田间地头，出现在百姓家里，出现在幸福院，出现在蔬菜大棚里，出现在易地搬迁建筑的工地上。在每个角角落落，从早到晚，不知疲倦，用行为示范了一位好领导、好干部、一个贴心人、一个优秀人民公仆的形象。2017年2月19日进驻林西县，与县委、政府对接工作后，即赴乡镇、村屯开展督导工作。

她带领工作总队进村入户、进企业、看项目，对全县9个乡镇开展了19轮督导推进。两年来，她深入92个行政村，202个自然村，走访615户、1194人。调研龙头企业5家、专业合作社26家、脱贫项目64个、移民搬迁工程49处。在广泛深入了解情况的基础上，对全县脱贫攻坚工作做出客观判断，做到心中有数，有的放矢，为做好督导工作打下了坚实的基础。她主持起草了全面系统的督导调研报告，肯定成绩、分析问题、提出建议。她主持制定督导工作方案，明确指导思想、目标任务、工作步骤和具体要求，为做好督导工作提供了可遵循的原则。

"这些年林西县扶贫工作卓有成效，勤劳肯干的多数已经脱贫了，剩下的多数是鳏寡孤独或是有病的。"

在调研中发现，林西县因病致贫人口比较多。一些突发大病，家庭很快由小康户变成贫困户，脱贫户急速返贫，医疗保障成为脱贫的一个瓶颈。针对这个情况，云翠荣向县委、县政府和扶贫办及时反馈。经认真研究，出台完善了林西县健康扶贫政策，极大地减轻了贫困户的医疗费负担，也解除了生活的后顾之忧，全县脱贫步伐加快了。

云翠荣特别关注那些弱势群体，在调研中了解到，年老体弱丧失劳动能力的贫困户，因大病失去主要劳动力的贫困户、残疾贫困户，不能通过发展产业项目增收，脱贫困难。云翠荣又与县里沟通反映，建议对这部分贫困户实施叠加兜底保障政策。县里研究后，出台产业基金扶持政策，加大光伏扶贫力度，让这些贫中之贫、困中之困的贫困户，得到来自农村低保、产业基金、光伏发电等方面的收入，脱贫进程加快了。

移民搬迁是林西县脱贫攻坚的一项重要任务，工程量大，涉及面广。2017年3月，大地复苏，林西县脱贫攻坚与播种季节同行。在第二轮督导工作中，云翠荣了解到2016年计划搬迁的集中安置点和互助院有22处，但大部分没有动工。2017年计划建设的24处集中安置点和互助院还未启动。易地移民搬迁是林西县主推的脱贫攻坚工程，早动工一天，贫困户就早入住一天，她觉得应该尽量往前赶。云翠荣与有关领导和具体负责同志沟通后，工作总队深入拟建安置点进行重点督导，与县、乡镇领导沟通情况，督促排出工作进度，确定完工入住时间，完成路径，倒排工期。

"云主席，我们年轻的跑吧，您在家歇一天。"

"放心吧，我身体没事，不亲眼看一看我心里不托底。"

话虽这样说，可与她同行的工作队员看着她一脸的倦容，知道她的腰疼病又犯了，被她的忘我工作热情深深感动。事必躬亲，亲力亲为，有时一天要马不停蹄走10多个安置点，实在太累了，就在车上打个盹，继续行程。为了让居住在临时建筑内的贫困户在天冷前住进新居，她带领工作总队成员与乡镇领导六进吉林坝，十二次到五十家子。在施工现场看得仔细，想上房顶看看，可没有梯子，村干部灵机一动，把闲置院角的毛驴车竖起来。直至看到临建内的贫困户全部搬入新居，室内暖气、自来水安装完毕，才放了心。在她的带领下，在各级干部的共同努力下，到2017年11月，2016、2017年计划建设的46个集中安置点和互助院全部完成建设任务和产业配套，两个2018年的建设项目提前建成并投入使用，移民搬迁走在了全市前列。

脱贫攻坚关键在夯实基础，重点在落实各项脱贫政策。在入村入户调研中，她把精准识别、精准施策、精准退出作为重要督导内容，在村级主要检查程序的规范性。入户则与群众沟通聊天，耐心细致了解生产生活和收入情况。以此对村、户两级精准识别、精准施策、精准退出程序的规范性和识别退出对象的准确性作出判断，依据走访样本量作出数据分析，对存在的问题及时向扶贫办反馈。为了进一步强化基础工作，她又对精准识别、精准施策、精准退出程序和应该坚持的标准进行两次督导，重点走访位置偏远、基础较为薄弱的村屯。按照程序环节逐项检查执行情况。入户看住房、问医疗、谈就学，算收入账，检查三保障情况。引导基层干部熟悉工作程序和识别、退出标准，确保结果的准确性。2017年，林西县开展了两次动态调整工作，识别的精准度达到99%以上，为精准帮扶提供了可靠的依据。

云翠荣围绕"六个精准、五个一批"这个重点，结合林西县"5531"发展思路，认真督导产业扶贫、健康扶贫、移民搬迁、教育扶贫、政策兜底扶贫在乡镇、村、户的落实情况。

"再好的政策只有不折不扣地落实才有意义。"

脱贫攻坚如火如荼，云翠荣带领她的团队走进全县重点脱贫项目、脱贫产业园和种植、养殖大户，了解项目建设进度和带动贫困户情况。走进乡镇、村了解脱贫规划制定和执行情况。走进贫困户家中，看产业措施、健康扶贫等政策的落实情况。如今，当年建设的重点项目正在逐步投产，现代农业园建成交付使用，蔬菜种植面积不断扩大，贫困户通过土地流转、资产收益、劳务用工、生产经营等获得收入。贫困户的收入渠道不断拓宽，生产生活条件得到改善。

为指导加强基层组织建设，发挥好组织领导群众脱贫奔小康的作用。云翠荣带领工作总队对驻村工作队宣传政策、落实帮扶措施情况进行督导，指导理顺关系，发挥好整体作用。针对扶贫档案建设不够全面、不够规范的问题，在现有档案系统的基础上，她带领团队编制出督导档案模板4级5类30项，促进县、乡镇、村、户档案规范化建设。同时，走进林西县扶贫办、财政局、民政局等部门单位，督导推进国家、自治区、市、县出台政策落实和任务完成情况。她带领工作总队建立联合工作机制，采取统筹规划、分级实施、及时反馈、跟踪整改的办法，与县委、县政府和扶贫办建立经常性沟通反馈机制。对于督导中发现的问题，根据情况不同，采取大会反馈、专门会议反馈、部门反馈、个别反馈和单独约谈的办法，沟通情况，提出建议和要求。她带领工作总队参加自治区脱贫攻坚座谈会1次，县级大型工作会议3次，召开自治区、市、县联席会议1次，与县里召开联席反馈会议9次，与乡镇组织一般性座谈会45次，研究解决重点问题8项，交办问题9项，已整改完6项，提出相关意见建议37条。这些意见和建议进入决策层，便是一种推力和动力的转化。

脱贫攻坚政策性强，事关民生，云翠荣带领工作总队成员加强学习，促进思想政治建设。工作总队成立了临时党支部，定期召开组织生活会。建立学习制度，认真学习党的十九大精神，学习中央和自治区脱贫攻坚的重大决策部署。详细制定工作守则，建立例会制度，严格纪律要求，执行中央八项规定和自治区28项配套规定，勤奋工作，廉洁从政。做到明确工作职责，找准督导着力点，牢固树立群众观点、走群众路线、密切联系群众，坚定信念，践行宗旨。云翠荣与她的团队坚持艰苦朴素的工作作风，工作生活一切从简，不增加基层的负担。他们发扬连续作战的精神，工作一抓到底，直到完成。她还建立了请示报告制度，及时向指挥部请示汇报工作，报送有关材料。坚持理论联系实际，切实增强四个意识，增强工作的责任感、使命感、紧迫感，督导工作紧张而有序，保证了年度督导任务圆满地完成。

对于这位不知疲倦的老大姐，林西人无以回报，只能说一声，云主席，您辛苦了。

"田副县长。"

林西人这样称呼田昊，就像久别的朋友再次邂逅，在县政府，他协助县长专管脱贫攻坚。

田昊初次来林西县是2016年，他当时的身份是北京市丰台区团委副书记、区青联副主席。田昊一行去林西对口帮扶，见到很多贫困学校的孩子，对田昊触动很大。

"孩子们的愿望都特别简单，想要一双鞋，一件红色的衣服……"他心里不是滋味，在他看来，这是最基本的生活需求，本该得到满足的。

捐赠的书是未成年人权益保护丛书《为你的青春撑把伞》，孩子们每人手里拿着这本书，眼里透着希望。田昊忘不了孩子们的眼神，走时心情复杂。

2017年11月，田昊以帮扶干部的身份再次来到林西县挂职，担任林西县委常委、政府副县长。帮扶项目里大多是农牧业设施方面，他以前从没有接触过农业，每天看农牧业节目，向村干部们学习，弥补专业上的"短板"。

对他触动最大的，就是去贫户家走访，节前慰问贫困户。念兹在兹的是张立敏双腿残疾，镇里村里为她盖了小卖部，过了年就能开张了。赵向柱患有糖尿病、癫痫等疾病，镇里干部得知他的儿子报考教师落榜后，马上提出让其先到镇扶贫办帮忙工作，并落实工资待遇。韩国树是位老党员，老伴刚去世，他说："虽然家里有困难，但我不愿意当贫困户，怕给政府添麻烦，感谢国家，感谢习主席的领导。"程富忠长期服药，需要挂拐，还有一个31岁智力残疾的女儿，老伴患风湿，无法下地劳动，他说感谢共产党，感谢共产党的干部。田昊思索着，我们还有很多的事应该做，看似小事，可对贫困户来说却是大事。他对这些贫困户说："我们的国家越来越强大，政策深入人心，我们的生活也一定会越来越好。"从贫困户家走访回来，他想到的是责任。这些贫困户多是因病致贫、因残致贫，是最弱势的群体，他们需要帮扶，需要享受阳光一般的温暖。

田昊虽然来县里工作时间不长，但是已经对这里有了很深的感情。来县里工作之前，丰台区的领导对他说了一句话，要带着感情去扶贫，但当时他并不能真正理解这句话的深层含义。经过了几个月的工作，他深深地感觉到，扶贫工作要想做好，扶贫干部必须把自己当成县里的一员，要带着深厚的感情置身扶贫工作的实践中。

带着真情帮扶，转化在行为上便是实实在在的成果。一方面，他跟丰台区慈善协会、人力社保局等区内部门对接，希望能够从民政救助、人才支持等方面给予帮扶。另一方面，在招商引资方面，他非常希望能够利用手中的人脉关系，帮助县里边引进一些企业，或者说帮着县里边推销一些农产品。他切身地感受到林西县有很多优质的农产品，但没有品牌，缺乏宣传推销，东西非常好，但是卖不出去，老百姓得不到实惠。于是，他利用节假日回家探亲的机会，在北京餐饮企业推销林西县的大马金粉条，走访北京新发地、岳各庄市场，与林西镇、十二吐乡、官地镇等乡镇结对子，为林西绿色农产品进京开辟渠道。

北京人在林西，林西人也要进北京。他思考如何把林西的产品带到北京去，一个朴实而实惠的帮扶想法在他的脑海中旋转，如果在林西县建起一个农产品生产基地，专门向北京市场供应，那么不仅林西县，周边旗县的农产品也不用愁销路了。北京有更大的消费市场，林西有纯天然绿色农产品，两者互通有无，北京帮助林西，林西也是在帮助北京。田昊觉得把优质的农产品销售到北京去，让首都的市民享受到内蒙古的这些健康农产品，彼此间互惠互利，实现了双赢。

田昊，一个带着感情来林西帮扶的北京干部，工作之余，他为自己制作一方"林西县丞印"，刻下这份使命和担当。

中央电视台一则公益广告让我记忆犹新，一个老汉拉着满载货物的木板车吃力爬坡，气喘吁吁，汗流浃背，突然感觉轻松起来，原来后面有人推车，老汉报以回眸一笑。林西县脱贫攻坚，就有许许多多身后助推的。

第二十章　现在进行时

"帮扶路上我添砖。"这是赤峰市人民检察院定点帮扶林西县脱贫攻坚的真挚心言。

近几年来,市检察院根据市委、市政府的安排部署,以精准扶贫为重要抓手,举全院之力,千方百计为扶贫点林西县五十家子镇及东边墙村谋划建设项目,筹措建设资金,整合扶贫资源,扎实推进精准扶贫工作,取得了阶段性成果。截至2018年6月底,已协调落实帮扶资金1600多万元,规划的13个建设项目中有7个已经施工完毕,4个项目正在开工建设,其他2个项目及资金陆续到位。

市检察院党组对帮扶工作一直高度重视,坚持把帮扶工作与检察工作同安排、同部署、同落实。近三年来,院领导先后十几次深入到帮扶村镇指导推进扶贫攻坚工作,多次与镇村干部和基层群众进行座谈,了解群众所需所盼,共谋脱贫致富之路。为此,市检察院专门成立了扶贫帮困工作领导小组,先后派驻4名干部到五十家子镇东边墙村挂职,协调解决具体困难,与村民一起推进脱贫工作。机关党员与帮扶村30个贫困户结成扶贫对子。2017年6月,结合"两学一做"学习教育活动,市检察院组织30多名党员到东边墙村开展"访贫问苦献爱心"主题党日活动,与当地人民群众一起锄草、挖土、栽花,美化绿化环境;与大家一起谈心交流,共谋精准扶贫之策;组织参观帮扶项目,慰问贫困户,鼓励村民坚定打赢脱贫攻坚战的信心,战胜困难,拓展思路,早日脱贫奔小康,受到了当地干部群众的欢迎和好评。

只有把贫困落后的情况摸清楚,才能把扶贫工作做到人民群众的心坎上,人民群众才有获得感。东边墙村有3个自然村,475户2800多人;耕地12450亩,水浇地4450亩;以前大部分都是"土路、土墙、土房",基础设施落后,有留守困难老人60多户110多人,家庭条件都比较艰苦,有的长期患病,有的身体有残疾,生产生活都需要帮助;村民收入主要靠牛羊散养,大部分村民常年在外打工,村民盼望着早日改善生活条件,增加收入来源,尽快脱贫走上富裕之路。了解到这些情况后,市检察院从人民群众迫切需要解决的困难入手，确定了改善村基础设施、加大危房改造力度、建设幸福互助院、建设养殖小区等民生民心工作，受到村民的肯定和称赞。

为了确保把扶贫工作落实到位取得实效，市检察院积极协调建设资金、脱贫项目，多方整合帮扶资源，确保帮扶工作顺利推进。在街巷硬化美化方面，协调资金176万元，完成街巷硬化10000多平方米，栽种绿化树木3500多株，安装太阳能路灯36盏，为村里安装了监控设施和体育器材，帮助村里建设了村史馆，建成垃圾池4座、公厕3处，村容村貌有了明显改观。在危房改造方面，协调建设资金350多万元，规划实施危房改造200户，目前已经基本完成，极大地改善了部门贫困群众的居住条件。在改善交通条件方面，协调资金120万元，修建村间水泥路一条，便民出行。在幸福互助院建设方面，协调资金100万元，筹建了4排16间房屋的幸福互助院，解决了部分困难群众老有所居、老有所居的问题。在水利设施建设方面，协调到位查干沐沦河防洪工程资金600多万元，高筑堤坝使防洪能力达到百年；协调资金60万元，打了两眼机电井，使村民都用上了自来水，新增水浇地750多亩。在养殖小区建设方面，协调资金200多万元，建设占地50亩，共10栋150间的养殖小区，整个养殖小区存栏800多头牛，仅此一项每年使全村人均收入提高了500多元。

林西县脱贫攻坚告捷，经国家和自治区核准退出了贫困县行列，但市检察院还将一如既往持续发力，进一步加大扶贫攻坚工作力度，在抓好帮扶村基础设施建设的同时，积极谋划致富项目，帮助村民推进肉牛养殖、药材种植、土地流转等项目建设，不断优化养殖结构，推进农牧业产业化进程，巩固脱贫攻坚成果，尽快帮助村民走上富裕之路。

大井，林西县矿业密集区，大井铜矿多年一直是支撑地方财政的利税大户，镇政府门前的矿山公园遥记当年的辉煌，当脱贫攻坚大幕开启，无数双手推动这部老牌的"矿车"在新常态的轨道上前行。

2014年春，赤峰市发改委与林西县大井镇结为帮联单位，并与大井镇东风村结为重点帮扶村。几年来，市发改委充分发挥部门优势，积极开展精准扶贫、精准脱贫工作，竭力为结对乡镇、帮扶村办实事、办好事，让大井镇建档立卡贫困人口和广大村民得到实实在在的收益。

为全面落实好精准帮扶这项民生工程，市发改委迅速成立了以党组书记、主任夏国华任组长的帮扶工作领导小组，并指定一名副主任专门负责此项工作。市发改委要求全体党员干部务必从维护社会和谐的大局出发，从密切党群干群关系的高度入手，积极参与脱贫攻坚全过程。组织9名党员领导干部与东风村和大发村36户特困家庭进行"一对一"

结对帮扶，并选派投资科兰晓娟同志到大井镇进行为期两年驻镇帮扶。2017年春节期间，市发改委到大井镇慰问了东风村所有建档立卡贫困家庭，并发放慰问金1.5万元，同时争取资金3万元，用于东方红村脱贫攻坚。发改委领导每季度都到帮扶乡镇进行走访调研，仅2017年，主要领导和分管领导就11次到大井镇指导帮扶工作，协调解决对口帮扶过程中存在的问题和困难，并要求派驻干部要认真履行驻村职责，全力做好联系、协调、指导工作，迎难而上、主动作为，努力架起帮扶单位、所驻镇村和困难群众之间的沟通桥梁。

授人以鱼，只供一餐之需，授人以渔，则终身受益无穷，只有扶志扶本才能持续稳固。市发改委在开展"一对一"结对精准帮扶的同时，加大了项目扶持的力度，通过项目建设带动产业发展，增强造血功能。

2016年实施对口帮扶项目1个，项目投资240万元。在东风村投资240万元新建4000平方米标准化养殖小区，已投入使用；2017年实施对口帮扶项目3个，项目总投资1023万元。其中，投资180万元的漫撒子沟蛋鸡养殖合作社2000平方米鸡舍建设项目，目前已完成主体建设；投资363万元的大井生态扶贫产业园34个温室大棚项目完工并投入使用；投资480万元的大发村设施农业项目已完成可研批复。这四个项目总投资1263万元，共带动69户133名建档立卡贫困人口实现稳定脱贫。

引进内蒙古今生今柿生态科技农业有限公司，加速推进林西县农业产业化进程。今生今柿公司与大井镇于2017年5月签订合作协议，投资400万元在大井生态扶贫产业园种植75个温室大棚"水果西红柿"，每个棚毛收入6万元以上，通过务工等形式带动50多名贫困人口实现稳定脱贫。引进内蒙古乾福农业科技有限责任公司。乾福农业计划投资4000万元，发展中草药和马铃薯基地3000亩。其中，2017年11月在大井镇流转土地1655亩，投资2500万元发展中草药种植；2017年8月在大营子乡流转土地934亩，投资1500万元发展马铃薯种植。仅土地流转就带动农户117户318人，人均增收300元。

2017年，经派驻干部兰晓娟同志多次协调对接，这年12月东方园林集团与林西县签订全域旅游框架性合作协议，就大井镇生态旅游、新城子"特色小镇"和支线机场景观提升等旅游项目达成一致。市发改委通过争取或谋划一系列项目，不但有力促进了大井镇"5531"各项主导产业发展，而且通过项目带动，激发贫困户内生动力，靠自身努力实现稳定脱贫。

市发改委选派的驻镇干部，牢固树立扎根基层、服务群众的理念，根据农时安排，深入乡村角落、田间地头，走访村干部、老党员、种养殖大户、农村经纪人，走村串户倾心交谈，走遍了大井镇9个行政村、47个村民组，走访农户超过500户，掌握了大井镇的自然资源、社会资源、人文资源等情况，把群众的期盼和贫困户的需求——记在心上，做到边调查研究，边宣传精准扶贫政策，边探索帮扶方案和措施，指导驻村干部建立了"一户一策"脱贫台账。通过大力发展甜菜、设施农业、经济林、肉牛、肉驴、生猪等主导产业，结合生态补偿、发展教育、社保兜底等脱贫举措，确保每个贫困户有两项以上脱贫措施。

在下乡走访期间，了解到大井百姓有浓厚的广场舞、秧歌等文化活动开展氛围，兰晓娟同志于是牺牲休息时间免费举办农民广场舞培训班，市群艺馆为21名学员颁发了教练员证书，并赠送价值7000多元的高品质音响设备。为庆祝建党96周年，市发改委牵头举办了大井镇专场晚会，组织参与全市纪检系统"阳光路上"文艺汇演和全市农村牧区文艺专场和广场舞演出等一系列活动，得到高度评价和赞扬。帮扶干部在抓好脱贫攻坚、提高群众收入的同时，不忘改变农民的精神面貌，为精准扶贫提供精神动力，不仅有助于农民思想观念和生活方式的转变，更对经济扶贫起到强有力的推动作用。同时，市发改委还组织了大井生态扶贫产业园首届油菜花节，通过开展"赏花摄影、助力脱贫"活动，实现产业基地建设与发展生态旅游有机结合，用特色产业带动脱贫。

退出仅是脱贫攻坚阶段性成果，巩固成果任务更艰巨。关于下一阶段的对口帮扶工作，市发改委主任夏国华指出，精准扶贫贵在精准，重在落实，帮扶工作要通过安排项目精准、使用资金精准、措施到户精准，来实现脱贫成效精准。下一步，市发改委将继续坚持帮扶大井镇发展特色主导产业，大力争取各类帮扶项目，通过项目拉动，产业带动，增强贫困户造血能力，让贫困家庭通过自身努力实现脱贫。2018年发改委争取到了帮扶项目3个，计划投资833万元，完成集雨水窖太阳能滴灌高效利用建设项目；阳光智能温室大棚建设项目；755亩坡耕地膜下滴灌改造项目，项目均已纳入2018年京蒙对口帮扶项目库。进一步和东方希望集团进行对接，争取就总投资80亿元的生猪养殖项目开展实质性合作。帮助大井镇挖掘现有旅游资源，与东方园林公司进行深入对接，对现有资源进行整合开发，大力发展生态旅游，助力脱贫攻坚。

"看一个地区发达与欠发达的标志是什么？"

"是路！"

市交通局扶贫干部坚定地认为。这样说也并非无道理，交通部门最反对"车到山前必有路"的说法，用在哲学上可以，而现实中车到山前不一定有路，路是修出来的，绝非自然存在。二十多年前我在基层工作时，别说村一级，就是有的乡镇还是土路。如今，硬化路面四通八达，已成为经济社会快速发展的表象。

要想富先修路，这句俗语在赤峰市交通运输局定点扶贫期间得到验证。近两年，市交通运输局紧紧围绕中央、自治区党委和赤峰市委定点帮扶工作安排，认真落实精准帮扶、精准脱贫政策，切实做好困难群众生产生活保障，为保障和改善困难群众生产生活创造有利条件。

按照市委安排部署，市局自2016年起定点帮扶林西十二吐乡西山根村，市局党组高度重视，迅速行动，党组书记亲自对工作进行部署，明确了市局党组成员和机关党委的牵头责任，选派7名职工组成入村工作队，落实帮扶政策，负责日常协调沟通，为实现行业"真扶贫、扶真贫"的目标打下了坚实的组织基础。

2017年春，锅撑子山上的杏花开了，往年杏花开的虽也妖娆，可今年似乎更密集，团团絮絮，灿若云飘，踏着馥郁的芬芳。市交通运输局入村扶贫工作队多次深入到包扶贫困村林西县十二吐乡西山根村对接工作，按照扶贫攻坚"三到村三到户"要求，深入到田间地头，与当地村干部和农牧民促膝交流，对140户239名贫困人员生产生活状况重新核查掌握，逐一入户走访了解情况，摸清底数，整理工作档案。在此基础上，落实市委脱贫攻坚领导责任的要求，挑选了64个特困户与市局机关干部结成帮扶对子，要求处级领导帮扶4户，科级领导帮扶3户，普通党员帮扶1户，建档立卡，实施精准帮扶。

全面掌握西山根村精准扶贫情况和脱贫计划，摸清所思所想，了然于胸，才能精准帮扶。十二吐乡党委书记谢艳丽说："西山根村肉牛肉羊养殖业、设施农业、经济林业和草植生产四项产业能否加快运行，道路是关键。"

哦，市交通运输局帮扶领导望着谢艳丽，又看看西山根的村干部，还是详细唠唠吧，看看西山根的路咋个修法。村两委负责人汇报，全村土地集中流转赤峰、北京两家公司，吸引农民就近打工务农，增收致富，紧接着的是建设集养老服务体系、设施农业和养殖业为一体的田园特色产业园区，9.4公里园区道路建设已是当务之急。村里提出园区道路建设出现450万元资金缺口，需要市交通运输局帮忙协调解决。

村长说出来明显底气不足，张口要钱觉得不好意思。没想到交通运输局当场答应，一路通百业兴，这才是问题的根本，我们下来扶贫，就要扶到点子上。于是，会同属地交通局，实地察看西山根通村公路和农田作业路，确定了行业帮扶计划，加固通村公路过水路面护坡，防止雨季山洪冲毁公路，整修农田作业路，铺垫沙石，保证农田作业期间道路畅通。

瓶颈找到了，思路也有了，相应地就是落实保障政策。市交通运输局党组对存在的问题及时进行研究，结合行业工作，落实行业保障措施和实施计划，在保证修路主体由国家投资外，投入专项资金20万元，保障扶贫点农牧民田间作业有序进行，出行安全，日常生产生活不受影响，疏通致富之路。2017年再筹资30万元，给予达康扶贫产业园区道路补贴，争取让贫困农牧民百姓在致富路上不掉队不落伍，早日脱贫。

2018年初，市交通运输局迅速落实党中央和自治区党委重要指示精神，局机关党委率扶贫工作队再次进村访困问苦，深入到房家店、边家大院等村民组20个重度贫困群众家中，逐一走访慰问，进行专项救助，共送去慰问金4000元，把党和政府的关怀及时送到群众手里，把温暖送到群众心中。

赤峰格物清能科技有限公司总经理张文博，别看年纪轻轻，但在脱贫攻坚工作中贡献不小。

创业是个热门话题，常常被人提及。创业需要勇气，同样也需要智慧，更需要考验创业者面对市场机遇时的睿智抉择。在林西县，就有这样一位95后，他在清洁能源领域里掘金，更用光伏产业让家乡人们获得温暖，为贫困群众在脱贫路上节能增收，他就是张文博。

在统部镇统部村北山村，一块块深蓝色光伏电池板在幸福互助院的屋顶上平铺延展开来，这便是95后创业青年张文博回乡创业的光伏发电项目。2017年初，张文博得知市政府举办"玉龙哥喊你回家创业"活动后，立刻带着光伏发电及空气净化两个项目回到家乡。赤峰格物清能科技有限公司成立后，张文博仅用一个月的时间，在家乡7个乡村做了光伏扶贫项目，涵盖统部镇5个村、新城子镇1个村、大营子乡1个村。光伏发电让这里的村民们和绿色清洁能源接上了轨，同时也为贫困户凝聚起了脱贫致富的希望。

2017年，统部镇实施"移民+互助院+光伏"扶贫项目，在全镇14个行政村建立幸福互助院，共安置建档立卡贫困户335户、528人。张文博向我们介绍说："按当地平均每天5个小时光照条件来算，分布式光伏电站每小时可发电400度，每度电的价格是0.75元，仅此一项，光伏产业的发展就可让每户贫困家庭年收入增加近3500元。"

奋斗路上不忘邻里乡亲，善莫大焉。在他看来，帮扶只是举手之劳，回馈故乡将是无止境的。在铺设光伏板的同时，张文博自费购入8口太阳能高效率烧水灶捐献给互助院的老人们，把清洁便利的绿色能源送到需要帮助的老乡身边。统部镇北山村幸福互助院居民刘桂云说："赶上这年头，好事一个接一个，党和政府让我们住进了新房，这个小伙子出息了也关心照顾我们，房顶上的光伏能把阳光变成钱，送的锅不用烧火还热得快，我们这心里暖呼呼的！"

从一个怀揣梦想的科技爱好者到一个崭露头角拥有几十名员工的企业带头人；从一

个大学刚刚毕业进入社会的毛头小子，到一个敢于创新追求进步的创业精英，张文博不仅用智慧和能力成就着他的青春事业，同时也书写着一段段敢打敢拼、回报家乡的奋斗故事。说到未来的奋斗目标，张文博信心满怀，他说："习近平总书记提出中国梦是历史的、是现在的，也是未来的，这也是对我们青年，特别是青年创业者的最好激励，只要我们坚守本心、奋斗不止，一定可以在广阔的市场浪潮中大有作为。"

扶贫，凝聚了社会共识，他们伸出援手，奉献爱心，助推林西县脱贫攻坚。2017年1月的一天，冰天雪地，冷飕飕的气流在偏远的乡村席卷，天津德尚金属制品厂的代表来到林西县五十家子镇大马金村，为该村40户贫困户发放资助款10万元，立时带来暖意，受感动的贫困户无以言表。

天津德尚金属制品厂作为格力电器的主要元部件供应商，是一家肩负着社会责任的优秀民营企业，一直将扶贫助困作为企业回报社会的一项使命。2018年4月，天津德尚金属制品厂董事长于志江和总经理高海燕一行来到大马金村实地考察贫困户生活状况，先后深入到10余户贫困户家中走访，详细询问了贫困户的生产生活状况。走访结束后，于志江一行又与村两委班子及驻村工作队进行了座谈。于志江对贫困村民的生活状况深表同情，林西县脱贫攻坚如火如荼，我们不能当看客，当场决定对40户贫困户实施生活救助，捐资10万元，并与韩景林、王杰两户特殊困难贫困户达成了长期资助意向。

针对大马金村资源匮乏，村民致富门路狭窄的现状，为从根本上帮助村民摆脱贫困，于志江又与大马金村两委班子达成了让村民到天津德尚金属制品厂务工的长期协议。此协议的签订，可以解决大马金村50~150人的就业问题，贫困群众可实现人均月增收4000~5000元。同时，在企业务工的贫困群众，享受住宿免费、伙食费减免的优惠政策。

这些治标又治本的举措，对于大马金村贫困村民来说无疑是一剂对症良药，既可以解决贫困户暂时的生活困难，又可解决村民就业，带来长期稳定的收入，实现村民稳定脱贫。

从七合堂、海棠湖采访归来，执意到大冷山国有林场拜访，手头就有一份大冷山林场与达马金村结对帮扶的材料。林业局局长刁建华，此前就在大冷山林场当过场长，我们坐在车上，一路畅谈。

大冷山，自治区级自然保护区，林西县最高峰，巍峨山体覆盖茂密的次生林，是林西北部一道绿色屏障。大冷山林场以抚育天然次生林为主，主要树种有黑桦、白桦、山杨、柞树，其次还有松树、杉树、椴树等，林木摇青，绿波荡漾，獐狍野鹿出没，野生动物30多种，植物700余种，被誉为"天然植物园"和"自然博物馆"，野趣横生，绿峰耸黛，给林区平添盎然生机。盛产沙鸡、山兔与赤芍、黄芩、蘑菇、黄花、蕨菜等动植物，倘是在深秋，五颜六色的树叶把大自然涂抹得水墨丹青，美不胜收。

从林西镇到大冷山有一个小时的车程，言谈甚欢时间消磨得就快，不觉已到了目的地。林场场长赵海一副朴实敦厚的形象，言来语去难掩他的幽默与老练，话题扯到扶贫上来。

"林场新招了一批护林员，有6个是贫困户，每月2000元工资，一家三口基本脱贫了。"除此之外，林场还帮扶救助4户特困户，每户6000元。

贫困户赵彦民，双股骨头坏死，享受"1351"健康扶贫政策，手术费七八万元，可他连自付的保底费用都拿不出。赵海找到红十字会，救助3000元。出院不久，赵彦民一瘸一拐地找到场部。

"我想当护林员。"

"护林员是要巡山的，你刚做完手术，腿脚还不利索，还是等等再说吧。"

赵海把他劝回去了。大马金素来有种土豆做粉条的传统，"大马金粉条"已进入北京超市，赵海协调，让赵彦民身体恢复后去粉条厂打下手。

去年入冬，赵海来到大马金村五组顾海瑞家，进屋后冷飕飕的，顾海瑞躺在炕上，身上盖着被子，表情沉迷，畏畏缩缩的样子有些可怜。

"咋不生炉子？"

"没有煤，将就一下，冻不死。"

赵海心里"咯噔"一下，顾海瑞曾经当过村长，如今年事已高，儿女又在外地，没想到把日子过成这样。他毫不犹豫从兜里掏出500元，去五十家子买煤。顾海瑞推辞，赵海索性把钱交给村干部，从五十家子物流煤场把煤买回来，当天就生起火炉，顾海瑞过了个暖融融的冬天。

与赵海交谈很愉快，不仅仅在于他语言幽默，还在于他的人格魅力，他是位中肯的人，因此他与周围百姓关系融洽，场社关系密切。由他牵头，组成19人的扶贫工作队，帮扶大马金村，逢年过节送去面粉和食用油，发动职工为贫困家庭的孩子捐书本、捐书包，为生病的贫困户买药。有两户相邻的贫困户房屋破旧，已被列入危房改造计划，可在动工时，西边的一户把地基前移了一些。乡下习俗两家房子西边靠前就压住东边的头，一辈子翻不了身，两家由此僵持起来，矛盾升级，互相谩骂对吵不可开交，谁也盖不成新房。村干部调解不了，无奈把赵海请来了。赵海充当和事佬，首先批评了西边那家，这事是你家不对，一起盖房子为啥不商量商量，你家探出头压人家一辈子，放你也不干。然后再说东家,邻邻居居住着,低头不见抬头见,闹得那么生分何必呢?两家的火气平息了,可接下来如何解决?两家都打了地基,前移后退都犯难,除非一户拆掉重建,那损失算谁的?赵海看了看西户的地基,是水泥浇筑的,他觉得有办法了,正好镇政府有一施工队,老板是朋友的儿子,下命令似的让他想办法把房基往后挪一挪,老板组织民工掘土,用推土机愣是把房基后移了1米多,与东户对齐了,两家的新房开始动工,现在两家处得非常好,好像什么事情都没有发生。

说话间进来两个人:一个是张毅,大马金村老党支部书记;另一位是宋英敏,刚刚与老书记完成交接。张毅讲述了大冷山林场照顾四个"五保户"的故事。四位老人都无儿无女,且都没有房子,由村里借房安置。赵海与村里商量,用政策房改资金,林场再出一些,建个互助院吧。房子建好了,可还是不能住,水电暖不配套。赵海帮助打了一眼井,安装自来水,接上暖气,修建一个厕所,四位孤寡老人得到妥善安置,其乐融融。2017年春节前,赵海发动全场职工献爱心,给大马金村全村百姓每户送一个电饭煲。

捐款捐物仅能解决些缺襟短袖的问题,要稳定脱贫还得让贫苦户自立自强。他以帮扶工作队长的身份,与村两委班子谋划产业化项目,利用好全村22眼机电井,大面积种植马铃薯,与佰惠生公司签订订单,种植甜菜2200亩。新上任的党支部书记宋英敏便是传统"大马金粉条"的传承人,由她牵头成立了"林西县弄泽泉种植专业合作社",流转贫困户土地,全村种植大户和有劳动能力的贫困户都吸纳为社员,贫困户每年在合作社获得收入人均2200元以上,加上土地流转和脱贫产业基金、社保等,大马金建档立卡贫困户已经全部脱贫。

大冷山林场帮扶大马金村,密切了场社关系。大冷山林区发生火灾,群众没经动员,家家户户出人,自带扫把铁锹,到山上迅速把火扑灭。

从大冷山林场往北走20多里,就是五十家子镇敖包村,本以为也是大冷山林场帮扶的,可村民们告诉我,帮扶他们的是另一家林场——富林林场。对林业部门全力以赴帮扶脱贫攻坚肃然起敬。

早春二月,天气乍暖还寒,对于五十家子镇东敖包村贫困户董占军来说,备耕生产早已是热火朝天,院子里堆放着帮扶单位富林林场送来的化肥,炕头上帮扶人任国文正与老董谋划着怎样合理种植作物,核算着春耕生产所需的开支费用。像老董家的情况一样,富林林场的干部职工已经在各自的帮扶户中全面展开工作。自2016年9月富林林场被县里指定与东敖包结为对口帮扶单位以来,场里就把精准扶贫工作列为重要议事日程,他们先从强化自身的工作作风入手,狠抓各项帮扶措施的落实,他们把全场的13名干部职工编队指派与44户贫困户结为帮扶对子,落实不脱贫、不脱钩、不撤退、帮到底的责任制。东敖包村地处偏僻山区,自然环境恶劣,十年九旱,人们靠天吃饭意识浓厚。结对帮扶之初,富林林场场长郑青春带领干部职工,三番两次地到东敖包村实地摸底调研,先后召集村两委班子开会,与村民代表、党员等召开座谈会。给大家发放征求意见表,切实了解广大群众所需,特别是困难群众的所思、所想、所求、所忧、所盼。通过调研访谈,寻找脱贫突破口,定准帮扶基调,为准确实施帮扶指明了方向。

每到春节,是贫困户思想波动较大的时期,林场的干部职工主动买上大米、白面,带上慰问金到各村对口帮扶的贫困户家中走访慰问,与他们促膝交谈,使他们克服自卑思想,振作精神,树立自强不息理念,坚定早日脱贫致富的信心。

针对各贫困户家庭情况不同,基础条件各异的状况,富林林场党支部一班人就采取"因户施策、因人施计"的方法进行帮扶。贫困户刘文瑞老两口儿都近七十岁年纪,刘文瑞年轻时腰椎骨摔伤致残不能劳动,老伴患腰椎管狭窄直不起腰走路困难,四个姑娘都嫁往外地,老两口儿都没有享受低保。针对这种情况,林场党支部决定从2018年1月起为刘文瑞夫妇二人提供每人每月150元的生活费,直到获取政策兜底,享有低保待遇为止。同样的帮扶措施也落实到贫困户庄国林夫妇头上,庄国林年纪也是七十出头,由于常年在坝后牧区放牧,落下眼疾和腰腿疼病,生活基本不能自理,家里大小事情,吃喝拉撒,就靠庄国林年近七十的老伴打理。了解这一情况后,林场同样为庄国林老两口儿从2018年1月起每月每人发放150元生活费,直到享受政策兜底,领取低保金时为止。

富林林场干部职工的真情付出,加上贫困户的自身努力,在林场帮扶的44户贫困户中,已有38户人均收入超过国家贫困线脱贫标准,率先实现脱贫,但林场的干部职工对这些户不是一推了之,而是始终如一关心关注着他们的生活变化。脱贫户周景文春季在市医院检查出肺癌晚期。林场工会主席任国文在入户走访中了解到这一情况后及时向场领导做了汇报,在得知情况的第三天,郑青春场长带领场班子成员及帮扶责任人,携带1000元现金和水果、牛奶等慰问品前去看望周景文,老周流下了激动的泪水。周景文的家属也连连称赞郑场长等人真是把我们贫困户当成自家人一样,想得周到,关心到位,让我们实实在在地体会到了党对贫困群众的关心。

郑青春场长在帮扶工作中多次提到我们帮扶东敖包村的贫困群众,尽量从根本上帮扶,解决他们能长期稳定脱贫的问题。任显文和周录两家原来都是建档立卡贫困户,都供着大学生。由于特殊原因两家转移性收入较高,导致人均收入超出贫困线而被清退出建档立卡贫困户,但从实际生产生活方面看,仍然存在着返贫的隐性可能。富林林场领导班子经过反复调研走访,决定给予任显文、周录两户和贫困户董占军共三家的在校大学生每人每年3000元的助学帮扶资金,直到大学毕业为止,2018年的资金已划拨到位。在捐资助学仪式上,郑青春场长代表场领导班子表示在精准扶贫的路上,决不让一个人掉队,不能让一个大学生失学。这是他们的责任和义务,也是每个共产党员的担当,受捐助的学生家长一致表示:一定会用好所捐资金,教育和鼓励孩子好好学习,勤奋读书,掌握本领,将来回报社会,回报林场的干部职工。

精准扶贫是全面建设社会主义新农村的一个重要组成部分,它涵盖了广大农民衣、食、住、行等多个方面,富林林场的干部职工在帮扶工作中充分发挥林业生态的特殊优势,努力帮助对口帮扶村营造绿色环保、整洁优美的居住环境。进入五月中旬,他们先后出动干部职工152人次,出动铲车、翻斗车209台(辆)次,清理了东敖包五个自然村多年来陈积的垃圾588立方米,完成村部绿化更新栽植云杉树31株,总投资在4万元以上。

自从与东敖包村确定为对口帮扶单位以来,富林林场的干部职工切实把东敖包村当做自己的第二家乡,为全村老百姓脱贫致富出实招、想实策、下真功夫、用真力气,使全村贫困群众获得了实实在在的好处。据不完全统计,到2018年6月上旬,富林林场干部职工先后为东敖包村贫困户捐赠大米69袋,白面69袋,衣物70余件,炕布、门帘、被罩44套,送慰问金22880元。帮助贫困户清理家庭卫生,使脏、乱、差的家庭环境得到了较大改观。

在老旧房屋改造过程中,林场的干部职工不辞辛苦,精心谋划,日夜奔波在各家的施工现场,张家屋子要吊棚,李家房子没上顶,王家新房没水电,他们都了如指掌。

由于危房改造新建起来的房子没钱装修,贫困户杨山老两口儿还住在原来又低又矮、房龄足有六七十年的两间破土房里,漏雨透风自不必说,给人一种摇摇欲坠的感觉。林场工会主席任国文为使杨山老两口儿尽快搬离危旧房屋,多次找村两委班子协调,帮助从已住满院民的互助院调剂了一处新房。但固执的杨山老人以有眩晕症、有痔疮为名,死活不愿搬离自己的危旧房。任国文就一趟一趟地去杨山老人家,不厌其烦地给老两口儿做思想工作,并亲自帮助老人挑水,烧火做饭。真诚终于感动了老两口儿,搬家那天任国文找来汽车,联系到场里其他职工,大家一齐动手,收拾新家,搬物件,不到一下午的光景,就把老人安顿好了,杨山老两口儿坐在宽敞明亮的互助院新房里,自言自语地夸赞着任国文他们真比自己的亲儿女还要好。

老五保户唐凤明新建住房后没水没电,任国文他们一次次找电工,找水利站,并亲自帮助挖管道铺水管,终于使其屋里亮起了灯,通进了自来水。像唐凤明家一样,任国文他们先后为马喜文、孙国忠、王淑花、于振花等贫困户解决了长期吃水困难问题和用电不安全等问题，像这样实实在在的例子举不胜举。自2017年9月以来，不足十个月的时间，富林林场的干部职工先后在东敖包村累计投入财物等折合人民币8万余元，郑青春、任国文、陈明、寇晓宇、王久春等一个个熟悉的名字早已深深地印在老百姓的脑海里，刻在贫困户的心坎上。

正像贫困户宋长贵所说："为了我们早日脱贫过上好日子，富林林场的帮扶责任人可是操碎了心、跑细了腿、磨破了嘴，凭心说，我们到啥时候也不能忘了他们的好处啊！"

第二十一章　巾帼不让须眉

在林西县9个乡镇103个行政村，活跃着一些独具魅力和工作能力强的女将，她们成为全县脱贫攻坚工作中一道亮丽的风景。

在组织部采访，董主任不止一次提到刘莉莉，扶贫办专门送来她的事迹材料。见到她我在想，身材娇小，面色白皙，温文尔雅，年龄三十出头，这样的青年女子，想象不出在农村竟是风风火火的第一书记，老百姓那么信任她，对这个城里"丫头"言听计从。

"开始也不行，还哭过鼻子，也是几年摔打出来的。"她说话时脸上总挂着迷人的笑，尤其那双会说话的眼睛。

2014年8月，燥热的天气熏烤着街面，太阳伸着舌头肆无忌惮地吐火。周一的早晨，刘莉莉照常上班，走进办公室先把窗户打开，清风吹进来，缓解一下蒸笼一样的闷热。在教科局她可是大忙人，报表、整理档案、汇报材料，还有些日常性的琐碎事等着她，三十刚出头，已是机关办公室主任。

"刘主任，县里抽调干部下乡扶贫，局里研究派你去。"局长进来向她宣布了这一决定。

"我行吗？"令她犹豫的不是她没有农村工作经验，而是她孩子小，家里的确脱不开，再者她是女同志，下乡驻村有些不便。

"只能是你了，组织部这次抽调的是科级后备干部，都是单位的骨干，局里也考虑派别人，可组织上点将没有回旋的余地，你去吧，下去锻炼锻炼也好。"

"好的，服从命令。"

她愉快接受了组织的安排，当天办好了交接手续。回家准备行李，衣服、日常用品装了一皮箱。家里人觉得可笑，也不是去南极科考，离家30多里，犯得着吗？她说："下去要常驻，一时半会儿回不来。"

大井镇温都村就在国道旁，对面是巴林草原。挂职担任村党支部第一书记，先入户调查，然后核实比对。第一次开会就演砸了。村部聚集着前来开会的群众，会议议题是研究确认谁才是真正的贫困户,在此之前她已深入各户做过调查走访,对温都村贫困户大体摸清了底数,有些张冠李戴冒充贫困户的"南郭"必须清理出去,这样就触动了一部分人的利益。刘莉莉坐在"主席台"上,由于个子矮,天生一副娃娃脸,看起来更像是青年学生。桌子上摆放着一摞入户调查的表格和档案材料,头一次主持这样的会议难免心里忐忑,胸口"砰砰"直跳。会议刚开始,一位五十多岁的农民骂骂咧咧闯进来,走到刘莉莉面前抓起桌上的材料,天女散花一样扬得满天飞,把她的手机也摔在地上,说:"一个毛丫头知道啥?凭啥认定我家不是贫困户。"刘莉莉知道来者是谁,耐心解释,把他家的收入算的笔笔有宗,另外他家已上了大额保险,家里有牛有羊,生活有了基本保障,还在贫困户篮子里就不合适了。可这人还是蛮横,扔下一句话:"不把我家列入贫困户就跟你没完。"说完扬长而去。他叫张吉祥,前些年他家的确是贫困户,可经过几年的帮扶和他自己实干,已经是全村的中等户了,他赖着不愿被踢出贫困户的盘子,无非是想享受扶贫优惠政策。尽管受到干扰,刘莉莉还是公事公办,把张吉祥的名字划掉了,把真正需要帮扶的贫困户纳入贫困户帮扶计划。

"离他远点儿,这人不好惹。"好心人提醒刘莉莉。

"怕什么,不合理的事就是不能迁就。"

刘莉莉不以为然,表面上看是个柔弱女子,可她外柔内刚,她非但不躲不藏,反而三天两头就到张吉祥家,弄得张吉祥很难为情,说:"算了,我不当贫困户了。"与张吉祥结下的梁子解开了,刘莉莉一个多月忙忙碌碌的作为,张吉祥看在眼里,叹服在心。不觉间已驻村工作一个多月,周末刘莉莉想回城巧遇张吉祥。"园子里的新菜下来了,去我家薅几棵带回去吃。"刘莉莉婉言谢绝,可张吉祥一根筋,非让刘莉莉带上一塑料袋的鲜菜,刘莉莉特意叮嘱他,别忘了种甜菜的事儿。

往年农村秋收后就没事可干了,闲下来的妇女坐在一起东扯西扯。

"咱们扭大秧歌吧。"

刘莉莉的提议得到附和,回城里买来锣鼓。每天傍晚,锣鼓一响,村部前变成了秧歌队的舞台,刘莉莉也是她们当中一员,温都村完全接纳了她。走进一户贫困家庭,把一些学生文具送给孩子,主妇笑脸盈盈,说:"让孩子叫你小姨吧。"贫困户付长河,老婆常年闹病,家里的承包地租给儿子和本村的大户耕种,由于地少那点地租难以维持生活。村里设立公益岗,刘莉莉找到他,说:"你去村部搞卫生吧,顺便给广场上的花草树木剪剪枝浇浇水,每月给你300元。"付长河上岗后,年收入3000多元,加上产业基金每年每人1000元,两人又上了低保,这样算基本能解决温饱。教科局伸出援手,送来两口猪,刘莉莉拍着胸脯承诺:"你只管养,我负责销。"年底把肥猪屠宰,刘莉莉把猪肉送到单位,以高于市场价一元卖给单位同事,说:"绝对放心肉,这一元就算帮我了。"用赚回的第一桶金付长河又买了两头猪,其中一头是母猪,他计划让母猪生仔,多养几只,以后的日子就不用愁了。与群众一起摸爬滚打,把自己变成了地地道道的村姑。温都村有土地3万多亩,其中水浇地1万亩,可多年来种植粗放,产出效益不高。她主动与佰惠生集团联系,把温都的土地与最大的制糖企业捆绑在一起,推广膜下滴灌新技术,全村稳定种植甜菜5000亩,其余农田种植大豆和玉米,土地收益大幅度提高,每亩收入在1000元以上。

一心扑在脱贫攻坚上,自然顾此失彼,家里大事小情全推给爱人。农村都是早出晚归,白天找不到人,她就跟到地里,顺着垄沟说事,开会都是在晚间。2018年4月,开完会已经夜间十点多,走出村部夜幕幔帐,繁星眨着眼睛,手机响了,是医院护士打来的,叮嘱她别让母亲吃饭,第二天要抽血化验。哦,妈妈住院我咋不知道,电话打给妈妈,妈妈安慰她:"住院好几天了,你太忙就没告诉你,不碍事的,过两天就好。"刚强的刘莉莉再也无法控制情绪,抱着头蹲在地上抽泣,泪水像溪水一样流淌。

"我一个人的力量是有限的,教科局是我的坚强后盾。"刘莉莉的感慨道出这些年来林西县群策群力抓脱贫攻坚的氛围,局领导班子调整,新局长梁晓东到任不到半小时,就带领机关干部和各中小学教师代表来到温都村,要求每位党员都要有自己的包扶户。开始每周一次,以后有时间就来,或是上午,或是下午。优秀教师周成云目睹自己的包扶户鼻子发酸,屋里黑里咕咚,炕上的被子盖了多少年也说不定。"你们……哪能这样过日子。"说完转身走了,回到城里疯狂采购,再来到包扶户时已是全家。穿的盖的铺的,瓜碗瓢盆,统统换成新的,全家人操起扫把大扫除,把窗上的污垢擦净,屋里立时亮堂了,以后再来看望时,包扶户已养成爱整洁的良好习惯。刘莉莉当过教师,又在教育部门工作,发挥行业优势经常给村里孩子送文具,每周都组织教师给孩子们补课,可她自己的女儿因疏于照顾,学习成绩下降了。

刘莉莉经过两年的历练,也逐渐成熟了起来。尽管温都和林西镇相隔不到一小时的车程,可从四月初到七月中旬,她还没有回过家,建档立卡,精准识别,精准施策,几乎每天都是夜以继日,全力以赴迎接国家三级评估,把脱贫攻坚工作做得滴水不漏,生活中展示出最美的一面。第一书记的责任不轻,脱贫仅是迈过了及格线,距离致富还有很长的路要走,既然家庭和驻村扶贫难以两全,那就把工作的重心定格在最需要的层面上。

她用这种方式证明自己的人生价值。

五十家子镇地处林西县最北端,而响水沟村在镇西北最深处,与锡林郭勒盟搭边,形同林西县版图最北的"漠河"。派驻到这里的第一书记李玉东全家都在一线扶贫，爱人在大营子乡，父亲在统部镇。响水沟村背依大冷山，山上绿色葱茏，山下一汪清池，水面波光粼粼。李玉东来到响水沟一眼就看透，造成这里贫困的主要原因是交通不畅。油路在交通部门列项后，与村两委班子对产业结构和响水沟整体发展进行规划，利用山水资源优势打造生态旅游村，大田作物以玉米为主，并通过土地流转搞合作经营。大冷山上的山野菜过去因交通不畅多数都烂掉了，驻村干部组织群众采集，与城里餐饮企业签订订单，仅此一项可增加收入100多万元。移民工程启动，把那些困就在山沟里的农民挪离"穷窝"，从沟里移民出来的新村建在水库旁边，旅游旺季靠农家乐是一笔可观的收入。村党支部书记年近六十，都叫他老黄，他说下派的第一书记和扶贫工作队已经成为村里不可或缺的部分，仅两年就使响水沟发生了巨变，将来响水沟一定是林西县最具品位的旅游新村。2018年夏初换届选举，竟然出现奇怪的事，邻村老百姓一致要求老黄去他们村当书记，他们村也整体并入响水沟。而镇政府办公室主任高云龙，被孤榆树村看中，满票当选村党支部书记，他的任职已经获组织部门批准。李玉东说："我还得在响水沟干下去，老爸和老婆都全力以赴了，咱也不能甘于人后。"

"我必须得回去一趟。"一天早上，李玉东向扶贫工作队长请假，是他爱人下的命令，他爱人在大营子乡帮扶的一户贫困户院墙坍倒了，必须马上砌上，而帮扶户的两位老人根本干不动，只能求助李玉东。这一年李玉东也习惯了，只要爱人帮扶的户有体力活，就把他召唤过去。李玉东来到大营子，挽起袖子和泥，爱人打下手，一个上午就把贫困户家的院墙砌好了。

大营子乡东升村，有这样几位令人感动的铿锵玫瑰，她们把脱贫攻坚演绎得风生水起，她们舍小家顾大家，走村入户，脱贫攻坚推进扎实，工作开展得生动活泼，帮助贫困户解决实际困难。

驻村第一书记王淑芳，儿子在上高中，爱人在统部镇小井子村包户扶贫。

工作队员尤艳杰，孩子也是高中生，爱人在大营子乡前地村任第一书记。

扶贫工作队员桂珍，孩子在县第二小学一年级上学。

工作队员李艳飞，爱人在林西镇东风村工作队下乡，孩子刚上幼儿园。

夫妻同台，在林西不算新鲜事儿，彼此不在一个机关，承担着不同的扶贫任务，在脱贫攻坚进入关键时刻，每一位党员干部都是责无旁贷。就是这样一群女同志，在家中是乖巧的女儿、贤惠的妻子、慈祥的母亲，而在脱贫攻坚一线，她们是巾帼不让须眉的"女兵"，把群众的大事小情扛在肩上，把脱贫攻坚抓在手上。她们说："家里自有家人照顾，相较那些贫困户的生活，自家的那些'困难'就不是问题了。"

诚心舍小家为大家，能为脱贫攻坚贡献一份力量，她们觉得无上光荣。自开展扶贫工作以来，她们的工作时间总是"白加黑"、"五加二"。入夜，自从扶贫工作队进驻东升村，村部的灯一直亮到很晚。2017年东升村发水，三处河口冲断，五个村民组出行困难，王淑芳先是到对口帮扶单位县医院说明情况，争取了3万元救援资金，之后又带领队员们与群众一起，把冲毁的道路修复了，让村民们种的蔬菜及时运出村。贫困户席文成说："我们有事都爱找她，她从不推辞，帮我们办了好多事。"

尤艳杰的爱人王海涛在大菅子乡驻村扶贫已经五年多了，2017年又被任命为前地村任第一书记，没时间管家里的事，以前曾不止一次抱怨丈夫不顾家。刚接到让她去东升村驻村扶贫的通知时，她的压力也很大，甚至有畏难情绪，曾有人劝她反正也不奔什么前程了，不如不去，再说你们家有一个在乡下扶贫，于情于理她也不该下去。可她到东升村看到那些贫困户，才知道丈夫这几年"不顾家"的原因，她愉快地接受了任务，奔走在脱贫攻坚的路上。一年来，她风里雨里，走遍了东升村的每一户，经常深入贫困户家中和田间地头，与群众拉家常、嘘寒问暖，群众有什么困难，需要解决的问题，她尽力而为，比办自家的事还上心。2017年，她不但通过微信帮村里销售提子，而且还主动联系让村里的大棚蔬菜进了超市。国贫县退出验收期间，连续两个多月没回家，两口子在一个乡扶贫，也只是在乡里开会时会面。至于家里，全推给公公婆婆打理。"家里的事好克服，再说也不是老这样，等贫困户脱了贫，我们就腾出手来啦。"

李艳飞在乡农经站工作，本身工作就很繁忙，驻村后更是时间紧迫，看到李艳飞日渐消瘦，丈夫尹志刚心疼她，说："我现在天天在村里扶贫，女儿只有六岁，需要你这个妈妈，你的身体也不好，你看能不能跟领导说说，调整一下工作。"李艳飞摇摇头，"不行吧，工作都干一半了，中途退场多不好？我一定对他们（贫困户）负责到底。"农经站面对百户千家，李艳飞长期与百姓接触，了解民情，体恤民生，群众对她的认可度颇高，贫困户郭显富说到李艳飞就激动："我有啥困难她都主动帮助解决，比亲女儿还亲！"

在脱贫攻坚的路上这些"女兵"不惜辛苦，不怕劳累，正确处理家庭与社会、个人与组织的关系，一心工作在脱贫攻坚一线。她们顾全大局、牺牲小我、脚踏实地、尽心尽责，全村脱贫攻坚工作稳步前行，呈现最美的一面，乡亲们不会忘记她们。

西耳子村，村名怪怪的，我试图刨根问底弄清"西耳子"的来龙去脉，可问了半天没人知晓。

"不忘初心、砥砺前行，坚决完成组织交给的精准扶贫任务。"这是王凤云选为西耳子村驻村第一书记时写下的一句话，或许你可以认为是一句豪言壮语，可把王凤云两年的脱贫攻坚工作经历平展开来，你就会觉得这其中蕴含着情感因素，是发自肺腑的感言，是一位党员干部的责任和担当。

王凤云担任林西县森林公安局副政委，以帮扶单位责任人的身份入驻西耳子村，担任第一书记。她以身作则、率先垂范、下农村、扎基层。她经常说："农村是我的家，农民是我的父老乡亲。"

西耳子村是林西县林业局对接的精准扶贫村，位于林西县五十家子镇北6公里处，全村总土地面积62000亩，耕地面积15678.1亩，其中水地面积4000亩。西耳子村下辖五个自然村，15个村民小组，全村828户。2014年确定扶贫户169户，415口人，截至2017年末，脱贫156户，374人，还有贫困户13户，共55人未脱贫。与过去相比，西耳子村的扶贫工作取得长足进展，未脱贫户形同"最后一公里"，可这最后一公里却是最关键的，看似数量不多，但难度最大。由于地处干旱地带，且村里无集体经济收入，农民的经济来源主要是靠天吃饭，生活水平普遍不高，大多数未脱贫的贫困户因缺乏劳力、长期患病、自然灾害、子女读书、信息匮乏、资金不足等因素致贫和返贫，彻底拔掉"穷根"并不容易。

西耳子村的状况让王凤云着实感觉到了困难和压力，她沉下身子，同群众同吃同住，了解民情，帮助群众排忧解难，谋划出路。"没有比人更高的山，没有比脚更长的路。"这句名人格言经她演绎，就变得有形有神，直观达实。翻开她的驻村日志，密密麻麻的工作安排填满了她的日程。为了尽快摸清西耳子村的贫困"家底"，精准识别，精准施策，她第一时间会同村两委班子一家一家地跑、一户一户地看。在前后两个月的时间里，她将村里每户家庭及其成员的基本情况、收入情况、社保参与情况和务工期望等信息统计在册，并通过填写产业项目发展需求意向表，建立家庭档案、民情台账。

为了认真贯彻落实县委扶贫工作会议精神，县林业局党委成立了驻村扶贫工作队临时党支部，王凤云亲自挑选了几名业务素质强、责任心重、有担当的党员作为驻村扶贫工作队的队员。在驻村前，王凤云将几名队员召集起来开了几次会，会上她制定了驻村工作期间纪律和规定，严格考勤、请销假和汇报工作制度，指定专人及时上传工作简报。她要求每天工作结束后，大家要及时交流、沟通当天的工作体会和心得，她深知"打铁还需自身硬"，要想啃下"精准扶贫"这块硬骨头，制度的要求、纪律的约束、自律自觉是必不可少的，只有充分发挥共产党员模范带头作用和党支部的战斗堡垒作用，才能在精准扶贫工作的攻坚克难战斗中取得优胜，才能让老百姓真真正正的脱贫，过上好日子。

自担任第一驻村书记以来，王凤云和扶贫工作队从不坐等组织的帮助，而是主动出击，尽职尽责，穷尽所能，动用每个人的人脉关系，积极联系获取社会支持和帮助，协助村两委理清发展思路，全面推动西耳子村扶贫攻坚工作扎实开展。

王凤云意识到，要改变地处干旱、缺乏劳动力等客观因素是不现实的，客观环境如此，就应扬长避短，另辟新路。想要带领村民走出贫困的旋涡，首先要拓宽村民的致富渠道，改变村民传统的靠天吃饭的方式。

因地制宜，引导西耳子村发展肉牛养殖产业，标志西耳子村产业扶贫开始起步了。在王凤云的积极争取下，西耳子村投资20余万元改造利用已经弃用的小区，进行肉牛养殖。肉牛养殖实行股份制，股东优先从西耳子村211户贫困户中选取。其次为了避免简单送钱送粮方式的"输血"扶持，在王凤云的努力下，经林业局机关党委研究决定，在西耳子村增加9个护林员名额，护林人员的挑选大部分从211户贫困户中产生，每名护林员年薪1万元。现在，王凤云又想到了新的脱贫思路：一是帮助西耳子村成立农业合作社，动员部分贫困户入社，起到以点带面，逐步脱贫的作用。二是积极招商引资，着力打造中草药种植主导产业，以此多元化村民的致富渠道。中草药种植对灌溉要求强度低，看来这一步王凤云又走对了。

"在我们村，如果有什么事，我第一个想到的就是去找王书记。"村民廉国发说话总被人误以为是要吵架，实际上是激动的。

廉国发一家是西耳子村典型的贫困户，家中只有他和老伴儿两口人，体弱多病，经济来源单一，仅靠着每月不足几百元的收入维持生计。2016年夏天，刚到西耳子村的王凤云通过村民口中了解到廉国发一家的实际情况后，觉得他家的日子过得艰难，需要帮扶，暗下决心，一定要帮助这老两口儿脱贫。她亲自找到五十家子镇政府相关负责人，为廉国发一家申请了易地移民搬迁项目。

在建设新房过程中，由于施工人员少，新房建设进度缓慢，王凤云着急了，她四处奔波，发动本村村民协助帮忙，在镇政府和村委会的支持下，在其他村民的帮助下，最终在2016年11月份为廉国发老两口儿盖起了三间砖瓦房。2017年春节，王凤云积极协调林业局党委，为廉国发申请了500元的春节慰问金，她还自掏腰包为老两口儿购买了米、面和粮油。廉国发亲切地称王凤云为"好书记"，而她只是很平淡地说了一句："并不是我好，而是党的政策好。"

6月28日，镇里把所有驻村第一书记和驻村干部召集到一起，在统部镇党政综合楼会议室开座谈会。通过国家、自治区、赤峰市三级检查验收后，驻村第一书记和扶贫工作队员还是首次这么全，他们座谈两年来脱贫攻坚的工作经历，商讨下一步巩固脱贫成果的工作思路，尽管此时他们还不知是否通过了验收，但两年来扎实的工作让他们充满信心，他们此时集中思考的是"退出"后怎么办。

参加座谈的一位女干部一言不发，她一直在写着什么。她叫陈冬莉，驻统部村第一书记。

"抓铁有痕，踏石留印"这是陈冬莉两年多驻村工作中一直秉承的信念，也是支撑她不折不扣做好帮扶工作的座右铭。陈冬莉是一个蒙古族姑娘，赤峰市人大代表、林西县住建局公共事业股股长。驻村期间，她积极践行"做合格党员，当做事先锋"的要求，履职尽责，奔走于精准扶贫第一线。通过抓党建促脱贫、办实事促和谐，用真情打动百姓，用发展造福百姓，为扶贫攻坚做出了应有的贡献。2014年被内蒙古自治区党委组织部授予"优秀驻村干部"称号，2018年被林西县委、县政府授予"优秀第一书记"荣誉称号。

她在多年的驻村工作中用心用情，践行"工匠"精神，下足"绣花"功夫，激发贫困户内生动力，吃透政策，把县委决策宣传贯彻到位，落实工作做得扎实，扑下身子做让老百姓看得见、摸得着、得实惠的实事，不断提升人民群众的获得感、幸福感。

"你在写什么？"我好奇地问。

"工作总结，当了几年的第一书记，对脱贫攻坚阶段性成果怎么也得有个交代。"

"是不是准备撤走？"

"不是，也许个别人因工作需要做些调整，但大多数人要留下来，直至2020年实现小康。"

在下乡驻村干部中，对"陈冬莉做法"津津乐道，我翻看着她的工作总结，很想知道"陈冬莉做法"的精要所在。她莞尔笑笑，什么"陈冬莉做法"，无非是从事脱贫攻坚工作的实践体会。脱贫攻坚之所以取得成效，党组织的引领作用是极其关键的，集合的力量是最关键的。她担任第一书记以来，充分发挥党组织政治和组织优势，利用"三会一课"、组织生活会、主题党日等契机，适当将组织生活放到田间地头、脱贫主战场和困难群众家中，增强吸引力和感召力。以"两学一做"学习教育为契机，以党建工作为抓手，以"四位一体"干部管理制度严格要求自己，认真当好全村"两学一做"的带头人，组织和带领村支部党员干部开展"两学一做"学习教育，做标杆、树榜样，扎实推进"两学一做"学习教育活动。

"这些看起来像是表面文章，但对我们下乡扶贫干部规范工作行为很有用，防止工作跑偏。"

"扶贫先扶志，治穷先治愚"，依托党建阵地强化宣传引导，陈冬莉在全体党员干部中召开扶贫攻坚、产业发展、村集体经济等大小会议20余场次，现场培训15次。通过大力开展"不等不靠、艰苦奋斗"、"精准扶贫不养懒人"等思想宣传，不断增强贫困群众对脱贫致富的信心。落实好上级党委对脱贫攻坚工作的决策部署，她把走访老党员、贫困户、养殖大户、种植大户作为每天的必修课。在入户走访过程中，详细了解他们的生产生活状况、健康状况，拍摄大量照片并批注上文字，这些照片直观地反映了每户贫困户的状况，根据贫困户各户状况，有针对性地宣传各项政策，同时为贫困户建立电子档案，一户一档便于动态管理，并建立贫困户微信群，她的做法被县委组织部在全县推广，这便是"陈冬莉工作法"。

在政策宣传方面，她与驻村工作队、村两委班子、帮扶单位等成员利用入户走访、召开村民大会、第一书记讲党课、发放明白卡等形式，对该县"1351"健康扶贫政策、"5531"产业发展、产业基金分红等扶贫政策大力宣传，做到村不落组，组不落户，户不落人，家喻户晓，人人皆知。

在产业发展方面，积极与统部镇双赢农机合作社党组织沟通，进一步强化党支部的引领带动能力。2017年，合作社推行"1+X"发展模式，"种一个蔬菜品种+一口人+一亩地=脱贫"，在统部村屡试不爽，并带动了全镇6个行政村的贫困户326人，种植大田订单蔬菜2177亩，加上合作社自身种植1598亩，合计种植菜花和西蓝花达到3775亩，亩均收入3650元。合作社走带动贫困户种植大田蔬菜种植"新模式"，结合"客商带动、基地做强、合作社助推、农户增收"的思路，帮助贫困户走上了共同致富的新路子，所有跟进的贫困户都脱贫了。

按照林西县"5531"产业发展规划，统部村把肉牛养殖作为发展特色主导产业的一个重要组成部分，陈冬莉与村两委班子成员一起开展实地调研，借助北方最大活畜交易市场的优势，最终确定了最符合统部村发展的"公司+村集体+农户（贫困户）"模式。通过招商引资，成功引进林西县星源牧业发展有限公司，成立了广源牧业养殖合作社，实施年出栏12000头的肉牛养殖项目，计划总投资2亿元，第一批次投资6500万元，养殖肉牛4000头，以公司占股85%、统部村委会占股15%作为投资方式运转。第一批次出栏后，将获得收益860万元，其中，养殖户获得收益720万元，公司和统部村获得收益140万元。合作社通过土地流转，带动统部村贫困户17户29人，户均增收1000元。

陈冬莉还与村两委一起谋划经济林，打造金山银山。成功引进春之牛公司在统部村实施了1000亩丰产高效经济林扶贫产业项目，果树已完成栽植，花果山行动迈出实质性步伐。公司还为有劳动能力的建档立卡贫困户21户30人在本公司内提供了就业岗位。

统部村贫困户多数年老体弱，致贫原因80%因病因残、无劳动能力发展产业，经与帮扶单位住建局沟通，充分发挥统部镇商贸活跃的优势，在统部村闲置土地上建商厅出租，帮助贫困户增收。住建局多方筹措资金30万元，在原村部北侧村集体用地上建设了8间211平方米的商业大厅，投资所建房屋由村委会出租，租金全部分给统部村122户贫困户，用于增加贫困户的纯收入。帮助贫困户实现稳定脱贫后，房屋所有权归村集体所有，从而壮大村集体经济。这项工程已于2017年10月底竣工使用，年底租金分给贫困户，每户增收500元。

女人是世界的风景，而在林西县脱贫攻坚工作中，那些在前沿拼搏的女性，让风景变得更加妩媚生动。

第二十二章　爱的琴声

"爱的琴声"是微信公众号，我关注了，便走进了爱的世界。爱是无言的温抚，爱是无声的叮嘱，当她心中装着那些需要帮助的人，心中有情，爱就化作一杯醇香的酒，滋润人心。在林西督导推进脱贫攻坚的过程中，她尽职尽责，用爱心诠释着自己那段难忘的人生，记载着一个女人在脱贫攻坚工作中付出的点点滴滴，酿成故事，便是一首委婉清逸流淌的诗。爱的琴声是从她的心里发出的，拨动琴弦的就是被派驻到林西县的脱贫攻坚推进组成员、赤峰市妇女联合会儿童工作部部长陈学琴。

2017年初，自治区成立脱贫攻坚督导组，组长是分管儿童工作的自治区妇联副主席云翠荣。市里相应组成脱贫攻坚推进组，市妇联决定派儿童部部长配合云翠荣副主席工作，去林西县开展脱贫攻坚督导推进工作。市妇联领导找到她，征求她的意见。尽管已面临退休，可她还是欣然接受了。临行前，儿子刚刚从西藏支教归来，没说够亲热话妈妈却要走了，去做和儿子同类的工作，母子俩在不同地域完成了一次默契的帮扶接力。

"周末回来吗？"儿子问妈妈。

"不回来。"

"月底呢？"

"不一定。"

女儿和儿子帮助妈妈打点行囊，特意多装了几件棉衣，北部旗县比赤峰要冷一些。早春二月，路面积雪还没有完全化净，她怀着那份责任和担当，走进了偏远的林西县农村，肩负起推进脱贫攻坚的神圣使命。

同事们都了解她，在儿童教育岗位三十多年里，她的敬业精神有口皆碑。来到林西的第二天，她就和自治区督导组和市联合推进组一道，投入到忘我的工作中。过去她的工作视野多放在学校，如今身份转换，面对的是贫困户，走乡串户便是她工作的新常态了。节假日也被忽略，很少回到赤峰的家，她把林西当做自己的家了，把那里的百姓当做自己的朋友。在派驻林西县的400多个日夜里，从穿着羽绒服大棉鞋，到一身轻薄短衫，经历了林西的风霜雨雪。雨雪肆虐的天气，她没有停止走乡串户的脚步。即便是狂风骤雨、刺骨冰冷的季节，她也一如既往地用心做事。在脱贫攻坚推进工作中，陈学琴发挥自身优势，努力做到"八个到位"，出色地完成了推进组的各项任务。

啊哈，这可不是说说而已，需要用行动去践行的，展开她的"八个到位"，一个尽职尽责心系贫困户的干部跃然在百姓面前。派驻林西工作期间，她随督导推进组走访了9个乡镇100多个行政村500多个自然村，至于走访多少贫困户，她自己也记不清了。有的村子她去了不止两次三次，五十家子镇响水沟村，一年就去了十二次。

移民搬迁是脱贫攻坚重点推进措施之一，除林西镇外，其余八个乡镇都有移民搬迁任务，项目覆盖广，工程量大，陈学琴跟随自治区派驻林西县督导组组长、自治区妇联副主席云翠荣，一周内将各移民搬迁村走访一遍。搬迁村东一个西一个，南一个北一个，分散各地。每天清晨入村，傍晚回到驻地，浑身酸疼，很疲惫就想睡觉。可她还是把一天的督查记录整理好，对发现的问题如实向督导组长汇报，反馈到县委。有一个村项目施工进度慢，她一连去了三次，直至项目建设步入正轨。整个移民搬迁过程中，从项目开工到搬迁入住，她给予了全程关注，使这项事关百姓居住安全的民生工程保质保量如期完成。

陈学琴是蒙古族，在她身上完全体现了马背民族的热情、坦诚、豪放、善良、清澈、透明的秉性，八十年代初师范院校毕业到妇联，一直从事儿童教育工作。她为人谦和，工作一丝不苟，把这种敬业态度带到脱贫攻坚推进上，她的目光更关注推进脱贫攻坚工作的每一个环节，事无巨细，人们都亲昵地叫她"爱挑毛病的老大姐"。与人交谈习惯性微笑，可在巡回检查时只要发现各地工作中有瑕疵，她毫不客气，没有商量余地。对扶贫项目和贫困户扶持，她全程跟踪，直到有一个满意的结果。

她的民情日记写了九十本，留给林西县存档的日记有厚厚的十八本，这是她用脚步丈量出来的，每一页都记载着她和督导推进组所有同事们的足迹，记载着她的责任心和使命感。2017年5月下旬的一天，她随督导组长云主席来到统部镇，一口气走访了22个自然村，查看督促易地搬迁项目，按每个村平均驻留半小时，加上在路上行走，这一天工作至少十五六个小时。他们这样马不停蹄地督导，目的是让各地动起来，加快进度。归途已是繁星满天，疲惫袭来，她倚在椅背上睡着了。6月的一个周末，看完十二吐乡扶贫产业项目，还要赶到枕头沟去，他们要去查看2000亩经济林。枕头沟隐居在偏僻的山坳里，期间要经过一个"长脖子"土坡，刚刚下过雨，路面泥泞，山路坡度大，每前进一步小车就失控地"调屁股"，不走直线，走下车在后面推，还是不行，行进有些艰难，车行至半山腰终于走不动了。山路太滑，车总向后退，没办法乡里从临近村调换一辆皮卡，把她们送到枕头沟。不巧的是回来时刚走一半车就爆胎了，开车的是位女同志，从没遇到这种情况，急得不知所措，最后是扶贫办的同志赶来帮忙把备胎换上，一段十几里的山路，换了三辆车，换好备胎，看着姐妹们手上、脸上、鼻子上都抹着泥，互相对视一下，竟然忍俊不禁开怀大笑起来。在走村串户途中，"上不去、下不来、回不去"已成为不可预知的"插曲"，还好都习惯了。

2017年初冬的第一场雪，比往年来得晚一些，大地被严严实实包裹起来，她与督导组一行走进北部几个乡镇，重点走访贫困户，顺便带去一些慰问品。来到五十家子镇南沟门村，窗外刮起白毛风，气温骤降了十几度。走进贫困户左安臣家，陈学琴眉头紧锁，家里的家具老掉牙了，房屋破旧漏风，已是危房，炕上的被褥也早该淘汰了，男主人左安臣斜躺在炕上，女人里外张罗，脸冻得像发红的苹果，两个孩子怯生生地看着来访者。凭直觉判断，这是一个经济拮据的特困家庭，需要精准识别，精准扶持。详细了解方知，这家是因男人生病致贫的。十几年前，左安臣去外地打工，与河北姑娘李艳红结成夫妻，两人并未办理结婚登记，男人比女人大十几岁。因长期在外打工，家里的土地撂荒，左安臣不知得了什么病，浑身无力，站不起来，回到南沟门村长期卧床，悲催的是妻子李艳红没有户口，无法纳入精准识别范围，没有身份证，她就不敢出门，在南沟门生活了十五年没出过村子。督导组与镇村干部坐在左安臣家炕头上，现场办公，商议对左安臣一家的扶持对策。

"先解决'黑户'的问题，然后把他家的房子翻建改建，纳入精准识别户。"督导组长云翠荣特别叮嘱，要尽快解决左安臣家的现实困难，并指示陈学琴把左安臣家列入督查推进的重点。

第二次去南沟门村，左安臣的妻子李艳红高兴地对陈学琴说，她的户口解决了，民政部门给他们办理了结婚登记证，十几年没名没分的生活宣告结束，兴奋的样子就像买彩票中了头彩。可有了户口还不行，关键是生活问题。驻村第一书记和村干部研究，将左安臣家列入精准识别户，建档立卡，并按县委、县政府脱贫攻坚相关规定，落实扶持措施。通过"1351"健康扶贫，解决左安臣的医疗费，这样就卸掉了压在他家多年的重负，镇医院派医生给左安臣体检，红十字会救助1000元，县残联给左安臣送来轮椅，镇民政办送来临时救助金3000元。有了户口后他家户口簿上变成四口人，两个孩子申请了低保，左安臣和李艳红各享受脱贫基金1000元，孩子上学享受教育扶贫政策。女主人李艳红也被安排了公益岗，每月800元工资。住建部门承诺，开春后就给他家翻建新房。一个摇摇晃晃的家庭站了起来，有了保障，左安臣一家生活掀开了新的一页。

第三次去南沟门村，左安臣一家已经乔迁新居，砖瓦结构。原先的旧房推倒，但残垣断壁并没彻底清除，似乎在遗留过去的记忆。帮扶单位和结对扶贫的干部帮衬他家，购置了一些新家具，炕上的被褥也全是新的。女主人李艳红笑得灿烂，一家人拍了全家照挂在扶贫卡的上方。四张笑逐颜开的脸，是对党的扶贫政策最好的诠释。李艳红说，这些年为生计所迫几乎不会笑了，整天愁眉苦脸，脱贫攻坚政策的惠泽使他们找回笑的感觉，这一切简直像做梦一样。细心的人发现，左安臣和李艳红在与扶贫干部说话时，眼里含着泪，他们发自肺腑地感谢党，感谢政府，感谢好时代，感谢那么多热心帮助他们的人。

一直从事儿童教育工作，使她更关爱儿童的成长，她筹集4000多元的儿童读物，分发给贫困户家庭的孩子，不能把贫穷留给下一代。她开通了家庭教育宣传平台，惠风和畅，用爱的阳光普照少年儿童。

"说说你的'八个到位'吧。"在市妇联我见到陈学琴，此时她已办完退休手续，可是退而不休，依然在发挥余热。面对采访她显得有些拘谨，说："有啥可写的。"脸上依然是招牌式的微笑。我手里拿着林西县扶贫办提供的陈学琴事迹材料，总觉得材料介绍的有些格式化，缺少佐证的动感。当我在林西身临其境感受到脱贫攻坚的氛围，才知道像陈学琴这样默默做事的干部，他们不求回报，是责任心所使，这是普通党员应有的作为。

"那是我的述职报告。"

她谦逊地笑笑，随手递给我一张报纸，报上刊载的正是林西县退出国贫县的通栏消息，还有记者采写的专题报道。离开林西这段时间，特别关注林西县"退出"后的动态。对陈学琴有了基本到位的采访，再阅读她的"八个到位"就不那么枯燥了。

思想认识到位——她在进入推进组角色之前，认真研读了有关习近平总书记关于扶贫开发的重要讲话，领会其战略思想。学习党中央、自治区和赤峰市脱贫攻坚的各项政策，切准导向和目标。她给自己下达任务，给自己施加压力，她提前做好功课了解林西县的情况，让自己在林西县坐得住、住得下、扎得稳。给自己加压，使她多了份责任和担当。她说，见到干部群众那么没日没夜地干，自己也自觉不自觉地融入其中，有时儿子女儿想妈妈，只能视频热聊一会儿。

调查研究到位——陈学琴跟随督导组和推进组成员一起，走乡串户，走遍林西县每个乡镇、每个村、每个街道，有的村走访了不知多少遍。他们不是走马观花，看得认真，听得仔细，发现问题，解决问题。她充分了解了农户生活生存状况，坐到炕头上，唠家常、说生活、谈健康、问发展，给人以亲切感。产业扶贫是林西县脱贫攻坚的重点，而他们推进也以此为方向，鼓励贫困户走向致富。她做好调查研究，摸底调查，掌握实际情况，实事求是地开展脱贫攻坚推进工作，春夏秋冬，寒来暑往，从未间断。在此过程中，她汇集大量翔实的基础资料，既是联合推进的落脚点，也为县委、县政府提供了决策参考。

识别施策到位——精准扶贫的前提是精准识别，进而精准施策，她深入基层多次开展贫困识别和动态管理工作，检查推进工作计划、工作方案，扶贫措施。仅2017年3月、4月份，就走访了8个乡镇，走进了14个重点贫困村，走访贫困户115户、264人，实地调研脱贫重点项目22个。与各级干部开展座谈，与贫困户面对面交流，向项目负责人、致富能人了解情况，查阅县、乡镇、村、户档案资料。开展精准识别督导，深入全县9个乡镇的行政村、自然村入户调查精准识别。按照摸排详细填写相关信息，开展档案管理督导，对9个乡镇、27个村、54个自然村、108户贫困户的档案标准建设进行随机抽查。她到民政、社保、就业局等行业部门详细了解，走进公司、企业、合作社考察了解。查看林西县推出的五种模式，了解贫困人口资产收益脱贫情况。2017年12月6日至20日第十二轮、十三轮走访督查，连续走访两遍，共9个乡镇，36个村，72个自然村，走访432户贫困户。在做到精准识别的基础上，推进精准施策，保证每个乡镇不漏村，每个村不漏户，每个户不漏人。

监督检查到位——林西县为有效改变搬迁人口因缺少致富产业导致生活没有改变的现象，采取了"异地搬迁＋产业配套"的扶贫模式，工作量加大，联合推进组针对移民搬迁进行专项推进。对建筑过程、建筑进程问题，居住、厨卫、水、电、暖生活配套问题，养殖、储藏、停放、种植生产配套问题，移民入住率问题，个别分散安置户购置的房屋质量问题进行多次了解督查推进。

资金管理到位——脱贫攻坚投入财力较大，她督查财政扶贫资金扶持项目、产业带动效果和贫困户收益情况。推进落实金融扶贫政策，了解财政涉农资金整合情况，保证了资金使用合理，发挥应有的效益。

两委班子建设到位——给钱给物不如给个好干部，实践证明，村级两委班子的战斗力直接关系到脱贫攻坚的实施成果，联合推进组指导和帮助林西县每个村委会加强党建工作，注重发挥"两委"班子在脱贫攻坚工作中组织引领、服务百姓、实施产业扶贫项目、促进乡村和谐发展的作用，多次召集村两委班子座谈，监督精准识别、精准施策工作，指导驻村第一书记协助村委会做工作。

宣传引领到位——通过各类媒体和信息平台，宣传脱贫攻坚中的好典型、好做法。"脱贫攻坚，琴声在一线"成为陈学琴的宣传品牌，只要看到这一行字，就知道她又更新脱贫攻坚纪实图文了。在这里，她走到哪，就写到哪，深入基层宣传扶贫政策；在这里，她拍到哪，就编辑到哪，边走边思考图文内容，宣传如何做产业扶贫项目。白天走乡串户，晚上回到房间，不管有多晚，都把当天看到的、听到的、想到的写下来，通过各种媒体宣传出去。很多时候，下车拍照，上车编辑，这种快节奏的流程已经成为她宣传的特色。没有人分配任务让她做宣传，而是她自己主动记录工作内容，用饱满的热情记录脱贫资讯，及时把一线的成果、特色汇总展示，她都在车上、路上，边走边写，肩膀也因此落下了病。据不完全统计，她的微信公众平台"爱的琴声"上有扶贫宣传类稿件6篇；她的"脱贫攻坚，琴声在一线"上有宣传扶贫类稿件90篇；微信朋友圈有宣传稿件336篇。这些稿件有的被内蒙古自治区相关部门采用，有的被赤峰市相关部门采用，有的被林西县有关部门采用。

协调工作到位——陈学琴长期走在村民百姓中间，推进督导随时发现的问题，做好上下协调，横向联系，提出建议、意见、想法，跟踪指导落实。她发挥自身优势，协调中国绿发会的专项慈善公益基金，发动社会力量捐款4177元，以及联系为五十家子镇寄宿制小学捐赠儿童图书。协调自治区妇联，争取到价值6万元的儿童家园设备，为教育扶贫、精神扶贫做了力所能及的工作。

"八个到位"绝不是空洞的虚把式，是脚踏实地的心理感应，是一种责任和担当。陈学琴在脱贫攻坚督导推进期间，克服了身体虚弱和年龄偏大的客观因素，每天不停地行走，把一腔热血献给了林西脱贫攻坚事业，填充了人生的精彩。

她说，在人生历程中写上脱贫攻坚的履历，感到无上荣耀与自豪，女儿也为妈妈的奉献感到骄傲。女儿在"爱的琴声"网站里写到："感谢妈妈，你用言传身教让我明白奉献的意义。感谢妈妈，你坚忍不拔的精神意志给我无穷的力量！"

2018年8月12日，清晨的风习习，陈学琴打开微信，看到了女儿为她发布的一篇微信公众号文章——《脱贫攻坚琴声在一线》，点开文章，她的眼泪打湿了眼眶，仿佛看见自己的身影。这时才发现，她的心一刻都没有离开林西，离开她曾经付出爱的地方。

知母莫如女，女儿从家庭教育工作说起，讲述了她眼中的母亲是如何为妇女儿童事业奔波、如何为贫困弱势儿童呼吁、如何在家庭教育岗位奋斗30年。女儿从扶贫工作谈起，讲述了她心中的母亲是如何从家庭教育工作者转化为脱贫攻坚第一线的督导组成员，讲述了母亲如何从调查研究到精准识别、从监督检查到宣传引领，从一位儿童工作者变身成为打响脱贫攻坚战的推进督导员。

女儿之所以这么激动，要用文章讲述这些故事，就因为8月11日，她从内蒙古电视台新闻报道中得知消息：自治区政府8月10日发布消息，经过层层审查，赤峰市林西县符合条件，退出国家贫困县序列，这是我区31个国家贫困旗县中第一个退出的旗县。她无法控制激动的心情，带着对母亲的无比崇敬，带着那种对农民朴实的热爱、对家乡的祝福、对林西县脱贫的兴奋，还有对奋战在一线工作人员的敬佩，写下了这篇文章。经过一晚上的编辑排版，才在8月12日将文章发布。

女儿的文章获得众多读者的评论——"脱贫攻坚的好干部"，"儿童工作的勤务兵"，"儿女心中可敬可佩的好母亲"，"琴声赴一线，督导战前沿，不辞苦与累，木兰勇争先"，有的虽未加评语，但伸出的是点赞的手指。女儿写感言，多少非凡事，浓情溢笔尖。

是啊，这就是陈学琴的脱贫攻坚生活，这里有道不尽的酸甜苦辣，更有聊不完的喜怒哀乐。她用足迹丈量人生，用爱的行动谱写了一曲爱的歌曲，在林西大地上回响。歌声里蕴含着她的笑容和汗水，注解着她对脱贫攻坚的热情拼搏，咏颂着一段脱贫攻坚的平凡故事。每天都是这样，每刻都是如此。用爱温暖村镇百姓，用爱践行精准扶贫，划出一道优美绚丽的人生彩虹，彩虹下永远荡漾着爱的琴声。

她说，在人生历程中写上脱贫攻坚的履历，感到十分荣耀与自豪，成为她激励自己的一笔财富，连女儿和儿子也为妈妈的行为感到骄傲。林西摘帽时，好像是他们家的喜事。

第二十三章　霜重色愈浓

　　一年四季,秋天行走的步伐最快,似乎还没从躁动的酷夏回过神来,来不及说再见,仿佛在一夜之间,秋天就迫不及待登场了,以至于在林西县穿梭采访的我始料不及,竟然还穿着短衫。秋天来得悄然,走得也迅速,不知不觉间,已滑入深秋了。

　　土庙子的秋天被绚烂的色彩席卷了,嘎斯汰河北岸的那片杨树林,树叶像是刚刚焗过,浅浅的黄摇曳着凋谢前的静美,沙地上的锦鸡儿绿色泛白,唯有樟子松依然保持着生命的底色。最耀目的是田野,红色的胡萝卜,紫色的圆葱,白色的甜菜,一衰烟雨在旷野中低吟浅唱,大田里的蔬菜齐刷刷被染上秋霜。土庙子的秋天向来如此,拨开缤纷氤氲云雾,剩下的便是漫天飞舞的收获悦动,万物纷纷换上艳丽的秋装,霜愈重色彩愈浓,愈是丰富。

　　土庙子堪称林西县首富村,几百户人家掩映在绿色葱茏中,平坦的水泥路修到各家各户门口,清一色的砖瓦房错落在嘎斯汰河沿岸。每到晚间,村街的路灯齐刷刷地张大眼睛,仿佛天上的街市。党总支书记张显发介绍,土庙子村人均收入五年前就跨越万元门槛,户均收入10万元的算是一般户,村民都上了合作医疗保险和平安保险,每人补助4000元用于养老保险,六十岁后,村民就可领取工资。在土庙子,除了生大病的和残疾丧失劳动能力的,没有一户贫困户,而这些人也得到村里的惠泽,除按政策享受低保,每人每年有1000元的固定补助。每逢佳节,六十岁以上的老人和老党员都会收到300~500元不等的红包,土庙子村的幸福指数可触可摸。

　　土庙子有些名气,林西人恐怕没有几个不知道的。可来到土庙子,想寻找那个曾经奠基土庙子的土庙,那是不可能的,历史的烟云消散得无影无踪。

　　年长的村民说过去的确有过一座庙。庙不大,一间房大小,四周没有围墙,用土坯砌就,实实在在的土庙。至于土庙子村名的由来众说纷纭,有几个版本。相传当年康熙大帝亲率清兵在乌兰布统与噶尔丹交战,大胜后班师回朝途经此地,宿营生火。清兵走后百姓方知当朝天子驾临,遂在康熙宿营地搭建一土庙。有的则说是祈雨用的,土庙子素有十年九旱的惯性，祈雨是全村老幼雷打不动的心声，建庙祈雨，向来是当地的一种民俗。另一种说法是移民所建，清朝边关民族区域实行垦荒，从巴林旗划出一片草场开垦农田，大量山东、河北、河南移民纷纷涌入，一王姓大户最先在嘎斯汰河北岸落脚，而后又有毛姓、郭姓、张姓跟进，遂形成村落。那时的土庙子还是山清水秀，最适宜居，只是常有冰雹侵扰，村民们自发搭建一个土庙，请有名望的喇嘛开了光，里面供奉雷神。移民越聚越多，土庙子也膨胀性扩大，遗憾的是对生态环境缺乏保护意识，无节制的垦荒破坏了生态平衡，土地不再温顺，粗暴地扬起黄沙，风助沙涌。"平地沙吞墙，鸭子上了房，春种夏翻地，没钱又没粮"，这首民谣在土庙子广为流传，当时人们还送给土庙子一个颇有浪漫情调的名字——金沙滩。如今土庙已经作古，消失得无影无踪，后生从没见过土庙，可年长的人们，总是不厌其烦地讲述土庙子的故事，土庙就在村北丘陵土山脚下。

那时的土庙子，背依羊肠河，南滨嘎斯汰河，林木郁郁葱葱，茵茵绿草没膝，凝聚旺人风水，是一块非常宜居的宝地。光阴汤汤，风过无痕，土庙已经作古，水草丰美也随着过度开荒被残蚀在岁月流淌中。当黄沙侵扰的频率日益增加时，土庙子人幡然醒悟，大自然对人类的报复是何等的疯狂。新中国成立初期，土庙子已成为黄沙肆虐的角斗场，浮土被刮走后，裸露着的是瘠薄的土地，春种秋收严重失衡，生产环境呈现出恶性发展的趋向，生活也被套上贫困的枷锁。"平地沙吞墙，鸭子能上房，春种夏翻地，没钱又没粮"，这句顺口溜形象逼真，年复一年的困窘生活让人失去自信，而另一句更是形象逼真，"走进金沙滩，黄沙冒了烟，地里不打粮，人心也涣散，男人不干活，排九推得欢，女人没事干，到处扯闲篇"。

土庙子的沉沦源于生态，而土庙子的崛起也在生态。如今的土庙子已是林西县美丽乡村建设的一面旗帜，要想触摸昔日的苍凉只能去村史馆复盘了。

土庙子是林西县大营子乡的一个行政村，与县政府所在地林西镇相距十几公里。走进土庙子村，缕缕富庶的清风扑面而来。清一色的砖瓦房，整齐划一的街巷，平坦光洁的马路，路两侧的路林墨绿，这种色彩浓重的现象揭示一个无可争辩的季节更替，过不了几天树叶就泛黄了。不时有车辆穿梭而过，小汽车和农用车黄牛一样卧在房前屋后。难怪县里把这里标榜为"美丽乡村"示范村，这里的百姓过着城里人一样的生活，幸福写在村民的脸上。

在村部做公益的左桂荣老人今年75岁，"农业学大寨"时号称"铁姑娘"，后进入生产队班子当了三十几年的妇女主任，她见证了土庙子一路走来的蹒跚步履。青少年时期每天睁开眼睛，满目是沙子，一年一场风，从冬刮到秋，有风便有扬沙，搅得人心烦意乱。白天把院里的沙子清理干净，睡一觉早晨醒来又漫上一层，倘是在春季，风起扬沙漫卷，在房后堆起一道沙墙与房檐拉平，猪、羊、小鸡随意大摇大摆到房顶"观光"。那时人们整日牵肠挂肚的是如何吃饱，至于吃好穿好，还是一个不切实际的目标。地里打的粮食不够吃，就用野菜补充。左桂荣老人说，她母亲做的野菜窝头很好看，把野菜搅碎，掺进玉米面里拌匀，母亲抓起面团在手掌中旋转，就像转动一个陀螺，三下两下就做成一个窝头。大小均匀，光洁圆润，黄金塔一般，简直就是工艺品。那个年代的过来人，对窝头都有下意识的排斥，想起来胃口就泛酸，可讲给孙子孙女们听，他们竟然惊诧地睁大眼睛说："你们天天吃窝头啊。"那种惊羡的表情让人哭笑不得，时下的孩子将吃玉米窝头误读成了奢侈。

左桂荣与老伴常年住在村部，她家不贫困，为的是那份依依难舍的情感。今昔对比，她认为改变土庙子的是两个人：一个是老书记李占山，一个是现任书记张显发。一个治沙，一个治穷，两代人的传承，使土庙子由此富甲乡村。

往事不堪回首，走进林西县大营子乡土庙子村史馆，早期土庙子的窘状定格在沙盘上，"治沙英雄"李占山的老照片挂在村史馆的显要位置。历史在沉睡，可记忆始终醒着。

1969年，27岁的李占山任土庙子村支部书记。年轻气盛，血气方刚，不甘人后，他倔强地认为，土庙子不能常年与沙为伍，当着父老乡亲的面立下了铮铮誓言：一定要改变穷山窝的面貌，让百姓过上好日子。他已摸准了土庙子的命脉，不把沙子治住，别的啥都甭想。群众也受够了讨厌的沙子，李占山的倡议得到一呼百应的响应。在"农业学大寨"的洪流中，他把群众带向治沙的战场，公社的看法有些不同调，"抓革命、促生产"喊得山响，李占山带领全村人都去埋沙杖，影响了"以粮为纲"。李占山据理力争，先治川，后治山，锁沙龙，造良田，目的就是为了多打粮食。上级终归还是清醒的，他们认为李占山的做法并没有偏离正轨。考虑到生态建设见效周期长，他给土庙子定下20年彻底改变面貌的目标。

生态意识的觉醒是人类社会的一大进步，而土庙子咬定黄沙不放，彰显他们对昔日青山绿水的渴望和对新生活的憧憬。李占山合理安排"阶级斗争"和防沙治沙的关系，带领村民手提肩扛，苦干实干，一步一个脚印地在土庙子大地上描绘着土庙子人梦中的画卷。10年后，李占山因工作出色被调到乡企业站工作。那时他壮志未酬，绿色家园目标还没有完全实现，但土庙子村107条防沙带已绿树成荫，全村形成了万亩农田林网。他走时，曾对新班子千叮咛万嘱咐，一定要按照既定的思路走下去。可五年后的1984年，村民们觉得土庙子离了李占山不行，一封集体联名信写给乡政府，愣是把李占山要了回来。回到村里李占山发现，与他走时相比，环境治理起色不大，可村里的家底儿几乎成了"空壳"。

土庙子村和全国各地一样，实行了家庭联产承包责任制，分散单干，许多行政村已失去过去吃"大锅饭"时的权威和号召力，人心也散了，但土庙子人被恶劣的环境逼得士可忍孰不可忍，对李占山书记无条件的信任，他振臂一挥，人心又空前的凝聚。一场改天换地的造绿运动再次兴起，借着四期农业开发和国家风沙源治理的东风，在万亩沙地上摆开了阵势。几年时间，治沙造林4.8万亩，绿色重新覆盖土庙子。他们不断摸索治沙有效措施，把当初植下的单一杨树不断更新，松树成活了，果树飘香了，葡萄一串串地挂满了枝头。栽了树，打了井，种地粮食增产，村民吃饱了，穿暖了，土庙子村山上绿，田绿，房前屋后也绿了，就连季风也变得温顺起来。黄龙被牢牢锁住，耕地不再受沙埋的袭扰，土庙子人的好日子隐隐约约露头，可传统的农业难以让村民富起来。李占山看在眼里，觉得应该调整一下航向。他带着两委班子成员多次走出去考察学习，一张新的蓝图在他心中绘就。

土庙子村距县城近，土地多，水层浅，这是其他地区不可比拟的优越条件。村两委班子谋划，土庙子应摆脱单一种植大田玉米、谷子的思维，发展城郊型经济，培养更多的经纪人闯市场，让他们成为城乡经济往来的桥梁。经纪人现象的出现，是土庙子经济转型的开始。

1996年，农村进行第二轮土地承包和五荒拍卖，李占山没有像其他地区一样把村里的土地山林全部分光、卖光，而是依据政策，征得绝大多数村民同意，为村里留下了1300亩耕地和林地，以承包的方式为村级集体经济奠定了基础。村里有钱了，他们又以不高于银行利息的民间借贷方式，让钱生了钱，农民富了，村里也跟着富。村里有了积累，他们从不浪费，李占山成了全乡出名的"小抠儿"，但他把省下的钱舍得花在村里的公益事业上，建学校他舍得，给村民上合作医疗他也舍得。村民们都说："这个家业是李书记挣下的，他管着全村人都放心。"

可是，此时的李占山已是白发苍苍。

2009年，因政策和年龄原因，李占山从支部书记的岗位上退了下来，令他欣慰的是狂放不羁的黄沙终于被制伏，土庙子重新披上绿装。他用自己几十年如一日的干劲儿和一心为民的胸怀，为土庙子村留下了一笔丰富的物质财富和精神财富。直到现在，土庙子人都在念着老李书记的好，说没有李占山，土庙子没有今天！

"老弟，你接着干吧。"李占山把接力棒传给继任者，接替他当书记的是张显发。

就任支部书记前他已当了十多年的村主任，是李占山坚定的支持者。与李占山相比，张显发文化更高一些，思想也更活一些。他是村干部，更是村里有名的种田大户和经纪能人。在市场经济的大潮中，他经受过更多的磨炼和洗礼，对市场有更深切的认知。

上任伊始，他就带着班子去山东考察了。考察的最大收获就是种地得向规模要效益、向科技要效益。回来后，他和班子成员对学习成果进行认真消化，结合土庙子实际，制定了一套种、养、游三位一体的综合建设方案。他们分组开大会，逐户做工作，因户定策略。经过近一个月的努力，全村统一了思想，土庙子人又开始了新的征程。

"土庙子的种植业结构需要调整，大田蔬菜以芹菜、韭菜、角瓜为主，市场销售半径只局限于当地，我们的目光要放的更远一些，与大市场对接。"张显发显得很自信。

过去的八大协会徒有其名，进行了归类整合和淘汰，成立了金沙滩种植专业合作社，果树协会和葡萄协会合并，成立了水果种植专业合作社等，合作组织的功能性作用得到发挥，风生水起。张显发及时为各合作社聘请了专家和技术员，指导他们进行科学种养。他还积极寻求县科协支持，拿出专门的土地和品种做实验田，成功后推广，效益猛增，老百姓学科技、用科技和发家致富的积极性空前高涨。

土庙子人相信张显发，更相信眼前利益，当他提出调整蔬菜种植结构时，有些人将信将疑，犹豫不决，因而推进过程中一波三折，遇到意想不到的阻力。2012年，张显发从山东引回了圆葱新品种，开始自己试种，取得成功后动员百姓种植，拍着胸脯向种植户打包票，赚了算你的，赔了我的。当真？那年群众种了500亩，不知是种子原因还是气候因素，出苗率很低，影响了收成。张显发几去山东，协调无果。个别种植户看到其他品种的圆葱长势喜人，眼热心急，各种对张显发不利的言论泛起，有的说张显发吃了回扣，有的说张显发太冲动，不适合当领头人，有的户还要把张显发告上法庭。张显发见与供货方协调无期，为不打消村民的种植积极性，毅然自掏腰包，赔付了种植户的全部损失。其实，张显发是当年种植这个品种的最大户，他家的圆葱长得很好。经农业部门鉴定，那些受损失的种植户把圆葱种在树林边上，光合作用不足，圆葱不爱长。得知原因后有两户给他退钱，张显发摆摆手说："算了，也怪我事先没交代明白。"这件事就这样轻描淡写地掀片了。圆葱种植成功，又开始大面积种植胡萝卜，全村种植2000亩，也是缺乏经验，又没有机械，土庙子八个自然村，先种的村已经出苗，后面的还没种上，前后差40多天，胡萝卜长势参差不齐。客商到地头收购，先种上的价格高，而晚种的不但价格上不去，且客商不愿收购。收到第三天客商就不来了，还有三个自然村的胡萝卜没有卖出去。他们声言要把地里的胡萝卜全送到张显发家，说的话很难听，把卖不出去的责任全推在他身上。

张显发犯了高血压，去医院输一瓶甘露醇，拔下针头就去了赤峰，找到客商好说歹说把剩余的胡萝卜收购了，并自掏腰包把差价补齐。妻子有意见了，这样倒贴咱家也赔不起呀。可张显发想的是发展大局，这件事让他感到机械化的重要性，在农机部分的支持下，土庙子机械化应用比重大幅度提高。这几年，张显发家每年都要拿出几亩地，引进新品种先在自家地上试验，成功了再向全村推广。张显发用行动证明了自己的诚信，赢得了群众的信服，于是在土庙子村他成了老百姓名副其实的领头羊。老百姓说："张书记种啥我们就种啥，张书记让咋种咱就咋种。"土庙子的大田蔬菜以每年1000亩的速度递增，到2017年，全村种植面积已经突破了1万亩。张显发说："土庙子村的农民从过去的粮农变成了现在的菜农，收入翻了好几番，这是质变和飞跃。"

张显发从不满足现状，土地是土庙子赖以生存的资源，在有限的土地上创造出更大的效益，是他的责任和努力方向。他鼓励群众多渠道创收，发家致富。第一家鱼塘在土庙子诞生了，主人投入了所有积蓄，最终找到了门路，收获了更大的回报。沙地造林后，不安于现状的宫老汉，在林下养笨鸡、养野兔，赔了一样换一样，永不言败的精神支撑着他一路走下去，终于换成养山鸡时成功了，建起了远近闻名的"七彩山庄"。在采访期间特意去山庄就餐，可口的农家菜调动胃口，常常是一桌难求。奶牛业曾在林西兴盛一时，可近些年来，由于各种原因，其他地方的奶农纷纷转产，可土庙子人永不放弃的信念支撑他们继续前行，吸取教训，总结经验，摸索路径，他们不但坚持下来了，而且养奶牛户日子过得红红火火。

李占山和张显发都是土庙子村地地道道的农民，他们的共同之处在于对党的忠诚和信念的坚定，作为党的最基层的书记，时刻把村民的福祉和百姓的需求放在心上，大公无私，甘于奉献，用自己的行动诠释着共产党员的形象。更难能可贵的是他们具有开拓精神，在实践中付出了辛勤和汗水，也收获了失败、教训、经验和成功，在脱贫致富的道路上收获了阳光。

土庙子人无疑是幸运的，前后两任书记恪尽职守，不忘初心，带着他们摆脱了贫困，走向了富裕。村集体的发展成了土庙子村公益事业发展的蓄水池，也为村民带来了其他地方不可比拟的红利。全村人合作医疗费全免，上养老保险的每人补贴4000元，60岁以上老人每人每年补贴300元，60岁以上老党员每人每年补贴500元，60岁以上老人每年入冬免费打一次流感疫苗，所有产业项目实施不用百姓筹一分钱。

土庙子村党总支书记张显发说："土庙子村的今天，不是一届两届村班子干出来的，是群众智慧和干劲的结晶。从家庭联产承包责任制实施以来，历届村两委班子一直根据实际开展工作，一直在起带头作用，逐步转变发展观念，调整产业结构，培育、壮大适合本地发展的农村经济，而这一切如果没有群众的积极参与，不可能把蓝图变成现实。"

村民杨久军是村里的经纪人，也是蔬菜种植大户，近两年年均收入50多万元，最多时收入200万元。他不但在村里建起了最漂亮的房子，而且在县城里买了一百多平方米的楼房，还开上了小汽车。2018年，杨久军转战外乡外村，一口气承包土地1000亩，全部机械化作业，有十几户贫困户常年打工。张显发说："如果说经验，那就是发动群众学科技用科技，扩大产业规模，提升产品质量，提高竞争力，对着市场搞种植，对着订单搞种植，让老百姓对日子有盼头，致富有奔头，生产有劲头。"

农民张立峰有些奇葩，30岁前最想摆脱的身份就是农民，最想离开的地方是土庙子。他看衰了农村，看衰了土庙子，高低想"逃离"这个让他愁眉不展的贫困乡村，谁劝都不好使。命运给他开了个玩笑，没想到的是"逃离"农村十年后，张立峰又按原道走回，重新回到了原点，走进那片长满庄稼和充满希望的土地。此时的土庙子已与他走时判若两样，见村民们一个个富裕起来，有的原来家境还不如他。混迹多年两袖清风，他后悔目光短浅，肠子都悔青了。

张立峰是土生土长的土庙子人，他也曾跟着老书记李占山治过沙，栽过树，一天累得臭死。他固执地认为自己生来就是土命，甚至觉得土庙子的村名太"土"，不仅名字土，生活也土得掉渣，最不愿听到的就是"乡下人"的称谓。放眼看到的也都是滩滩弯弯，"走进马兰滩，黄沙冒了烟，地里不打粮，公鸡上了房"。一想起老人们常挂在嘴边的这段顺口溜，浑身不自在，无地自容，他离开土庙子的决心更加坚定，暗暗发誓从此与"土"势不两立。

他记得离开土庙子那天阳光明媚，百万农民工大潮澎湃南北，汹涌东西，离开土庙子的何止他张立峰一个人。农村壮劳力大多融入农民工大潮，在家务农的是老人和妇女，"空心村"、留守老人与儿童已成为惯常现象。他携家带口坐在南下的火车上，有一种挣脱羁绊的感觉，迷迷糊糊睡着了，他恍惚以"城里人"的身份回到了土庙子，受到的是"衣锦还乡"般的推崇和欢呼，醒来的时候外面一派嘈杂，他和爱人走向工地……

理想与现实的距离有多长？事态的发展与他想象的大相径庭，打工挣的钱基本用于租房和维持生计，他感觉越来越累。2014年夏天，张立峰回家乡时发现，土得掉渣的村庄已不是他"逃离"时的样子，从县城新修的柏油路直通村头，大街小巷水泥路铺到各家各户门口，土坯房变成砖瓦房，家家户户用上自来水，更让他始料不及的是土庙子村竟然有了"百万富翁"，比他年长几岁的表哥杨久军，承包土地发展设施农业，带动村民种植圆葱、辣椒、胡萝卜，成了全村有名的种植大户和经纪人，表哥在城里买了房，有了车，仍愿意留在农村。表哥说，离开了土地，他将一事无成。

"回来吧，跟着张显发干，在城里打工挣俩钱都倒贴给城里了，咱农民就是土命。"

张立峰此时听到土命的称谓非但不排斥，反倒觉得润透心田的温暖。表哥的奉劝让张立峰心动了，回到城里他试探妻子的想法，面对妻子有些难以启齿。妻子嫁给他的唯一条件就是坚决不下庄稼地，后代不当农民，这个承诺绑定着他，让他很纠结，在外积攒不下钱，想回老家又对不住妻子。在妻子的记忆中，还是那些年离开老家时模样，有的村子成为了城中村，有的被征用成工业用地，有的移民搬迁到其他地方。农村没有了炊烟，没有了鸡鸣，老父亲还经常为摇摆不定的农产品价格而焦心。夕阳西下，远处的高山耸立，脚下的草丛颜色鲜绿。在他的记忆里，小时候经常傍晚跑到金黄的谷地里，干农活儿的父亲弓着背，身影被夕阳拉得很长很长。

当他把家乡的变化说给妻子听，特别提到了表哥，妻子心活了，毕竟利益的诱惑难以抵挡。打工的时候，他耐心说服妻子回来种地，讲和他们一样打工的年轻人回乡致富的励志故事，带着妻子回乡看农村的新面貌。一番软磨硬泡后，妻子同意他先试试。

回村里的头两年，他还是跟着父亲一起种地，从承包几十亩地开始积累经验。后来干脆大胆往前迈步，从亲戚朋友那借钱又贷了款，承包了上百亩地。2016年加入合作社，承包1000多亩地。

夏天农忙时，夫妻俩一天最多能休息三四个小时，每天凌晨两三点钟就得往地里走，不仅自己要干活，还得管理着上百号农民工，晚上十一点多才到家。一个农忙季下来，累掉一层皮。当年秋天，他分到了七八十万元利润，这可是他们在外打工十年做梦也没想过的事。过去的穷山村土庙子，摇身一变成了小有名气的富裕村，张立峰也真正尝到种地的甜头，发誓不再离开这片土地。

张立峰把翻地播种的视频发到微信朋友圈，引来还在打工的工友热烈点赞。过去他不想当农民，是觉得一说农民就是农村户口、种地的、没文化、没出息、小农意识的代名词，让他自卑和"掉价"。现在的他，早已不认为农民的身份掉价了，觉得农民充实，有奔头。他经常晒自己的家底：崭新的约翰迪尔拖拉机、新款的青岛洪珠马铃薯播种机，还有他靠种地赚钱新盖的大房子。

如今，逐步脱掉贫困外衣的农村也开始有吸引力了，像张立峰一样，有一批回乡种地、创业的青壮年，带动村民争着比勤劳比致富，谁也不愿意当贫困户。既借助好的扶贫政策，更靠勤劳的双手，村民们快速脱贫。张立峰这代人上学前班时，林西县就被确定为国家级贫困县，开启了漫长而艰难的扶贫马拉松，而让村民们感受最深刻的，这几年扶贫列车就像换成了高铁，开进了快车道。土庙子村一共有590户，还剩下28户是贫困户，全都是因病致贫。村支书张显发介绍说："因病致贫的困难户享受了林西县健康扶贫政策，大病救治3000元全年兜底，用产业扶贫资金买下牛羊，以及利用村集体经济提供信贷资金扶持，种植业和养殖业同步发展。"

2018年春播开始了。上午7点多，张立峰和工人们驾驶着福星凯恩大型开始扣地。2018年是他回村种地的第六个年头，他承包了400亩地。张立峰不拘泥保守，穿着夹克、牛仔裤、运动鞋，除了皮肤略显粗糙，张立峰不像个农民，可他的确又做回农民了。村里年轻人也学他的样子，谁规定农民就得穿缅裆裤子？

在地里翻腾了十多个来回，张立峰招呼工人们停下来喝口水。2018年他没有跟风亦步亦趋种洋葱，而是精选种子种马铃薯和胡萝卜。他在周边市场曾做过调研，还认真计算了400亩地的投入和产出。他认为自己和父辈们种地是有区别的，父辈种地都不算账，种什么是什么，收一点是一点。他的算账本事是跟表哥杨久军学的，没想到让他算准，2018年土庙子遭受有史以来最大的雹灾，种圆葱的苦不堪言，他种的马铃薯和胡萝卜躲过一劫，等待他的就剩数票子了。

张立峰能熟练打理农机，还能修理改造。他在城里打工当过司机，干过泥瓦工，后来在一家汽车修理厂干了8年的修理工。到了养家糊口的年龄，他的一些小伙伴在城里扎下了根，而他却越来越一种"既融入不了城市，也回不去农村"的沮丧感，那份迷茫至今回想起来还闹心。回到土庙子，积累的技能派上了用场。

张立峰思想活跃，发现不只土庙子村有了巨变，过去五年，内蒙古自治区脱贫攻坚取得显著成绩，全区建档立卡贫困人口由2013年底的157万人减少到37.8万人，贫困发生率由14.7%下降到2.6%以下，完成1个国贫旗县、13个区贫旗县摘帽。林西县就是自治区第一个申请摘帽的县。

随着十九大的召开，神州大地开启了乡村振兴战略，张立峰更明显感受到家乡从弱变强，土庙子村通过对集体土地、林地、矿山等资源发包，集体资产不断积累壮大。村里用集体资金给村民补贴4000元养老保险金，60岁以上老人都收到了红包，全体村民还入股了蔬菜水果大棚项目。为了解决农产品难卖的问题，土庙子村开始转型发展优质、高效、无公害产品，已有4个农产品获得国家无公害产品认证，合作社已发展到8家，还规划建设自己的蔬菜交易市场。

脱贫攻坚的脚步没有停止，政府的想法并没有停留在一时脱贫上，而是谋划着长久的致富。为解决农村富余劳动力就地就业、保障稳定收入，林西县整合调动多方资金，投资43亿元，开工建设扶贫产业园区12处，大力推行"园区+企业+农户（贫困户）"经营模式，重点培育5个高标准、有规模、示范带动能力强的扶贫产业园，扶持贫困户发展主导产业，变背井离乡求职谋生为守家就地就业致富。

农村是新时代新农民大显身手的舞台，张立峰决定扎根农村了，他深信未来的农民应该成为对年轻人有吸引力的职业。他理想中繁荣的乡村，要打造无污染的农业，种出安全绿色的好农产品，创建干净整洁的村庄，农民不仅从土地中收获果实，还能收获作为一个农民该有的价值感和尊严。

围绕乡村振兴、脱贫攻坚，内蒙古自治区开始实施"能人强村"工程，选优配强村级组织带头人，特别是党支部书记，把党员培养成致富能人，把致富能人发展成党员，张立峰也向村支部递交了入党申请。他对农民有了新的认识，农村由于种植机械化程度提高，对劳动力需求大大减少，不是什么人都可以当农民的。农村这片土地的振兴，越来越需要勤劳、有头脑、肯奋斗的人。他期待把农民纳入职业教育系列，提高农民素质，也让农民增强自豪感、自信心和社会地位。

三室一厅的大房子，阳光穿透落地窗，洒落在蛋黄色的地板上，茶几上电热水壶里的水咕嘟咕嘟开了，张立峰微笑着给客人们泡茶。从2017年到现在，他已经参加了两场农机具培训。他很关心国家的新政策，从网上下载了建设小型家庭牧场的申请表，想着近期再干点大事。

我先后对土庙子进行过三次采访，第一次采访时已是下午五点多，西垂的太阳释放出柔和的光线，适合拍照，随行的摄影师如饥似渴，从各个角度捕捉土庙子的精彩，以致影响到我的采访不够深入。初识张显发，个子中等，说话面带微笑，看得出他是一个豪爽之人，眼神里透出一种男人的刚毅与自信。张显发也很忙，是从田间赶回来的。他说："村部前广场专门搭建了农民大舞台，今天县乌兰牧骑来土庙子下乡惠民演出，村民们看得兴奋，许多村民也和乌兰牧骑互动，纷纷上台表演节目，笑声不断，热闹了一上午，送走乌兰牧骑赶紧到地里干活。"张显发告诉我，现在的书记不好当，老百姓要求更高了，富裕起来的农民需要丰富精神文化生活，各村都成立了文艺队，他打算组织一个村里的小剧团，让百姓自己演自己。从物质追求到文化追求，是生活品质的飞跃，土庙子人的视野更广了，脚步迈得更快。站在村前的农田里，圆葱长势茂盛，夕阳在天边的云朵中燃烧，绚烂的彩霞把林网的树梢涂成玫瑰色。

再次来到土庙子我在村史馆驻留时间较长，土庙子百年发展史被浓缩在沙盘上，第一单元让我触摸到了大自然的苍凉。第二单元崛起部分图腾奔涌，土地生烟。第三单元绿色在沸腾，盎然的生机已经按捺不住了。最后一个单元就是现在的模样。尾声是精彩的，我被墙上几排金光闪闪的奖牌所吸引：全国民主法制示范村，全区十星级文明村，自治区新农村建设示范村，赤峰市美丽乡村示范村，赤峰市小康示范村，全县十佳文明、生态示范村等等。再看看土庙子村极富煽情的经济指标：近三年年均集体经济收入60万元，农民人均纯收入10000元以上，50%农户年收入都在10万元以上。土庙子村土地等自然资源禀赋与其他村并无差别，是什么让这个村获得如此多荣誉，农民如此富裕？其实无需回答，答案明摆着。

百姓们都说："给钱给物，不如有个好支部。"村民王振奇的爱人更是直截了当说："有个好干部，才有好支部。"

在土庙子村，哪里有困难，哪里就有村党总支的身影，村民无论大事小事，也总是先找村党总支帮助解决，村党总支成为村民名副其实的"主心骨"。

2014年以来，林西推进脱贫攻坚工作，土庙子村在大菅子乡所有行政村中，贫困发生率最低，只有29户56人，这些贫困户大多是因病致贫或者是丧失劳动能力的老年人，针对这些情况，土庙子村党总支采取了多项扶贫救助措施。村里充分利用扶贫资金新建了10亩连体冷棚，种植提子，将贫困户融入到全村产业发展的大格局中来，吸纳贫困户入股，获得收益分红，有劳动能力的贫困户还可以参与冷棚种植管理，获得工资收入，没有劳动能力的贫困户，采取村集体救助、社会保障兜底、健康扶贫等方式帮助他们脱贫。村党总支还动员党员干部为孟令杰、刘菲菲等重症贫困户捐款2万余元。一份关怀，一份体贴，土庙子人感受到了发展带来的红利，土庙子人体会到了集体带来的温暖，党群干群关系更融洽了，社会矛盾没有了，邻里关系和谐，村风淳朴。

在土庙子村民的眼中，土庙子村今天的繁荣史，就是历届村党支部艰苦创业史，是他们不甘落后、开拓创新的结果，是他们敢于担当、实干为民的结晶。三十多年来，他们引领发展服务百姓的真情不变，继承和发扬党的优良作风不变，造就了这方土地的丰硕和美丽，书写着一个基层党组织的坚强与骄傲。

最后一次采访是在"白露"后的第二天，重点走访脱贫致富的典型户。张显发刚从呼市参加全区党支部书记培训班回来，县里成立蔬菜商会，土庙子成为理事单位。那天是漫阴天，空气有些潮湿，那种是雨非雨是露非露黏黏糊糊的雾气，游丝一样轻吻着脸颊，从没有过的美妙感觉滋润心田，似乎是一种暗示，这个秋天沉甸甸的，而这秋的深味，只有站在田野上才体会得彻底。

"土庙子产业发展起步早，贫困户脱贫相对较快一些。"张显发之所以用"较快"这一字眼，是土庙子在种大田蔬菜前，全村有三分之一都是贫困户。目前除了生大病的和有残疾的，全村凡有劳动能力的贫困户基本全部脱贫。2017年，土庙子村收入最高的农户达200多万元，收入在20万元以上的户达81户，绝大多数的农户收入在10万元以上。

"我们村对周边乡镇的脱贫攻坚也有贡献呢。"张显发说，"土庙子是县就业局的就业基地，季节性用工很大，每户都得雇人，大营子其他村，十二吐乡、大井子镇、林西镇的贫困户劳动力，每年都来土庙子打工，最多用工在二三百人以上，县扶贫就业服务中心用大巴车往土庙子运送打工者，他们一个月收入在3000元左右，仅王久军一年付出劳务费100多万元。本村几个大户去外村承包土地，不仅促进了当地的土地流转，也为贫困户打工创造了条件。"

来到小河南村李伟家，这是一个尊老敬孝和睦的家庭。李伟兄弟俩一直没有分家，与老母亲一起住，妯娌俩孝敬婆婆，这么多年从没红过脸。在土庙子，论种植技术李伟兄弟俩首屈一指。李伟爱琢磨，土豆每亩至少需要1000元的种子，种不合适会造成浪费，采取"电脑缠绳，精量点播"后，节约种子一半，降低了种植成本。他家今年种植胡萝卜、土豆400亩，预计收入130万元。他家院里有两个大棚，是做育种用的。院里停放着各种农用机械，村民想用随时开走，晚上送回来。本想和李伟聊聊，他爱人说去克旗黄岗梁采蘑菇去了。

"进屋说话，咋让客人站在院里。"

李伟的母亲遛弯回来，面色红润，头发花白，老人很健谈。儿媳王国芝介绍，婆婆身体很好，每天他们和小叔子夫妇下地干活，婆婆在家看孩子，做三顿饭，吃饭时两家都挤在孩子奶奶的房间，其乐融融，多年都是这样。婆婆，是这家的"定海神针"。张显发说："这家人在土庙子口碑很好，和气生财，幸福感陡生。"对此我也有同感，遵从孝道是中华民族传统美德，"孝于之至，莫大乎尊亲"，中国素来就有"百贤孝为先"延传，被尊为最高道德。多年来周走各地，见到很多长寿老人，儿女孝顺是长寿的原因之一，几乎成了铁律。李伟一家无疑是富裕起来的土庙子一个生活细节，土庙子乡风纯朴，村风和谐，正是有这样的家庭为底蕴。

"嫂子，我用下四轮车。"

"用吧。"王国芝头都没回，继续与张显发说话。

"突突突"四轮车屁股冒起白烟。

李伟家的院子花还没谢，藤架上的黄瓜倒挂，红色的辣椒，紫色的茄子，果树上的水果柚红，简直就是一个绿色家园。对面一排粗粗的杨树，树干上安着摄像头，可能看出我有些好奇，女主人进一步解释："院里的四轮车和农机具动不动就让人开走了，谁开走的都不知道，用用可以，用完送回来。"

村东头是王振奇家，偏巧"当家的"又不在家，他爱人李桂梅风风火火地从地里回来，告诉我们王振奇还在地里干活，估计很晚才能回来。她家在林西镇包了200亩没人利用的荒地，承包地每亩100元，种植前两口子雇人清理地里的碎石，拉出去好几车。今年摊上冰雹，产量受到影响，但收入也能达到80万~90万元。两口子能干，论庄稼活那是没的说，他家种的圆葱、胡萝卜总比别的人家个头大，成色好。秋收时别人抢客商收购，而他家客商抢着上他家收购。女主人说着说着就跑题了，她与张显发合计种菜事宜，把我晾在一边。她建议成立协会，把全村蔬菜价格统一起来，否则一家一个价扰乱了市场。他们谈到冰雹，这是土庙子最忌惮的灾害。这几年老天爷也不知抽了哪根筋，别的地方下雨，唯独土庙子下雹子，有的户一年辛苦泡汤，有幸保存下来的收成也大幅度减产。

"冷棚建设是该加快了。"张显发的想法得到李桂芝的赞同，这是防御冰雹的有效办法。

王振奇家的房子很大，塑钢推拉窗户，室内设计比照城里"三室一厅"的格局，院子已经硬化，穿着迷彩服的老人闲不住，清理完卫生又去给小鸡喂食。

"是孩子爷爷。"

李桂芝说着切开一个西瓜，这是她家地里种的。十年前，她家还是贫困户，六口人挤在三间土房里，日子过得摇摇晃晃，捉襟见肘。

"那日子就别提了。"女主人微笑着摇了摇头，自从种植大田蔬菜，才有了转机。女儿考上大学，已在包头就业了。

"太累，明年那地不包了，干一天活累得骨头都疼，在家侍弄几亩责任田落个心静，你没看那地有多难收拾了，石头、瓦块的机械根本用不上，全靠人工，可人家求着我们继续包，他们说如果我们家不包别人更不会包，又得撂荒。"能在那样的地上赚钱，心里暗暗钦佩。

离开小南河村路过马莲滩村，在公路旁水泥硬化的广场停下，这是土庙子新建的蔬菜交易市场。入口处有一白色铁板房，一妙龄女士正在上班，她的责任就是看好地泵，车辆通过，她的电脑上就显示出载重量。旁边有一加长卡车，车厢里装满蔬菜。卡车司机说："只要把车放在这里，附近的菜农就主动把出售的蔬菜送过来。土庙子蔬菜交易市场还没有建完，功能有待完善。张显发指着对面的一排简易平房，2019年将全部拆迁，通过招商建设集交易、餐饮、住宿为一体的交易场所，使之成为颇具影响力的蔬菜交易平台。以往市场与产地脱节，菜贩子压价收购，很大一块利润被中间商吃掉了，村两委将利用新成立的蔬菜商会，与北京岳各庄大型蔬菜市场对接，减少中间环节，增加产地菜农收益率。

日薄西山，我们的采访仍在继续，谈到脱贫攻坚，张显发认为扶贫是长期性的，即便是土庙子这样整体富裕村，也有贫困户，这其中主要是突发情况或人力难以抗拒因素造成的返贫以及新出现的贫困户，扶贫机制要不断完善和巩固。而对于贫困户自身，还要立足自立自强，富裕生活是干出来的。

他给我讲述了老黄脱贫的故事。

老黄叫黄占奎，今年60岁，是林西县大营子乡土庙子村6组农民。年轻时的老黄白手起家，有个小四轮，种着自家的十几亩地，日子虽不算富裕，但也足够自给自足。可随着年纪越来越大，加上地里农活繁重，老黄得了脑梗、糖尿病、心脏病。老年人慢性病需要长期吃药，耗光了积蓄，勉强度日。

2013年，儿子结婚，老黄跑遍了整个村，向亲戚朋友借钱，勉强凑够费用，给儿子办了婚礼，因此欠下了9万多元外债。为了还钱，他又多承包了几亩地，盘算着收成好，可以尽快还清。可是，由于近几年粮食价格不稳定，加之气候干旱，也没有赚到几个钱，每年扣除农药种子费用，算是白干了。

2014年，经过村民代表大会评选，老黄被评选为土庙子村的建档立卡贫困户。得知自己成了贫困户，老黄有些懊恼，可是看着自家现在的状况也确实够得上贫困户的标准了，他没有言语。但是，老黄不甘心，他暗自下定决心，必须要凭借自身的努力把贫困户的帽子摘掉。

土庙子村有建档立卡贫困户148户，284人。许多因病致贫的人都申请了低保，老黄却从没争抢过低保名额，他说："脱贫靠劳动，不能靠兜底。"村里近两年大力实施设施农业扶贫项目，村两委班子选定种植大田蔬菜为主导产业，按市场行情算账每亩蔬菜价格比传统玉米作物高出一两倍，结合县扶贫办为村里解决了膜下滴灌项目后，老黄不再种植传统粮食作物，专心种起了蔬菜。

第一年种了近10亩胡萝卜，虽说蔬菜价格近两年也落了不少，但总的算起来还是比种玉米挣得多。村支书张显发发现老黄是个勤劳、肯干、有志气的贫困户，便邀请他加入了金沙滩蔬菜种植合作社，采取种植多样化的形式，规避雹灾风险，统一出售，由合作社联系订单买家。2017年，老黄除了种植胡萝卜外，又种了几亩辣椒，秋天正赶上辣椒收购价格高涨，加上其他蔬菜收入，老黄算了一笔账：4.5亩辣椒，纯收入1.8万元。10亩胡萝卜纯收入1.6万元，再加上自家又养了一头猪，全家年收入3.8万多元，扣除部分还贷款的钱，家里4口人年人均可支配收入4000多元，已真真正正脱了贫。

现在的土庙子，没人去争建档立卡贫困户，扶贫政策主要惠泽那些鳏寡孤独的老人，扶助因病因残致贫丧失劳动力的贫困户。村里计划采取幸福互助院模式，让这些人过上衣食无忧的生活。

土庙子迎来了第一场秋霜。对于秋霜的降临人们不以为然，忙碌的节奏丝毫没受到影响，倒是色彩变浓了。我听见了哗哗的流水声，声音来自嘎斯汰河，河岸的杨柳在卖弄衣服的颜色，在这浓浓的秋色里，土庙子一年的耕耘画上了休止符，我更喜欢生活的色彩，耳濡目染更具诗情画意。秋色满盈的下午，在村党总支书记张显发的陪同下走进土庙子的田野，在格式化的万亩菜畦所目睹的蔬菜是异常精致的。秋霜融化后的水露浸润了蔬菜的每一个叶片，浸润了秋收的每一个细节，那种滋润极富感染力。圆葱、辣椒、茄子、豆角、金瓜、芥菜，各具形态，一绺绺，一条条，恬静纤巧的田埂像是组成丰收进行曲的音符，让人心旷神怡，为我预支出大笔的钦羡，而土庙子人预支的是丰收的喜悦。徜徉在秋日阳光里，在五颜六色的菜田间，总也挥发不掉的是亢奋的躁动。

2018年秋分是我国第一个农民丰收节，土庙子以他们自己的方式庆祝自己的节日。丰收的锣鼓敲得震天响，似乎要把白云震落下来，富庶起来的农民跳起广场舞，他们把丰收后的富有和对未来的憧憬挥洒得淋漓尽致。他们的舞姿尽管不是很专业，但他们展示的是朴实的劳动美。在美丽乡村建设日益强化的今天，一个村庄的嬗变本不足为奇，可当我来到林西县的西山根，来到两棵树，来到上官地，来到七合堂，来到统部，感受到的是同样的氛围，由衷地感叹这个金色的秋天不仅属于农民，也属于整个乡村。尽情赏阅秋天的美色，心情竟莫名其妙的失落，这斑斓的色彩是一年耕作的谢幕演出，秋天与冬天距离太近了，不久后就将陷入蛰伏般的宁静，想象不出诸如土庙子这样的村庄，在2019年的涂色板上还会绘就怎样的精彩。

第二十四章　灿烂千阳

　　一年四季轮转，寒来暑往，春华秋实，收获的季节分量最重。最初来林西采访脱贫攻坚，田间的玉米刚刚没膝高，而行将结束时叶子泛黄，大棚里的瓜果已经挂藤了，时光流逝的好快呵。

　　随着采访的深入，愈发感到有一种难以负重或是腹胀的感觉，在这片热气腾腾的土地上，发生的故事让我目不暇接，厚厚的采访笔记竟不知如何梳理。站在就业创业服务中心大厅中央，看着前来登记就业的趋之若鹜，难掩心中的感动。

　　就业扶贫，是林西县脱贫攻坚的重要组成部分，与产业扶贫相辅相成。2016年以来，林西县就业服务部门积极发挥行业特点和部门优势，把就业扶贫摆在重中之重的高度，以提升贫困劳动力就业创业能力、实现稳定脱贫为首要任务，通过就业创业政策扶持、加强贫困人口技能培训、实施公益岗位援助、开展京蒙劳务合作、推动贫困劳动力转移等综合手段，就业扶贫工作有声有色，让贫苦户彻底摒弃"等靠要"的思想，靠自己的劳动获得满足，有尊严地生活。

　　雨果在《巴黎圣母院》中描绘了一个敲钟老人，老人不愿接受施舍，"我要有尊严的活着，而不是作为一个只会敲钟的怪物！"他很在意自食其力。

　　林西县的就业扶贫唤起了越来越多的贫困人口的生活自信，这正是他们推进脱贫攻坚最愿意看到的。

　　我翻阅着林西县就业扶贫台账，这其中对全县贫困劳动力的个人基本信息、转移就业意向和职业技能培训需求等相关信息详记在册，对4840人建档立卡贫困劳动年龄人口做重点标记，然后因人施策，力求让每一户有意就业创业的贫困人口都有满意的岗位，获得满意的收益。

　　"开展多形式、多层次的就业培训，增强贫困劳动力的脱贫技能，这是就业创业扶贫的前提。"

　　县就业局穆洪涛局长在接受采访时介绍，一方面结合贫困劳动力需求和自身特点，开展多种方式的培训,与相关部门、培训机构和企业密切配合,开展了SYB培训、就业技能培训、电子商务创业培训、农作物增产施肥培训及电商创业交流培训、返乡农民工暨新型农民创业培训等。另一方面开展不同层面的培训,针对贫困家庭大学生,依托电商孵化基地开展电商创业培训;针对贫困家庭应届往届"两后生",依托职教中心和市内外技工院校开展技工教育培训;针对种养殖户,开展农牧业实用技术培训;针对有创业意愿的贫困劳动力,开展创业培训和就业技能培训。同时,针对贫困劳动力中残疾人口比例占49.56%的实际,联合相关部门,进行送学上门或分类培训。两年多来,共举办各类培训52期,累计培训贫困劳动力1780余人次,实现了扶贫扶智。就在我们采访时,贫困人口就业创业服务中心二楼,家政保姆培训正在进行。

"培训是就业扶贫的预备动作,搭建劳务对接平台,拓展贫困劳动力就业门路才是最实际的。"

"效果如何?"

"超出预期。"

穆洪涛局长介绍,县委、县政府推动的五大产业扶贫是贫困劳动力就业的主渠道,有的直接到龙头企业就业,成为技工性蓝领工人,一人就业,全家脱贫。更多地在产业基地生产环节务工,分常年和季节性用工两种。各乡镇兴办的十几个扶贫产业园区用工量很大,吸纳了大量贫困劳动力。在林西县贫困人口就业创业服务中心,门口两侧竖立多个机构的门牌,有培训学校,有中介组织,就业培训和就业趋向不局限于生产务工,还有保姆、家教、家政、餐饮等,基本上是就业企业想招收什么样的产业工人,服务中心就开什么样的课程,因企施培,因人施训。

县就业职能部门积极配合脱贫攻坚,与县内外企业沟通交流,实施就业信息共享。充分利用京蒙合作的有利契机,与北京丰台区建立劳务合作机制。2017年8月,与丰台区签订了"劳务合作暨家政服务业务对接协议"。9月下旬,与丰台区联合举办2017年秋季就业扶贫暨京蒙劳务对接招聘大会,提供就业岗位2500多个,870名贫困劳动力与招聘企业达成意向。引进全国十大家政服务品牌之一的北京无忧草家政服务集团,在林西县建设培训基地和劳务转移基地,重点培训和安置建档立卡贫困劳动力从事家政服务。引进赤峰东方红职业培训学校等有实力职业培训机构落户林西,对贫困劳动力进行有针对性技能培训。引进烟台国际经济技术合作公司等劳务中介组织,开展贫困劳动力转移服务。引进北京贝奥兰电子商务有限公司,在林西县建设500坐席的大数据呼叫服务外包项目。

"搭建的平台越大我们服务的空间就越大。"

望着侃侃而谈的穆洪涛局长,对林西县就业扶贫心生敬佩,他们创造性地工作是不能用数字衡量的。

"这也是职能所在,就业局不仅仅是就业、创业的日常服务部门,更应该是拓宽就业岗位服务群众的有力推动者,让更多的贫困劳动力实质性就业。"

我们面对着贫困人口就业创业服务中心大楼,这里蕴含着蓄势的力量。此前这里是垃圾场,如今这里是社会关注度颇高的场所,广场南端是特定停车位,签订劳务协议后,大巴车把打工人员送到用工密集区。最多时,每天运送800~1000人。他说,就业局探索开发公益性岗位,切实解决贫困劳动力和贫困家庭大学生的就业难题。由就业专项资金和地方政府共同出资,在每个行政村设置一个民生保障协理员公益岗位,重点从贫困家庭大学生中选拔聘用,主要职责是脱贫攻坚,有效加强了基层行政村的扶贫工作队伍建设。县就业局将130个各类农村服务类公益岗统一调整为就业扶贫专岗,让就业扶贫政策惠及更多的贫困家庭。此外,为加强环境综合整治,县财政预算每年安排资金100万元,按每个行政村1万元标准,采取以奖代补形式,在全县100个行政村安排公益岗位355个,其中建档立卡贫困户309人,占公益岗位的87%,这类公益岗就是村里的环卫清洁工。

"安置量最大的是劳务性公益岗。"

穆洪涛局长意有所指,县里将德青源蛋鸡扶贫项目部分租金收益以扶持资金方式,向全县100个有贫困人口的行政村平均年投入5万~10万元,专门针对建档立卡贫困户设置农村劳务性公益性岗位,预计全县设置劳动性公益岗位5400个以上,目前已完成1800多个岗位设置,年工资800~2000元不等,可解决年长或特殊贫困家庭在家门口就业和长期稳定增收问题。同时,各乡镇也根据本地实际,针对建档立卡贫困人口设立了乡村保洁、林木管护等地方性公益岗位。穆洪涛局长说:"这种扶贫方式使贫困人口获得政策惠泽后,能够通过劳动获取报酬,激发主动性,实现扶贫扶志。"

2017年,林西县被列为国家级农民工及林西籍能人等人员返乡创业试点县,有力地促进了返乡创业和带动贫困人口就业,政府对本域有创业意愿并具备一定创业条件的扶贫对象,给予创业担保贷款贴息扶持,降低创业担保贷款门槛,与金融部门沟通,实行工资担保、房产抵押和有价证券抵押并行,贷款期限调整为3年,贷款额度最高10万元,累计发放创业贷款1140万元,扶持各类创业340人,带动千人就业。由返乡创业人员创办的林西县电子商务创业孵化基地被评为"赤峰市标准化创业园",超然公司被评为"内蒙古自治区创业示范店"，林西邦迪保洁服务公司被评为"国家级就业扶贫基地"。此外，一批返乡创业园也在加快建设，一股新生力量助推林西县脱贫攻坚，结出新的硕果，展示新常态下扶贫的新路径。

不断完善平台建设，为贫困劳动力创业就业提供良好的条件，体现出林西县就业扶贫更加务实。他们积极争取项目和上级支持，建成了一批给贫困人口带来实惠的创业就业及就业服务平台，多方筹集资金建成的"贫困人口就业创业服务中心"堪称"全区一流，全市首家"，集贫困人口零工市场、劳动力市场、家政服务培训基地、公共服务培训基地和贫困人口创业创新基地为一体，并与北京丰台区合作，实施用工信息共享和远程培训、远程用工面试，成为贫困人口择业的集结地。目前，中心已引进京津地区四家企业，开展培训、劳务中介、数字创意产业，预计能提供稳定就业岗位800个以上，每年实施技能培训2000人以上，为贫困人口提供劳务中介、职业介绍、政策咨询、维权服务等各种就业创业服务10000人以上。利用闲置国有资产，建成占地2000平方米的"电子商务创业孵化基地"，重点为贫困大学生和返乡创业人员提供创业场所，实施就业帮扶，目前基地共入驻企业14家，从业人员111人，带动就业517人，其中贫困人口30余人。

"发展产业吸纳就业，支持企业带动就业，是林西县认准的路子，将作为就业扶贫的重要措施不断完善和加强。"

穆洪涛局长介绍，尽管林西县已经"退出"，产业带动就业扶贫工作并没有减弱，引进项目、发展园区、安置岗位、扩大就业等会持续加强，扶持对象不仅是农村贫困人口，还要覆盖城镇贫困职工。林西金鼎工业园区和东台子工业园区的建设与成长，将新增数千个就业岗位，实现诸多贫困劳动力就近就地就业。同时，继续发挥就业政策扶持优势，积极实施"援企稳岗"行动。过去三年来，累计援助企业42家，发放稳岗补贴410万元，救助职工8114人，帮助企业最大程度稳定员工，减少裁员。目前，全县建档立卡贫困户劳动力中，通过各种方式安置就业和自主择业1459人，其中，企业安置287人。他们将对建档立卡贫困劳动力就业进行动态跟踪，动态管理，探索就业扶贫的长效机制。

"小黑屋"原本是水木社区笑话版的词汇，类似于网络"禁闭室"，当有人释放网络不当言论，就被关进"小黑屋"。而在林西，"小黑屋"是破旧房屋的代名词。截至2017年末，全县共改造危房11762户，其中，建档立卡贫困户危改1610户，"小黑屋"5000多户，所有建档立卡贫困户都搬进亮亮堂堂的新房，安居乐业。

在新林镇采访，我目睹了一户贫困户住在砖瓦结构的新房里，可旁边的茅草房并没拆掉，看着极不和谐，就像富人旁边蹲着一个老态龙钟的乞丐，躲在一旁嘟嘟囔囔。问他为什么不拆，回答让人哭笑不得，"住了四十多年，舍不得。"村干部表示，过几天就扒掉，已经没有一点儿利用价值了，拆除后整个菜园。

在林西县住房和城乡建设局，负责危房改造的干部向我展示了一张图表，所有危房改造的自然村标注得清楚。2017年初，他们对全县农村危房进行拉网式排查，本着"不漏一户，不落一人"的原则，确立了全面完成危房改造与全县"人脱贫、县摘帽"同步进行的总基调。2018年，为提升改造成果，对是否还有危房进行查遗补漏，走遍全县103个行政村645个自然村，摸排老旧房屋5909户，再次核实遗漏危房139户，进行修缮改造后，宣布全县危房全部改造完成。

修房盖屋是百姓一生中的一件大事，住建部门把群众满意度作为衡量工作的标尺，在建设质量上严格把关，聘请专业机构依据建设部《农村危险房屋鉴定技术导则》和市建委《危房改造图集》，确定了改造标准和施工图纸。过去，危房改造主要以农户自建为主，即使雇用施工队，也大多是当地土瓦匠、土木匠，质量难以保证。鉴于此，县住建局成立了9个督查和技术指导组，每组负责一个乡镇，在施工期间实施全程一对一点穴式督查指导。局党组定期召开调度会，发现问题及时解决。各工作组把施工质量和安全生产贯穿整个改造过程，共出具整改意见单163份。工程完成后，对危房改造户建立档案，每户一档。安全住房经村两委班子、住户、乡镇党委政府和第三方评估机构共同确认签字，共签订住房安全认定表52618份，从而在群众住房上不留安全隐患。

"小黑屋"严格上讲不在危房改造范围，房屋虽然很安全，但房屋内部环境条件差，住着不舒服，县委、县政府一并把"小黑屋"列入改造规划，住建部门指导乡镇全面启动室内外环境整治工作，每户投入资金2000元，不少群众还自己出资提升改造标准，截至2018年8月底，全县共改造"小黑屋"5909户，焕然一新的农房昭示文明生活。

"贫困不能在下一代延续。"

林西县教育局督导室副主任这样说，我觉得很有道理，可现实的情况是，家庭贫困自然影响到孩子。在脱贫攻坚工作中，林西县教育部门发挥职能作用，主动参与，把关注和工作重点放在下一代的成长上，这一点令人欣慰。

不能否认，子女辍学问题在偏远农村家庭是存在的，造成青少年辍学原因是多方面的，家庭经济困难是重要因素。林西县教科局在推进脱贫攻坚工作中，坚持脱贫攻坚与"控辍保学"相结合，基本做到"不落一人"的目标。精准识别建档立卡贫困户，对贫困户就学子女精准掌握，而后在体制内部采取教科局领导班子包片，股室负责人包校，校长包年级组，环节干部包班级，层层落实监督责任，形成严密的监督网。在体制外，基层中小学2800多名教师包自然村,每天与村两委班子驻村干部保持联络,准确掌握农村在校学生上学情况,教科局普教股每天统计各地学生在校人数,发现有辍学的立即到学生家了解,让学生返回校园。大营子乡东升村一贫困户子女,父母离异,家境困难,孩子无奈辍学了。驻村扶贫干部反映到教科局,局长亲自与乡镇领导联系,研究帮扶措施,孩子重返校园。2017年以来,全县义务教育巩固率达到96.28%。

农村教育仅抓好义务教育普及还不行,在经济社会快速发展的今天,要跟上时代潮流,必须以成才为目标,十年树木百年树人。他们将脱贫攻坚与规范教学相结合,严格遵守上级有关规定,加强教师队伍建设。教学是学校的中心工作,学校的一切工作必须服从和服务于教学这一中心,体现这一中心工作的两个主要方面是认真抓好教学常规管理和深入开展教学研究。改进教学评价方式,开展"今天比昨天做得好"活动,让学生时刻想到进步,全方位评价学生,提高综合素质。

教书育人,将脱贫攻坚与内涵发展有机结合,强化课程三级管理,丰富教学内容,县教科局选择成熟的林西教学课程36套。在学好文化课的同时,适当增加课外活动,组织学生看电影、画画、泥塑、下棋、阅读课外读物等,实现德智体全面发展,增强学生学习乐趣,自己找到成长点。

对于残疾儿童和留守儿童,采取脱贫攻坚与公平而有质量教育相结合,贯彻落实贫困人口子女救助政策,使每一位适龄儿童都有接受教育的权利。据教科局调查,全县父母在外地打工的留守儿童2326人,学校开通亲情视频,让孩子经常与父母交流,班主任也定期与家长沟通,弥补亲情缺失。时下基层学校都实行住宿制,学校邀请家长进入学校陪吃陪住,坐在教室与孩子一同学习。全县残疾儿童105个,对不能上学的送教上门,一对一辅导,把党和政府的关怀送到家里,让他们感受到扶贫政策阳光般的温暖。五十家子镇西南沟村,有一患重度智障的儿童跟爷爷奶奶过,平时用绳子把孩子双手背向后面捆住,手脚都变形了。得知这一情况,镇中心小学校长来到家里,指导家长不能这样捆绑孩子。孩子自由后,校长天天送水果,学校教师定期上门进行健康指导。新林镇有一贫困户的孩子爱哭好动,可对音乐敏感,一听到歌曲就老老实实,学校就给孩子送音乐,培养孩子兴趣。

教育扶贫是一潜移默化的过程,不像物质扶贫那样立竿见影,但他们在蓄积后劲,在脱贫攻坚进程中,不能缺少他们这一环。

周末,机关单位放假休息在情理之中,可我不想在宾馆空耗一天,试探联系交通运输部门,果然在上班,于是欣然前去采访。

交通运输部门是活跃地方经济的先行力量，在脱贫攻坚工作中他们扮演了十分重要的角色。几年来，他们聚力推进"四好农村路"建设，加快实施交通扶贫攻坚，成为精准扶贫、精准施策的"先手棋"和先行官。

脱贫攻坚期间，他们推进干线公路外通内联，打通交通大动脉，先后投资28.1亿元，开工建设一级公路112.3公里，二级公路90公里，积极争取省道504线五十家子至林西二级公路项目，构建"三横两纵"的路网骨架，畅通了贫困地区对外运输通道，强化了贫困地区内部通道连接，进而促进了贫困地区内外互联互通。投资7.37亿元，完成2个乡镇、55个建制村和两个林场通硬化路问题，实施街巷硬化1694公里。目前，全县9个乡镇、103个建制村，公路通车率和嘎查村街巷硬化率均达到100%，从各行政村到自然村和产业园区都修通了水泥路，方便快捷。

整合上级补助资金用于全县脱贫攻坚，抓好乡村旅游公路和扶贫产业园通路建设。打造"交通+"扶贫模式，是林西县交通运输部门配合产业扶贫和易地移民搬迁的重要举措，截至2018年，已经开通旅游公路5条，全长104公里，大冷山、响水沟、统部、七合堂、九佛山，这些具有林西特色的自然景观，被黑油油的公路穿在一起，初步形成了干支结合、布局合理、设施完善、衔接顺畅的旅游公路网络。通过旅游带动了当地资源开发，推动了"交通+旅游休闲"扶贫、"交通+特色产业"扶贫模式的有效实施，促进了贫困地区旅游产业、特色加工、绿色生态等产业落地，填补了林西旅游观光产业的短板，起到了旅游产业带动脱贫攻坚工作的作用。采摘节、赏花节以及农产品物流产业开始兴盛起来，尤其是农村公路向扶贫产业园延伸，实际上把大市场与扶贫产业连为一体了，那些在扶贫产业上筑梦的贫困户，出门有路，抬脚上车，通过"走出去、引进来"，满盘皆活，形成"一带一路"经济，加快了贫困户追求幸福的脚步。

交通运输部门围绕行业特点，加大了交通帮扶济困力度，开发一批公路建设、公路养护等公益性岗位，安置贫困人口就业。在高速公路、国省道、农村公路建设中，对满足用工要求的贫困群众进行就业技能培训后，优先安排用工，优先聘用有能力且有从业意愿的贫困群众为农村公路养路工，据不完全统计，在公路建设期间，贫困户用工200多人，新聘用的农村公路养路工，贫困户占50%以上。通过系统职工捐款、社会筹集方式，为统部镇小井子村筹措资金20万元，引进了光伏发电项目，把每年6万~7万元的发电收益平均分配给贫困户，人均增收500元以上。

从交通运输部门采访回来，我玩味着"1+20"这个看似简单的数字公式，在林西县脱贫攻坚工作中焕发出的巨大能量，是不能用数字去衡量的。按最初设计，县委、县政府出台的"脱贫攻坚总体方案+20个职能部门",实际最后跟进的已远远超出这个数字。脱贫攻坚成为最大的民生工程,凝聚了全县共识,党政机关、社会团体及企事业单位也纷纷参与进来,壮大了脱贫攻坚队伍,在林西大地掀起一股风起云涌的冲击波,各地风生水起,精彩纷呈,脱贫攻坚演绎出数不清的生动故事,汇成灿烂千阳,辉耀阡陌。

连日来,我走访了十几个机关企事业单位,限于篇幅,恕我不能一一表述出来,可在脱贫攻坚火热的进程中,随处可捕捉到他们的身影。

林西,这座百年"老店",一路风雨兼程,历经沧桑,滑过了100多个春秋。在这片热土上,素来就不缺少激情,悠久厚重的历史文化,独具神韵的自然风光,多姿多彩的民族风情,焕然一新的城乡面貌,造就了神奇壮美的林西和林西人执着的秉性,林西人的勤劳睿智已经融进岁月和风细雨中,惠风和畅。林西人向来是低调的,2018年8月28日,为庆祝建县110周年,他们以自编自演的方式,在市政广场举办专场歌舞晚会,来自于农村的普通百姓和县乌兰牧骑演员一起,登上舞台,载歌载舞,尽情宣泄着"退出"国贫县后第一个金秋的欢悦。轻装上阵后,他们将在新的跑道上再出发,进入新的动感地带。

脱贫攻坚,无疑是一个马力十足的发动引擎,不仅让农村经济跨入发展的新阶段,且以此为节点转入乡村振兴的快车道,城镇经济也由此提速,经济社会全面发展的势头不可逆转。改革开放以来特别是十二大以后,林西县委、县政府秉承"创新、协调、绿色、开放、共享"五大发展理念,始终牢牢把握发展这一主旋律,坚定不移地推进"科学发展、全面进步、加快运行、整体提升"的林西精神,以做大经济总量、加快转变经济增长方式和发展方式为主线,统筹推进新型工业化、信息化、城镇化、农业现代化,生态文明将贯穿各项事业发展的始终。他们正深入实施"项目建设、基础保障、脱贫攻坚、创业创新"工程,做大做强铜、锡、糖、绒、药产业,建设赤北锡南区域性商贸物流中心、赤北锡南草原自驾游服务中心和内蒙古贫困旗县脱贫攻坚示范区。以抓铁有痕、踏石留印的精神,持续抓发展、稳增长、促改革、调结构、惠民生,倾情打造城市提质工程、乡村振兴工程、就业创业工程、社会保障工程、教育提升工程、健康服务工程、科技创新工程、精神文明建设工程,县委、县政府带领高效务实的团队,经济建设和社会事业不断迈上新台阶,步入发展新常态。一个具有经济新活力、发展新方式、产业新体系、城乡新格局和开放新框架的崭新林西正初露芳容,钟灵毓秀,绽放异彩。

只争朝夕,坚持不懈,三十二年的奋斗终成正果。到十三五期末,林西县将建成有色金属及稀有金属矿产材料产出基地、绿色农畜产品生产加工基地、清洁能源输出基地、氟化工生产加工基地和规模化、特色化、高品质农畜产品品牌示范基地,依靠公路铁路便利通达的交通优势,林西县将成为赤北锡南经济活动最活跃的区域和重要的商品物流中心。

岁月悠悠,沧桑巨变。在林西人跃马扬鞭奋力追赶超越的征程中,记载着一任接一任的传承,辉腾着汗水的泽光。林西县获得了"全国绿化模范县"、"全国水土保持生态环境建设示范县"、"全国节水重点示范县"、"林业生态示范县"、"国家义务教育发展均衡县"、"全国文化先进县"、"全国群众体育先进县"、"全国科普示范县"、"全国平安建设先进县",这些国字号的荣誉称号,便是林西多年来持之以恒奋发争先的奖章,而成为内蒙古自治区第一个稳定退出国贫县的县域,则是对他们几十年关注民生砥砺攻坚的肯定。

站在林西县党政综合楼前的广场上,望着这幢乳白色的建筑驻思良久,所有县域经济社会发展的重大决策都是在这里做出的,并从这里飞向各地,此时的林西已经站在新时代新的起点上,二十四万各族儿女高擎习近平新时代中国特色社会主义思想伟大旗帜,主动对接国家"一带一路"和京津冀协同发展战略,努力构建全方位开放新格局,奋力开启跨越赶超新纪元。一个文明富强、百业繁兴、蓄势腾飞、社会和谐的新林西正屹立在北疆。

近三个月与林西亲密接触,走访了多少村庄,拜访多少百姓家庭记不清了,眼前一直漂浮着一张张表情生动的脸,感慨和感动交织,不觉已近中秋月圆时。即将别过,竟是依依深情的难却,忘不了林西人匆匆行走的身影,忘不了他们扭住发展不放松的执着,更忘不了他们的诚实热情与朴实。脱贫攻坚,注定是我此生最铭刻的一段采访经历。

最喜欢深秋的林西,秋意阑珊时,一衰烟雨,在天地间低吟浅唱,氤氲云雾散去,升腾起几许诗情画意,空气润而不湿,旷野的颜色不明不暗,正适宜。一条长长的林荫道,自在树叶轻风扬,忽才漫天飞舞,转眼间却已簌簌飘落在脚下,铺成了满地金黄,这是收获的催促。由衷感叹芳菲已谢,凉意蹒跚而来了,四季正完成着一场轮回的尾声,接下来便是孕育。天地无心惹起这万斛情愫,行走在这淡淡清新的世界里,思想百转千回,早已将秋风瑟瑟忘之脑后,翻开厚厚的采访本,仿佛获得一笔珍贵财富。过往为生活,摆脱贫困后那一张张笑逐颜开的脸,让我的回程轻轻盈盈。

"在阳光下行走,任何艰辛都是幸福的起点,生命永远是阳光之季。"

在匆匆流逝的时光中,那些流年的记忆如一本厚厚的书,一页页的诠释,记载着相识的过往,最终岁月沉淀了一切,我们还是各奔东西……

期待林西下一个精彩,再见了,林西。

后 记

从春末夏初开始，到深秋结束，历时三个多月，深入林西县各地采访脱贫攻坚，当第一场秋霜降临，此次脱贫攻坚倾情之旅暂时画上句号。厚厚的采访札记，是我此生创作生涯一笔宝贵的精神财富，不知不觉间，我似乎也成了半个林西人。林西人的热情、诚实、敦厚、肯干、睿智和对目标的不懈追求，给我留下深刻的印象。我们常常感喟结局的完美，殊不知过程才是最精彩的。近百个日日夜夜，我倾其所有，激情创作，试图把过程的精彩浓缩在《温暖记忆》中。大脑的记忆是不可靠的，经受不住流年的荡涤，只有用文字记录下来方能牢固，因为文字始终活着，而我所能做的就是归纳整理。

林西县能够精准"退出"，无疑是里程碑性的。林西县脱贫攻坚不是一两年的工作成果，是三十多年扎实工作的积累和执着的回报，只是十九大以后他们集中发力，解决了脱贫攻坚"最后一公里"的问题。在这片奔放着激情和美韵的土地上，九个乡镇，一百多个行政村，近六百个自然村，是《温暖记忆》的背景，而在一线脱贫攻坚的干部和群众脱贫故事自然是主旋律。在五十家子镇响水湾向群众许下诺言，旅游新村建成时，我会欣然前往。马彩玲的脱贫故事很感人，"付懒汉"靠勤劳致富后，这个带有诙谐的称谓变成了褒义，在扶贫攻坚过程中摆脱贫困的鲜例不胜枚举。人不是因为美丽才可爱，而是因为可爱才美丽，大文豪列夫·托尔斯泰以文学的方式诠释了人性美，林西人则是汗水和实干诠释了内在美，那些为脱贫攻坚付出辛劳和走在脱贫致富路上的人们，的确是最可爱的，他们的行为值得尊重。

秋天来的悄然，走的也迅速，不觉间已过了霜降，接下来就是冬天了。我很感激这次采访经历，近距离观察感受林西县脱贫攻坚的全过程，在感奋的同时由衷地感到幸运，码字阶段一度让我忽略了外面的喧嚣，潜心静文，尽管我殚精竭虑试图搭建完美，可文学仅凭激情是不够的，需要精准的表述和成熟的创作思维。时间还是仓促一些，林西县有100多个行政村，每个村又有若干自然村组，所有的县直机关单位和近千名机关干部在一线扶贫，每个村和每一户都有不同的故事，群众的创造性和参与热情是托起林西"退出"

的平台，或许我偏重于故事的精要，没能把林西县脱贫攻坚火热的场面通过文字完整呈现出来，留下遗珠之憾，好在生活还在继续。

　　林西县委宣传部全力支持，使我的采访得以顺利完成。各部门、各乡镇给予配合，使我发现了许多亮点素材。《人民日报》著名作家、文学评论家刘琼老师欣然作序，赤峰市文联和内蒙古科学技术出版社在采访和创作过程中，对作品主题和纪实性与文学性，给予了很有见地的指导。在征求意见过程中，林西县四大班子主要领导和二十多个部门认真阅读了初稿，提出了很多中肯意见。"务必真实，实事求是"、"不要说领导，重点突出一线干部群众"，县委书记田向存既是给这部纪实文学定了调子，也是对文学的叮嘱。真实，是纪实文学的根基，在写作过程中不敢有半点偏颇，侧重一线干部群众贯穿始终。在《温暖记忆》即将付梓之际，对所有提供支持和辅助的人，铭刻在心，诚表深深谢意。